你有權保持暗戀

葉斐然 著

・下冊・

高寶書版集團

目錄
CONTENTS

第十五章　事實和真相

因為顧雪涵這個插曲，此前的旖旎氣氛一掃而空，在喝完顧衍倒來的水後，齊溪還真的留下來和顧衍正經地討論了個案子，只是討論著討論著，因為對觀點有分歧，齊溪和顧衍忍不住又爭論起來，誰也說服不了誰，最後只能以顧衍忍無可忍把齊溪壓到牆上親服才告一段落。

最後是顧衍開車把齊溪送回租住的房子裡，還真的按照顧雪涵交代的打包了一些滷味給齊溪。

只是第二天一早，和趙依然一邊分享著顧雪涵的滷味，齊溪內心想的是怎麼去顧雪涵面前掙扎一下。

顧衍今天上午有外勤工作，好在顧雪涵一直在辦公室，大概正好有一個案子要交辦，她打了內線電話給齊溪，讓她去她的辦公室一趟。

齊溪等的就是這個機會，她今天特地穿了一件有扣子的衣服，此刻深吸了一口氣，拿上自己的筆電，在進顧雪涵辦公室之前，故意把自己的扣子扣錯了幾顆，這才一臉淡然佯裝不知情般走進了辦公室。

「就是個簡單的交通肇事案件，我們的當事人開車時因為對方闖紅燈，不得不緊急避讓，結果發生了單車事故，結果擋風玻璃都撞壞了，玻璃渣飛濺到了她的臉上，現在還不得不躺在醫院裡治療，臉上還可能留疤，除了走保險理賠外，要起訴闖紅燈的一方要求對方進行民事賠償。交通類案件妳還沒辦過吧？可以嘗試一下，這類案子雖然標的金額不大，但是很鍛鍊人，很讓人成長。」

顧雪涵見了齊溪，並沒有什麼異樣，如往常一樣把案子的資料給齊溪後，簡單和齊溪講解了下案子情況，她大概在忙著看什麼資料，甚至從電腦螢幕前抬頭多看齊溪幾眼的時間也沒有。

齊溪心裡打鼓似的忐忑，就交通肇事案，她針對已有的資料朝顧雪涵提了幾個問題後，再三遲疑，在臨走出顧雪涵辦公室前，還是心一橫，決定豁出去了。

「啊呀。」齊溪用極其自然的語氣訝異道：「扣子怎麼又扣錯了。」

她的表情也露出了真實的懊惱和羞赧，微微抬了下頭，很快又不好意思地解釋道：「早晨總是起不來，匆匆忙忙趕到所裡，每次都扣錯扣子了。」

齊溪自覺自己的演技相當自然，因為顧雪涵的臉上也並沒有什麼異樣的表情，甚至像是因為齊溪主動提了，她才注意到了齊溪扣錯的扣子。

顧雪涵看了齊溪胸口一眼：「還真是扣錯了，下次注意，律師著裝也傳遞著妳能給客戶的信任感，扣錯扣子這樣對一個律師來說太粗枝大葉了。」

齊溪連連點頭，充滿歉意道：「下次我一定會注意的。」

只是到底還是心虛和緊張，明明來之前模擬了千百次，內心也告誡了自己千百次不要慌，然而事到臨頭，齊溪還是亂了陣腳，明明時機並不適宜，可等她意識到時，自己已經此地無銀三百兩般澄清了昨晚的事——

「可能因為最近壓力有點大，睡眠不好，所以才會這樣連續兩天都扣錯扣子，但以後一定不會再犯了。」

其實齊溪說完，就後悔了，誰沒事幹會去主動提昨天晚上的事啊，太刻意了！也太可疑了！

然而出乎齊溪的意料，顧雪涵聽完，露出了非常意外的樣子：「昨天也扣錯扣子了嗎？我都沒注意。」

她竟然沒注意？！

顧雪涵的詫異並不像作假，齊溪此前一直繃著的那根弦突然就鬆懈下來了，她內心一喜，看來顧雪涵也沒有顧衍說的那麼神乎其神。

如果顧雪涵都沒發現自己昨晚扣錯扣子了，豈不是更不可能意識到自己和顧衍在客廳裡幹什麼？那昨晚豈不都是虛驚一場？！

齊溪一下子如蒙大赦，她鬆了一大口氣，回頭朝顧雪涵笑了下，頓時覺得在顧雪涵面前都抬得起頭了：「嗯，昨晚也扣錯了，就是去顧衍家拿書的時候，回頭回家的路上才發現，尷尬死了。」

顧雪涵笑了下：「是嗎？我都沒發現，不過沒想到妳和顧衍關係私下這麼好，那麼晚了還會去借書，說實話，我還以為你們兩個可能會談戀愛呢。」

既然顧雪涵都沒發現，齊溪決定索性否認到底：「沒有的，顧律師，我和顧衍就是關係比較好的老同學外加同事，沒有在和顧衍談戀愛。」

「哦，這樣啊。」顧雪涵歪了歪頭：「那妳有男朋友嗎？考慮交個男朋友嗎？」

齊溪此刻心裡有了些底，撒謊也變得更加臉不紅心不跳了：「我現在還是想先專心工作，談戀愛的事不急，畢竟我也還年輕。」

顧雪涵像是考慮了一下，然後朝齊溪點了點頭：「那我知道了。」

接著，她朝齊溪又笑了笑：「既然這樣，那最近一些臨時加班的工作可能要安排給妳了。」

一聽說安排工作，齊溪立刻挺直了脊背：「好的，沒有問題。」

顧雪涵抿了下唇，然後目光重新回歸到了電腦螢幕前，很自然的順口道：「既然妳近期不打算談戀愛，那團隊裡的工作妳多擔待些。」

齊溪有些好奇，雖然顧衍是顧雪涵的親弟弟，但以往按照顧雪涵的端水大師級水準，很多活都是讓齊溪和顧衍一起做的，面對顧雪涵顯而易見分開兩人工作內容的決定，齊溪忍不住問道：「是顧衍最近也會被安排很多工作比較忙嗎？」

「不是哦。」顧雪涵紅唇輕啟，「顧衍是單身嘛，但此前我看顧衍大學裡一直很想談戀愛的樣子，只是礙於各種原因沒談成，我有個朋友的妹妹剛見過顧衍，說對他一見鍾情了，我計畫順手撮合下。」

顧雪涵朝齊溪友善地笑了下，「本來也有合適的男生介紹給妳，但妳既然想衝刺事業，那我就不給妳製造障礙了，不過之後我可能會多帶顧衍參加一些相親局，這陣子工作上的事妳就要多擔待些了，當然，經手的業務多了，妳也會更快提升能力，我想和妳要發展事業的決心正好不謀而合吧？」

顧雪涵喝了口茶，看向了齊溪，「妳沒問題吧？」

齊溪有些慶幸顧雪涵完全沒看出自己和顧衍有一腿，但一聽顧雪涵要幫顧衍介紹對象，心裡又像是吃壞了東西一樣翻騰難受起來。

只是自己撒的謊，跪著也要撒完，齊溪忍著內心的情緒，乾巴巴地點了點頭，「沒問題的。」

齊溪剛心亂如麻地轉身要走，顧雪涵又叫住了她，「既然妳和顧衍關係那麼好，那正好幫我參謀一下，顧衍喜歡哪類型的女生呢？」

顧雪涵說完，從手機裡翻出了一張張的照片，「這幾個裡面，妳覺得顧衍最可能對哪個有眼緣？」

還幾個？！

「不是您朋友的妹妹對顧衍一見鍾情了嗎？怎麼有這麼多……」

顧雪涵撩了下頭髮，「哦，太多了，我省略了，其實還有客戶啊客戶的親屬啊法院的小書記官啊，還有以前顧衍的青梅竹馬小鄰居……」

齊溪心裡的火苗越躥越高了，到底幾個人對顧衍一見鍾情了啊？！而且顧衍竟然還有青梅竹馬的小鄰居？！他怎麼都沒有和自己彙報！

齊溪憋著氣，但礙於顧雪涵，不得不佯裝平靜地把頭湊過去，她只看了顧雪涵手機裡的第一張照片一眼，就有些不開心和緊張了。

顧雪涵手機裡的那個女孩長得非常漂亮，齊溪甚至覺得和自己是同個類型的，眼神還比自己更溫婉可親，大概因為挺有親和力，看起來還有些眼熟。

而還沒等齊溪的危機感上升到最高點，顧雪涵又滑動手機到了第二張照片，這張照片裡的女孩就顯得成熟美豔多了，接著是第三張、第四張……

怎麼越來越漂亮了！

齊溪簡直越來越胸悶了。

要是顧衍被顧雪涵當成單身，真的去見了這一堆的美女，那萬一……萬一他真的把持不住心猿意馬了怎麼辦！

何況就算不心猿意馬，憑什麼他可以去見這些對他有意思的美女呢！他都有自己了！

齊溪越想越委屈，可顧雪涵彷彿還嫌刺激不夠一般，她感嘆道：「其中幾個女生還挺主動的，說要倒追顧衍呢，現在的年輕女孩真是很讓人佩服，勇敢追愛，也沒什麼不好的，像顧衍這種悶騷的人，說不定追一下就追上了呢。」

「……」

齊溪站著沒動，但她內心的火苗越燒越旺了。

顧雪涵像是才意識到齊溪還在辦公室內，她愣了下，挺意外道：「怎麼了齊溪？還有什麼事嗎？怎麼臉色這麼難看？」

齊溪覺得自己就像是一位勞苦功高的臥底，本來明明可以功成身退，然而在最後關頭，為了維護自己的無產階級信仰，不惜選擇了自我暴露，完成了自殺式襲擊……

齊溪的嘴巴比腦袋先行，她的思緒還沒跟進，但嘴裡已經發出了聲音——

「顧律師，請不要讓顧衍相親了。」

顧雪涵露出了詫異，「嗯？」

說都說了。

事到臨頭，伸頭是一刀，縮頭也是一刀，齊溪想了想，索性豁出去了。

「顧衍有女朋友了。所以不用相親了。」

顧雪涵果然來了興致，她挑了挑眉，「可妳剛才不是還說顧衍是單身嗎？」

齊溪頂著顧雪涵玩味的目光，硬著頭皮道：「就他最近祕密地脫了單，因為怕影響不太好，所以還在對外保密的階段……」

雖然開了口，但臨到要承認顧衍的女朋友就是自己，齊溪還是有些掙扎，只是她還正在斟酌著怎麼措辭會顯得更加理直氣壯和鎮定自若，就聽顧雪涵輕笑道——

「齊溪，就是妳吧。」

啊……

啊？？？

顧雪涵看著齊溪瞪大的眼睛，語氣變得有些好笑，「你們對我也保密就有點讓我傷心了，畢竟我一直很支持肥水不落外人田內部消化的。」

「可……可妳是怎麼知道的……」齊溪簡直有些混亂了，她的一張臉漲得通紅，「不是沒注意到……」

「我是沒注意到妳的扣子。」顧雪涵喝了口茶，「但你們破綻太多了。」

齊溪簡直無地自容，「是因為顧衍的說辭太漏洞百出嗎？」

「也不是。」顧雪涵狡黠地笑起來，「不需要他開口我就知道了。」

怎麼會……

顧雪涵看了齊溪一眼，「妳知道顧衍家門口是聲控燈吧。」

齊溪點了點頭，但弄不明白這和現在聊的話題有什麼關係。

「你們開始上樓後，聲控燈就亮了，接著就暗了，但暗了很久以後，你們都沒有進屋。」

齊溪有些茫然地看著顧雪涵。顧雪涵就那樣笑咪咪地盯著她。

直到片刻後，齊溪的臉上才開始浮上一層層的紅色。

她懂顧雪涵什麼意思了。

聲控燈滅了很久卻沒有進屋，但又沒有繼續在屋外說話觸動聲控燈，所以一定是在黑暗裡做了一些不能說話的事……

顧雪涵什麼也沒有再說，但齊溪已經知道得透透的了——顧雪涵從那時開始就知道顧衍和人在外面接吻，只是不知道是誰，而等齊溪和顧衍開門進去，完全屬於被顧雪涵抓現行，她根本不需要注意什麼扣子，也不需要顧衍糊弄一堆漏洞百出的說辭，因為顧雪涵比齊溪想像得更加一針見血。

「畢業典禮上發言的女生，也是妳吧？」

面對顧雪涵的問題，齊溪只能低頭承認，「是的，對不起，是我誤會了顧衍。」

顧雪涵卻不在意，她只是樂不可支地笑起來，「我現在終於明白為什麼顧衍那時候死也不肯說是誰，也不肯採取任何行動打定主意要包庇對方了。哎呀，想想我弟弟的心路歷程，可真是可憐得讓人忍不住笑起來。」

「……」

「不過我真的很意外，竟然是妳，我弟弟還真的挺能慫的。」顧雪涵感慨道：「我昨晚見到妳的時候也非常驚訝，但想一想，好像也都有跡可循，只是想不到在我的眼皮底下就在發生辦公室戀情……難怪我說顧衍最近怎麼這麼奇怪，好幾次週末找他幫我翻譯個文件，都和我表示有事，明明之前工作態度不這樣，恨不得成天加班的……」

顧雪涵這是來興師問罪嗎？

齊溪有些忐忑道：「那顧律師，您對辦公室戀情……」齊溪斟酌了下用詞，換了個說法，「您會要求我和顧衍其中一個人調離團隊嗎？顧衍本身是想好好工作的，是我主動才會把他拉下水談戀愛的，顧衍無心工作責任還是在我，如果有任何懲罰措施，都希望不要波及顧衍。」

齊溪摸不清顧雪涵的態度，她越說越急，「那天在顧衍家門口，也是我拉著顧衍的，和顧衍沒關係的……」

雖然競合所裡並沒有禁止辦公室戀情的規定，但一般而言，很多老闆會介意同個團隊或同部門裡的人談戀愛，因為生怕影響了工作效率，會要求一方至少換部門，為了便於管理以儆效尤，有些甚至會有內部的通報批評。

齊溪內心非常不安，但也做好了接受調崗安排的準備，只是她還沒開口主動請纓，就聽顧雪涵高興道：「我支持辦公室戀情，這樣多好，以後你們兩個也不用擔心沒時間約會見不到面，因為可以一起加班啊！兩個人一起加班，幹起來還快！為了早點下班去約會，鬥志也更充沛，效率還更高！」

「……」雖然顧雪涵的回答讓齊溪鬆了口氣，但她反倒有些好奇了，「您不怕萬一我和顧衍鬧矛盾分手了以後影響工作嗎？」

顧雪涵笑了下，聲音非常篤定，「不，顧衍絕對不會和妳分手的。」

齊溪愣了愣。

顧雪涵闔上了筆記型電腦，她剛想和齊溪說點什麼，結果被一陣突兀的開門聲打斷了——

「姊。」

站在門口的，赫然是顧衍。

他應當是剛出完外勤回來，像是非常趕的樣子，因此聲音還帶了跑過後的喘息和不穩定。

顧衍逕自走進了辦公室，走到了齊溪身邊，然後往她的身前一站，「姊，我聽同事說妳把齊溪叫進來很久了。」

顧衍的眉頭微微皺起，雖然表情很冷靜，但聲音裡多少透出些許不安，他看了齊溪一眼，輕聲道：「沒事，別怕，有我在。」

然後這男人又看向顧雪涵：「姊，妳別為難齊溪。」

齊溪拚命拉了拉顧衍的衣袖，但顧衍像是鐵了心，他不僅沒理齊溪的動作，也沒有走，只是用他高大的身軀擋在齊溪面前，害得齊溪甚至看不到顧雪涵的表情，只能聽到顧雪涵頗為憂傷的聲音——

「你平時在競合都很注意，從來很少叫我姊，都喊顧律師，現在為了齊溪，倒是喊起姊試圖打感情牌了。」

顧衍被說中心事，身體明顯地頓了頓，但他還是很堅定，語氣幾乎有些急切地解釋起來，「我喜歡齊溪很久了，從大學裡就喜歡，她不想談戀愛的，主要是我不停追，她才同意和我戀愛，妳不要怪她，我也沒有因為她在工作中出現失誤過，就算找人談話，也不應該找她施壓談，妳找我談就行了。」

「你們一個兩個這是上趕著到我面前上演苦情戲棒打鴛鴦呢？」顧雪涵的聲音聽起來很無奈，「齊溪說是她拉你下水的，你說是你拉齊溪下水的，你們這個『犯罪集團』凝聚力倒是挺強的。」

「走吧走吧，別在我眼前礙眼，我忙死了，要『建立感情』你們下班後去別的地方。」顧雪涵揉了揉眉心，「出去的時候幫我把門帶上。」

顧雪涵不顧齊溪和顧衍的尷尬表情，逕自朝兩人揮了揮手示意讓他們無事可以退朝跪安了。

在齊溪跟著顧衍幾乎是同手同腳地離開辦公室前，她聽到顧雪涵又補充了一句——

「還有，有空以後記得帶齊溪回家吃飯。」

這是要見顧衍父母的意思嗎？

只是一個計畫而已，齊溪就變得有些心跳加快呼吸急促，她幾乎是落荒而逃般地離開了顧雪涵的辦公室，突然覺得自己此前竟然還妄圖欺騙顧雪涵，簡直是愚蠢的白癡行徑，她和顧衍兩個人加起來都鬥不過顧雪涵。

她通紅著一張臉走回辦公桌前，簡直恨不得搧自己兩巴掌。

經歷了如此尷尬的一幕，顧衍倒是比齊溪鎮定得多，只是他坐下後，為了掩飾尷尬而頻繁拿起水杯喝水的模樣，多少還是洩露了他此刻也不平靜的心情。

齊溪也不知道能說什麼，尤其還是上班時間，只能色厲內荏地瞪了顧衍一眼，然後開始翻看起顧雪涵交辦給她的交通肇事案。

顧衍也沒再說什麼，開始打開電腦看起郵件，面上一片鎮定。

齊溪幾乎都要覺得他已經把剛才尷尬的插曲拋到腦後了，如果不是顧衍的右手，經由辦公桌的遮掩，從辦公桌下面伸過來，輕輕地拉住了齊溪左手小拇指的話。

雖然顧雪涵已經知道了齊溪和顧衍的關係，但齊溪和顧衍在所裡都沒有為此鬆懈過狀態，兩個人還是兢兢業業負責各自的案子，留下一起加班的時間倒變多了，但齊溪並不覺得累，只覺得滿足，既能談戀愛陪著男朋友，又沒有浪費一分一毫的時間，也提升了工作能力，簡直是完美。

顧雪涵雖然邀請了齊溪一起去拜訪顧衍的父母，但齊溪多少還是有些侷促和害羞，總覺得還有些緊張，沒做好心理準備，好在顧衍挺理解她，也沒有催促過。

這天是齊溪媽媽奚雯的生日，雖然顧衍沒能一起去也並沒有和齊溪鬧情緒，但齊溪看了看顧衍傳來的訊息，還是多少能感覺到這男人努力掩蓋的失落，他似乎強烈地盼望著以正牌男友的身分見見齊溪的父母，彷彿見了父母就像合約一樣蓋章落定了。

齊溪確實計畫帶顧衍見父母，只是她上次回家也沒能見到自己的爸爸，和自己爸爸此前為了出國留學和相親等鬧出的矛盾都還沒徹底化解，實在覺得自己家這邊，事情還得一件一件來。

不過今天幫媽媽過生日，齊溪還是高興的，爸爸齊瑞明訂了一間高級的西餐廳，包了場，還特地請策劃公司布置，現場擺滿了玫瑰花和氣球，甚至還有蛋糕和香檳，非常時髦和浪漫，都有些不像是齊瑞明的風格了。

畢竟以往的爸爸，也只是找一家餐廳一家三口吃一頓，訂一個蛋糕再送一份禮物而已，如今這樣大張旗鼓地準備，齊溪也為這份鄭重其事的心意所感染，很自然地和爸爸打了招呼，父女倆此前的齟齬，似乎也在奚雯的生日裡煙消雲散了。

「真是的，我們都一把年紀的人了，還搞這種，你準備這些，得浪費多少時間啊。」

面對齊溪媽媽的埋怨，齊溪爸爸笑得很爽朗，「我讓我助理幫我弄的，年輕人，點子多。」

作為這場生日會主角的奚雯臉上洋溢著快樂，雖然說著太破費了對齊瑞明多有埋怨，但齊溪能看出來，自己母親臉上露出的嬌羞和快樂都是真的，那些埋怨也不過是害羞之下的嘮叨。

最終，在齊溪和齊瑞明的起鬨裡，奚雯許下了生日願望，然後吹滅了蠟燭。整場生日會，全家三個人都很高興，到了送禮環節，齊溪最終挑選了一套漂亮的胸針、髮夾和項鍊給媽媽，她送給奚雯後，奚雯果然很高興，很快就輪到齊溪爸爸了。

果不其然，齊瑞明拿出了一個包著包裝紙的禮物盒。

奚雯有些害羞忐忑地拆開，齊溪拿著手機錄影片，她想拍下媽媽看到愛馬仕時驚喜又錯愕的樣子留念。

盒子裡確實是個包，等奚雯拿出包時，果然露出了驚喜又錯愕的神色，只是全程最錯愕的並不是她，而是齊溪。

奚雯拿出的並不是愛馬仕，而是一個 coach 的包。

相比齊溪的愣神，齊溪媽媽顯得高興極了，她當即背著看了看，很愛不釋手的樣子，「顏色配我的衣服正適合，又能裝，拎著買菜也很方便。」

齊瑞明也笑起來，「老婆妳喜歡就好，買讓妳稱心的禮物給妳真的不容易，我想來想去，覺得這包最適合妳，又不會很貴，也不會被妳念叨破費，算個價格實惠的小牌子貨，而且妳平時出門也就是買買菜之類的，拎這包，也不擔心磕碰，又能彰顯我老婆的身家，我們老齊家的媳婦，買菜的拎菜包最起碼也是個幾千塊的。」

齊瑞明法學院出身，又在事務所浸淫了多年，一張嘴非常能說會道，幾句話就把奚雯哄得笑個不停的，兩個人你來我往，倒是恩愛非常。

這本來是讓人幸福憧憬的婚姻生活和家庭氣氛，只是齊溪今天坐在餐桌前，心裡卻翻騰著驚濤駭浪。

如果爸爸送給媽媽的是coach，那那一個很貴的愛馬仕呢？

那個包在哪裡？

齊溪原本就存了些疑慮，只是當時以為齊瑞明是要給奚雯一個生日驚喜，在這個認知之下，暫且打消了懷疑，然而……

如今齊溪內心的不安和翻騰情緒，再次像漲潮的水一樣漫了上來。

而也是此刻，當初被她有意忽略掉的細節再次浮了出來——那個愛馬仕包的顏色，確實太過青春靚麗了一點，根本不是自己媽媽那個年紀會背的包，反倒比較適合齊溪這個年紀的女生。

因為這個包，齊溪的情緒已經一驚一乍了好幾次，她看了眼前正摟著媽媽的肩膀一起切蛋糕的爸爸一眼，心裡又湧現出了愧疚——他們看起來明明那麼恩愛，自己是不是又因為不滿意爸爸重男輕女，所以總是用帶了偏見的眼光去解讀他的一切行為？

或許那個包是他幫別人代取的，也或許那個包是他買來送給某個客戶的女兒拉攏關係的，畢竟齊溪想了想，自己的爸爸並不是沒做過這種事，為了多賺幾塊錢，齊瑞明在籠絡大客戶上花的精力甚至比辦案子還多。

齊溪知道齊瑞明有幾個維繫關係相當緊密的大客戶，每年光是常規的律師顧問協議費，就要在齊溪爸爸那花費上百萬，更別說大客戶的公司糾紛也多，因此拉住一個大客戶，甚至可以抵得上幾十個零散的小客戶，花十幾二十萬買個包籠絡人心，CP值還是相當高的，因此也不是不可能，只是……

齊溪也不知道怎麼回事，她心裡總有些忐忑和不安。

雖然自己對爸爸多有微詞，也認為他近幾年來過分關注事業，與家人相處時間減少了很多，但婚姻畢竟是兩個人的事，媽媽對此好像並沒有什麼意見，除了偶爾抱怨兩句，更多的是心疼齊溪爸爸工作太繁忙壓力太大，而平心而論，齊溪的父母確實鮮少吵架，頂多偶爾拌嘴，大部分事情上爸爸都非常順著媽媽。

這樣的爸爸，應該不至於會出軌吧？

也不知道是不是接連辦理的案子帶給齊溪衝擊，齊溪好像覺得自己都變得疑神疑鬼了。

大好的生日會，她決定不去想這些捉摸不透的猜測，甩脫了腦子裡亂七八糟的念頭，開始和爸爸一起幫媽媽唱生日歌。

這場生日會也像個破冰的契機，雖然齊溪和齊瑞明都沒明說，但兩人相處一改此前的劍拔弩張，融洽了不少。

在家裡過完了週末後，還是齊瑞明堅持要送齊溪去租住的房裡。

「聽妳媽說妳和同學合租了，是叫什麼陳依然的？爸爸對妳這朋友有印象，是妳高中時候的隔壁桌吧？妳們當時真要好，沒想到現在還有聯絡呢，她後來考了什麼大學，現在在做什麼？」

一路上，看得出來，齊瑞明心情很好，很想和齊溪聊聊家常，只可惜實在沒怎麼參與齊溪的成長，齊瑞明根本不知道齊溪有哪些朋友，他那種故作慈父的尬聊，反而彰顯了他對齊溪生活的漠不關心。

齊溪從沒有叫陳依然的高中同學。

她的高中隔壁桌甚至根本不是女的。

但齊瑞明都不知道。

他太醉心工作了，只偶爾從奚雯的隻言片語裡不過腦子的記下個什麼名字的輪廓，如今便堂而皇之地試圖用這張冠李戴的名字拉近和齊溪的距離。

齊溪以為自己對這樣的事已經失望到麻木了，然而當齊瑞明如此笨拙而錯誤百出地試圖走近齊溪了解齊溪的生活時，齊溪還是感覺到了一些不同——她覺得有一些開心，也像是一種經年累月求而不得的空洞終於開始慢慢被填滿。

爸爸那個年代的人，本身並不常表達對孩子的感情，那個時代也從沒有講究過什麼親子關係的培養，齊瑞明如今尷尬但還試圖和齊溪攀談，至少齊溪覺得看到了爸爸的進步和改變。

她的爸爸還是關心她的，即便齊瑞明並不完美，但他是自己的爸爸，當齊瑞明還沒那麼忙的時候，齊溪年少所有的時光裡，都有他的影子和陪伴。

光是這個認知，就讓齊溪的情緒溫和了下來。

難得的，齊溪心平氣和地和齊瑞明聊了些自己的生活，講了講最近辦案遇到的搞笑的事，齊瑞明聽得很入神，當齊溪用誇張的語氣吐槽奇葩客戶時，他也忍不住笑起來，分享了他剛執業時遇到的糟心事，竟然比齊溪有過之而無不及。

不過齊溪沒讓齊瑞明知道的是，他剛把齊溪送到租住的社區離開，等在社區門口不遠處的顧衍就走過來接了齊溪，他一見齊溪，逕自就把她手裡提的包順手拎了過來，包括一袋很輕便的衣物，好像什麼也捨不得齊溪提的樣子。

顧衍拿過了衣服，狀若不經意道：「剛才的是妳爸爸？」

齊溪心情很好，點了點頭，「嗯！」

「哦，他挺關心妳的，之前還一直幫妳安排相親。」

雖然顧衍的語氣很平靜，但齊溪已經聽出了這男人話裡的風雨欲來，她求生欲很強地立刻打斷了顧衍，「馬上安排把你介紹給我爸媽！」

她有些好笑揶揄地看向了顧衍，「不要急，男人要有耐心。」

顧衍有些沒好氣，「我姊說我就是太有耐心了才會這時候才找到女朋友。」

「好了好了，我們顧衍不生氣，我來親一下安慰一下。」齊溪說完，逕自跳起來，偷襲似的親了下顧衍的側臉。

今天趙依然在家，因此顧衍並不打算上樓，他幫齊溪把東西提到電梯裡，就打算告辭，反倒是齊溪拉著他有些依依不捨，「這就走了啊？」

雖然顧衍聲音很冷靜，但面對齊溪的挽留，內心顯然有一些掙扎，但最終，他還是抿著唇拒絕了齊溪：「趙依然在家。」

齊溪抓著顧衍的手忍不住撒嬌地晃起來：「趙依然在家又沒事，你也是她同學啊，又不是不熟。」

「她在的話，不太方便，還是算了。」

齊溪有些賭氣道：「有什麼不方便啊，你難道想做什麼違法亂紀的事嗎？那你……」

只是齊溪這句話還沒說完，顧衍就一把將她拉到身前，一隻手攬著她的腰，把她往自己懷裡送，然後在她的措手不及中吻了她。

和顧衍談戀愛以來，一開始的吻都是蜻蜓點水或淺嘗輒止的，只是最近顧衍的吻越來越深，越來越帶了侵略性和一些別的意味。

雖然除了接吻什麼也沒幹，但顧衍接吻時的氣息，他身上的味道，還有微微性感又努力壓抑的喘息，接吻後變得低沉沙啞的嗓音，彷彿都是咒語和某種暗示，讓齊溪變得腦袋發熱，好像完全想不了其他事情。

「知道我為什麼不能上去了嗎？」

顧衍的聲音帶了努力壓制的喘息，他摸了摸齊溪的頭，「因為看到妳，就會想做這樣的事，好像不是什麼方便趟依然在一旁參觀的事。」

他又俯身吻了齊溪一下，然後從齊溪的唇瓣裡退出後，又像是情不自禁般親了親她的鼻尖，「好了，上去吧。」

齊溪變得有些害羞，聲音也變得有些輕，但她也很想顧衍，拉著顧衍的衣袖扭扭捏捏道：「那你開車過來一趟，就為了在樓下見我一面啊？這樣CP值不是太低了嗎？」

「本來不想來的，但很想妳，在家裡無聊，開車出來逛一下，結果等反應過來的時候，已經在妳們的社區門口了。」顧衍的聲音有些自暴自棄，「等意識到自己又到妳們社區門口的時候，我自己也覺得很無語，但來都來了，不見妳一面CP值才低。」

齊溪也想顧衍，她靠在顧衍身上，也不想離開。

那……

齊溪踮起腳，靠在顧衍的耳邊，用非常非常輕的聲音說了一句什麼。

只可惜顧衍沒聽清，他有些不明就裡地皺了皺眉，「妳說什麼？太輕了，我沒聽到。」

齊溪不得不忍著臉紅又說了一遍，可惜顧衍竟然還是沒聽清。

最後，齊溪都有些氣急敗壞了，咬著嘴唇惡狠狠瞪了顧衍一眼，「我說，我今晚可以不回這裡，你可以帶我去任何地方。」

她用一種惡霸一樣的語氣道：「我們可以去開房。」

顧衍愣了愣，看起來非常心動的樣子，然而就在齊溪以為他會拉著齊溪的手去飯店的時候，顧衍卻叫了停——

「不行。」

齊溪聽到這男人用非常掙扎的聲音說出了拒絕。

「？」

顧衍，你是不是真的不行？

齊溪內心的疑惑都快要衝破天際了。

她臉上的懷疑太明顯，以至於顧衍的臉迅速黑了，「齊溪，停止妳現在想的那些東西，沒有，絕對不是這樣。」

齊溪瞥了顧衍一眼，還是非常懷疑。

「不是，因為明晚我們競合所，會和意林所有一場事務所之間的籃球友誼賽。」顧衍抿著唇，很鄭重嚴肅地解釋道：「我會參賽。」

「所以呢？」齊溪不明白這兩者之間的關聯。

顧衍大概是沒想到齊溪沒get到他的意思，他有些無奈，但不得不往細節解釋，他努力委婉道：「妳知道為了保持最好的狀態和體力，運動員比賽前都建議禁欲嗎？」

「……」

話說到這分上，齊溪就是不懂也懂了。

顧衍提及這個話題，也相當不好意思的樣子，他的眼神亂飄，甚至不敢直視齊溪，直到片刻後，情緒大概恢復平靜，這男人才把視線移了回來，他輕輕捏著手心裡齊溪的手指，「那明晚妳來當我的啦啦隊。」

那是當然的！

別說意林事務所有很多年輕女律師，只要是打球，球場邊總有些觀戰的年輕女孩子或者是學生，齊溪可不得去宣誓一下主權嗎？

自從顧雪涵撞破齊溪和顧衍的關係以後，為了證明自己並沒有因為辦公室戀情影響工作，齊溪上班更認真了，她是真的很想跟著顧雪涵在競合好好幹，不想給顧雪涵留下靠著和顧衍談戀愛，就想享受性別紅利的壞印象，因此反而比平時更拚了些。

這兩天容市連續下大雨，因此顧雪涵把幾個外出立案或者提交訴訟資料的外勤工作都交給了顧衍，但齊溪為了表明自己並不想靠裙帶關係獲得便利的意圖，愣是從顧衍手裡搶走了幾個外勤的任務。

這次齊溪要去立案的法院在容市郊區，雨下得也比想像中的更大，風太大甚至把齊溪的雨傘都吹壞了，計程車也相當難攔到，等齊溪送完資料出來，不得不依靠公共交通，只是最近的公車站也需要步行一段距離，等齊溪坐上公車，整個人都像一隻落湯雞了。

此刻已經接近午休時間，齊溪還沒吃上飯，顧衍也在外面跑外勤，齊溪看了手機裡回競合所的路線一眼，意外發現這班公車轉地鐵的轉乘站，正離她爸爸的事務所不遠。

要不然索性去找爸爸一起吃個午飯？

上次齊瑞明送齊溪回家的路上很主動地和齊溪打破了此前的關係僵局，之後也有斷續傳訊息給自己詢問近況，齊溪的心畢竟不是鐵打的，幾次過後，內心也確實對爸爸此前的不滿放下了很多。

齊溪說幹就幹，當即傳了則訊息給爸爸，雖然沒收到回覆，但她還是一路先往事務所去了。

齊瑞明開的是個人律師事務所，因此事務所名字就沿用了他名字裡的兩個字，叫「瑞明」，租住的辦公大樓在地鐵站和公車月臺附近，是容市的一個重要樞紐地，非常方便，人流量大。

齊溪一下公車，就看到了對面辦公大樓上巨大的「瑞明事務所」這幾個字，街邊也都有瑞明事務所的廣告。

雖然業務能力可能不是頂尖的，但在拓展案源上，齊瑞明的不少方法確實也讓齊溪挺佩服，最初設立瑞明事務所時，齊瑞明真的是親身上陣到各個辦公大樓裡那種缺乏法務的小公司裡發傳單推銷自己的。

不過等齊溪剛走到瑞明的辦公大樓電梯裡，就收到了齊瑞明的訊息回覆——

『不好意思啊溪溪，爸爸中午在陪一個客戶用餐，但司機老陳在所裡，雨這麼大，我和老陳說過了，等等讓他送妳回競合。』

雖然有些失落，但畢竟這次中午來瑞明，也是臨時通知的，齊溪心裡也沒太難受，她的傘壞了，外面雨又大，讓老陳送一下也方便許多，如今既然來都來了，那順便進去擦一擦臉上頭上淋到的雨。

瑞明是個小型事務所，加上行政前臺司機還有執業律師和實習生、助理，一共就十幾個人，除了實習生外，其餘員工流動性不大，都是齊溪熟悉的老面孔。

齊溪上一次來瑞明還是幾年前，如今時隔多年再來，才發現瑞明的裝潢也翻新了些，多少還是有些變化，人員也有了點變化，比如前臺就應該是新招的，並不認識齊溪，正用疑惑的眼神看著她——

「這位小姐，您有和哪位律師提前預約嗎？現在是我們的午休時間，大部分律師都已經去用餐了，您如果沒有預約的話，可以在這裡登記一下您的資料和想諮詢的事由，我此後會根據您的需求對接給相關專業方向的律師。」

齊溪正要解釋，好在這時，認識齊溪的行政大姐李姐正走到門口，她看見齊溪，有些驚訝，「溪溪？來找妳爸爸啊？齊律師中午和客戶有約出去了。怎麼搞成這樣了？淋得這麼嚴重，妳等下啊，我去辦公室幫妳拆條新毛巾，妳趕緊擦擦，不然感冒了就不好了……」

李姐朝前臺笑了下，「這是我們齊律師的女兒齊溪，不要緊，我讓她先進齊律師辦公室裡坐坐。」她看向齊溪，「齊律師辦公室裡剛搞了個小休息室，偶爾加班太晚了會睡這，還弄了個小淋浴間，那裡有吹風機，妳趕緊去把頭髮吹乾。」

齊溪就這樣被李姐迎進了爸爸的辦公室，確實如李姐所言，爸爸的辦公室如今變化挺大，還真的有個休息區，有張小床，旁邊的衣架上還掛著幾套外出備用的西裝。

齊溪看到這些，心裡又升騰起一些赧然，她此前一直懷疑爸爸加班是編造的謊言，如今看來還真是錯怪他了，那愛馬仕包，也多半是爸爸買來疏通維繫人脈的。

等李姐把毛巾給她，齊溪道了謝吹乾了頭髮，看了眼時間，決定下樓去吃個簡餐再和陳司機接頭，只是她剛走到瑞明門口，就差點和一個正低著頭玩手機的女人迎面撞上。

對方低低驚叫了一聲，這才抬頭看向齊溪，齊溪也循著聲音看去，發現是一個看起來不比自己大幾歲的女生，皮膚白皙，妝容精緻，長得挺好看，頭髮明顯精心打理過，穿的也是香奈兒的職業套裝，脖子裡掛著VCA的項鍊，雖然非常年輕，但身上可以用珠光寶氣來形容，手指也瑩白如玉，做了非常講究的美甲。

雖說律師事務所裡不少女律師也非常注意形象，穿職業套裝化精緻的妝，但因為律師這職業本身的忙碌程度而言，根本分不出太多的精力每天打理髮型或者搭配衣物，能從頭髮絲到腳趾都精緻武裝成對方這樣的，幾乎是很少的，尤其是大部分女律師不會做那麼精緻和長的指甲，因為非常不方便打字，但此刻出入瑞明的，或許是哪個甲方客戶？

「對不起啊！」對方朝齊溪笑了下，打斷了齊溪的猜測，然後她讓了下位置，示意齊溪先過。

齊溪也立刻道了歉，猜測對方的身分也只是在一瞬間，對於這樣擦肩而過的路人，齊溪並沒有什麼太多繼續探究的欲望，只是……

只是對方側了側身讓齊溪先行通過的時候，齊溪掃到了對方的包。

是一個 mini kelly 的二代鱷魚皮。

不知道是不是巧合，和自己爸爸此前從愛馬仕提貨的那個一樣，連顏色也一模一樣。所以送的是這個客戶嗎？對方穿得這麼貴，看起來也確實像是大客戶的樣子。

齊溪頓住了腳步，好奇趨勢下，她稍微回頭，然後看著對方哼著歌，熟門熟路地走進了所裡，然而並沒有朝會客室或者會議室去，而是提著包，逕自朝大辦公區窗邊的位子坐下了。

齊溪像是站在一棟危樓下，心上突然像是重重地被危樓裡掉落的石塊砸了一下，她甚至突然有些站立不穩。

這個女生不是客戶，她是瑞明的律師。

明明剛才已經吹乾了頭髮，然而這個認知卻讓齊溪彷彿還置身在暴雨中，置身在風暴的最中心。

她已經不記得自己是怎麼下樓的，怎麼和陳司機打電話接頭的。

齊溪只知道，等再從繁雜的思緒裡逃脫出來時，她已經坐在了陳司機的車上，陳司機是個話癆，此刻正絮絮叨叨地說著最近的社會新聞。

車上的空調開得很暖，但齊溪卻如墜冰窟，那些暖風彷彿根本吹不到她的身上，她的心裡充滿了恐懼和不安，還有不知道該怎麼辦的怯懦，她不知道自己是不是在打開潘朵拉的魔盒。

而打開後，那些後果是她能承擔的嗎？

但人能因為恐懼，就不去做一些事情嗎？

齊溪的心裡混亂而惶恐，然而她還是聽到自己用努力平靜的聲音問出了問題——

「陳司機，我爸所裡最近是不是招了新人啊？」

陳司機本身就喜歡聊天，並沒有什麼懷疑地就和齊溪講起來，「沒有啊，除了以前所裡的老前臺去生二胎換了，最近又不是畢業季，其餘沒招什麼新人，不都是以前的老面孔嗎？」

齊溪狀若自然道：「可所裡原本幾個律師年紀不是都挺大的嗎？我爸還一直抱怨說所裡搞點活動都沒個人出新鮮點子，我還以為他會招點新人降低一下所裡的平均年齡呢。」

大概是齊溪這話提醒了陳司機，他很快就接了話：「妳可別說，現在所裡活動還挺豐富和年輕化的，之前那個什麼萬聖節啊，我第一次知道，還是小王搞了個活動，後面又弄了耶誕節交換禮物啊什麼，聽說新年還要搞個小型晚會呢。」

齊溪皺了皺眉，「小王？」

陳司機點了點頭，「就王娟啊，妳不知道嗎？」

「王娟？所裡以前有這個人嗎？」

「有！以前她大學裡就來實習過，後面實習了不到一年就走了，當時還以為她是徹底離開法律行業了呢，沒想到過了將近十年了吧，竟然又回來上班了。」陳司機不好意思地抓了抓頭，「我都把她忘了，要說最近招的新人，也就她了，但她這樣的，年紀也不小了，以前也在瑞明做過，也不能算新人吧。」

如果是大四時來實習過，如今又隔了快十年，那這女的年紀應該已經三十左右了，可對方看起來只比齊溪大幾歲而已。

可見這十年來真的是沒受什麼蹉跎，才能保養得如此得當。

陳司機提起王娟，也是很感慨，「看起來就像個畢業沒幾年的大學生是吧？妳可別說，這小王還是什麼網路紅人，網路上紅著呢，聽說接一條廣告就好幾千好幾萬的。」

齊溪愣了下，不著痕跡地繼續問道：「那她收入很高囉？」

陳司機哈哈笑起來，「我上次聽李姐說，她是普及法律領域的什麼達人，賺的錢不少，比律師來錢快多了，難怪我女兒成天嚷嚷著未來要當網紅。」

陳司機感慨道：「或許現在人能不能賺錢真的和學歷沒什麼關係，王娟也就是一個什麼普通大學法學院擴招的，在瑞明工作沒多久辭職後，也一直沒正經上班，聽李姐說，她這次回瑞明，幫她繳社會保險時，發現她原本的社會保險都是中斷的，所以啊，可能我們這一代人真的老了，我一直告訴我女兒讀書才有出路，但實際妳看，王娟也不是多好的學校，更沒安安分分上班，反倒是靠當網紅，殺出了一條血路，妳看到沒？她現在渾身可都是名牌貨！現在回瑞明工作，大概也就是體驗人生了吧！」

陳司機並沒有在意這個話題，很快就聊起了別的，沒多久，競合所也到了，齊溪謝過了陳司機，這才逕自下了車。

她聽趙依然說過，有些專業垂直領域的網紅確實光是打打廣告收入就不少，而陳司機也說了，王娟也是一個月前才重新入職瑞明的，所以她背著的那個愛馬仕包，和自己的爸爸有關係嗎？

不管怎樣，這個愛馬仕包成了齊溪心裡的一根刺，而一旦對此開始生疑，齊溪就覺得哪裡都可疑。

她想了想，還是咬了咬牙，打了通電話給自己的爸爸。

齊溪先是謝過了他安排陳司機把自己送到競合，和齊瑞明隨便聊了兩句，然後就佯裝不經意地提起了包，「對了爸爸，前幾天我老闆找我談，說我們律師也應該注意一下形象和排場，建議我買個名牌包，這樣拎出去比較有氣場，讓客戶覺得我們的業務做得好所以收入高，你能不能買個包給我啊？」

齊溪曲線救國道：「而且你之前介紹給我的那些男生，都是家境很好的，我覺得我自己買個好包，以後和他們見面，一是更有自信，第二呢，也讓人家觀感更好，覺得我們家的家境完全配得上對方。」

果不其然，齊瑞明一聽齊溪對相親表現出了緩和的態度，語氣也熱情了起來：『溪溪，我就知道妳早晚會懂爸爸的一片苦心，妳說的也沒錯，妳確實得買個有牌子的包，不能總背著個書包用來放電腦，出門像個學生似的，妳說吧，想買什麼包，爸爸給妳報銷。』

「包的話，求質不求量，爸，你就買個愛馬仕給我吧，包裡的至尊王者，只要這一個包，走遍天下都不怕了。」齊溪循循善誘道：「反正這種包很耐用的，一個愛馬仕雖然貴，但可以用好多年呢，平均下來一年花費其實也不多。」

只是令齊溪寒心的是，齊瑞明幾乎是一聽到愛馬仕三個字，語氣裡就沒了此前的熱絡和支持，他又擺出了自己不容易的姿態，長嘆了一口氣，『溪溪，我們雖然要注重自身的形象，但也不要盲目追求名牌了，愛馬仕一個那得多少錢啊，就花幾十萬買那個牌子，根本沒意思的，倒是幾個輕奢品牌我覺得挺好，適合妳這個年紀的，妳看看妳喜歡哪個，爸爸買給妳。』

齊溪咬了咬嘴唇，「可我就要愛馬仕！我都沒進過愛馬仕的店呢，爸你什麼時候帶我見見世面吧。」

不論齊溪是拿出了驕縱任性的態度還是軟磨硬泡，齊瑞明都鐵了心不答應，『妳一個女生，不要這麼虛榮。』他拿出了家長的架勢，軟硬兼施道：『何況爸爸也沒辦法帶妳去見世面，就爸爸這個收入，也根本沒底氣進愛馬仕，我自己都沒去過沒買過，怎麼還帶妳買啊？總之妳買個輕奢牌子的包，再搭個錢包或者圍巾，爸爸一起買單。聽話，先不和妳說了，爸爸客戶這邊還有點事，掛了啊。』

齊瑞明哄了齊溪幾句以後，又和往常一樣號稱很忙，順勢掛斷了電話。

然而齊溪這一次，再也沒辦法像往常那樣內心埋怨齊瑞明總是沒耐心聽完自己的話了。明明她親眼看到了齊瑞明出入愛馬仕品牌店，和櫃姐打招呼的模樣也明顯是熟客，可如今他卻睜眼說瞎話一樣表示連愛馬仕店都沒進去過。

如果說此前還抱著僥倖，認為是自己想多了帶上了偏見，那現在齊溪非常可以確定，她爸爸絕對有問題。

齊溪從沒想過有朝一日，會需要親自調查自己的爸爸到底有沒有出軌的證據，然而事到臨頭，她發現情緒雖然低落而複雜，渾身也有些發冷和顫抖，但人一旦冷靜下來後，也沒有如電視劇裡的當事人那樣情緒崩潰。

雖然有了合理懷疑，但大概是齊溪的內心也不希望真的發生這種事，齊溪也不準備直接對齊瑞明進行有罪推定。

她並不算「網癮患者」，對破圈的網紅尚且一知半解，更不可能了解法律垂直領域的網紅了，但好在趙依然熟悉。

而等齊溪打了電話詢問趙依然，趙依然果然沒有辜負她的期待，『哦，妳說法律領域的網紅啊，我關注了一堆呢，各種類型都有，有直接學者型的，面向的基本是法學生，探討的多數是實作問題或者是司法考試裡的疑難問題，比較專業向的；還有就是普及法律型的，這種的話講解法律問題會更直白一些，通俗易懂；還有就是諮詢推廣類的，這類吧，一般是以拍攝小影片為主，比如這個律師團隊專注做婚姻糾紛的，會拍很多婚姻撕破臉類的小短片，最後簡單跟妳講解一下遇到這種情況的操作方式，但講得也很淺顯，主要是幫自己的事務所或者業務引流的。』

趙依然一邊說，一邊在通訊軟體上刷刷刷推薦了好幾個法律網紅官方帳號和個人帳號給齊溪，可齊溪點進去一看，基本都是男的，鮮少幾個女網紅，多數也是資歷較深的女律師，顯然都不是王娟。

齊溪抿了抿唇，「法律領域網紅裡沒年輕的女生嗎？」

趙依然頓了頓，『有是有，不過有幾個年輕的女網紅吧，不太發專業的東西，給人的感覺更多是造人設，比如那個「涓涓細流」，還有「蒙桃桃勇闖律政界」，這幾個好像都在事務所工作，偶爾會發點事務所工作日常，但是幾乎沒有關於辦案的實用經驗，反而更像是顏值博主或者純網紅了，比如那個「涓涓細流」，家裡好像挺有錢的，常常晒各種包和鞋，三次元是個很成功的女律師，靠著自己的業務能力自食其力過上白富美的生活……』

涓涓細流？王娟的名字裡，娟字倒是諧音。

趙依然說者無心，但齊溪卻緊繃了起來。

趙依然並不知道齊溪遇到了什麼事，她還以為齊溪只是好奇，因此非常熱情地繼續解釋道：『不過呢，網紅界也是王不見王，這個「涓涓細流」和「蒙桃桃勇闖律政界」不僅沒團結一起固粉，還出了名的合不來，兩邊的粉絲一直互嗆，鬧得很大，正主也都下場陰陽怪氣過另一方，比如這個「蒙桃桃勇闖律政界」，雖然家裡看起來有礦，然後又號稱要勇闖律政界，但實際上被「涓涓細流」的粉絲翻出來連司法考試都沒通過，都考了五次了，至今還在複習備考呢，雖然也在事務所工作，但其實只是在事務所做行政，之前被爆料後招了一堆黑粉，罵她靠自己的爸爸炫富，智商差抹黑法律從業者和女律師。』

趙依然頓了頓，像是喝了口水，這才繼續道：『而「涓涓細流」則在各種細節裡都坐實了在事務所工作的身分，好像還是個學霸，網友發現她還是窮苦農村出來的，應該是靠自己一步步打拚至今的，是靠自己逆襲成為後天白富美的，所以她的粉絲黏著度都很高，都很崇拜她，以她為榜樣。』

齊溪皺了皺眉：「那為什麼『蒙桃桃勇闖律政界』就被爆料蓋章說是偽裝律政菁英，『涓涓細流』只是號稱靠自己逆襲，就獲得了大家的信任？」

趙依然語氣裡充滿了百科達人的了然：『網路都有記憶啊，她們都是網路老人了，網路上還沒能留下點以前的蛛絲馬跡供人挖墳啊？「涓涓細流」以前社群上很多定位是在村裡，每年過年也有發過自己家村裡的房子，包括一些村裡生活的日常，雖然現在刪掉了，但她早年發那些的時候，根本沒紅，就是個很簡單的個人社群，隨便發發牢騷那種，而「蒙桃桃勇闖律政界」也是一樣，以前社群抱怨過考了幾次司法考試都考不過……』

原來如此。

齊溪聽趙依然又講了一堆「蒙桃桃勇闖律政界」和「涓涓細流」之間的「愛恨情仇」，才終於找到機會掛了電話。

而一旦掛了電話，齊溪就開始按照趙依然提供的名單一個個排查。

等齊溪翻到「涓涓細流」社群主頁時，只是簡單的幾篇貼文和幾張照片，齊溪的第六感幾乎已經確定。

就是這個人。

這個人就是王娟。

而齊溪幾乎可以確認，她的愛馬仕，就是齊瑞明買的那一個。

因為在社群上，「涓涓細流」幾乎是一拿到愛馬仕就晒了，而那個日期，正是齊溪爸爸取了愛馬仕後的第二天。

齊溪皺著眉抿著唇，一路繼續往下翻對方的貼文，而越看，齊溪的心也越往下沉。

『出差到長沙啦，茶顏悅色打卡 get ！』

『今天來深圳談收購，深圳的天氣好好哦，半天的收購事宜發揮超常一個小時就談完了，剩下的時間就可以偷偷摸個魚，拿出我的沙灘裙，海邊出發！』

『去北京啦！必須爬長城！不爬完就不是好漢！』

『明天去香港，今晚開始絞盡腦汁羅列購物清單……』

齊溪一邊看，一邊記下了王娟每次外出的地點和時間，然後她開始翻自己和媽媽的聊天紀錄——

『妳爸出差去長沙啦。』

『最近在深圳談一個收購案……』

『妳爸去北京出差，妳不是喜歡北京的糖葫蘆嗎？我讓他幫妳帶點。』

『溪溪有什麼化妝品要買的嗎？妳爸要去香港……』

齊溪對比了齊瑞明近半年出差的地點和時間，發現和王娟的完全重合了。

而王娟重新入職瑞明，明明也才是一個月之前。

齊溪愣愣地看著螢幕上王娟每篇貼文下面的配圖，她並不常露臉，更多的是露出一些奢華的細節，比如她狀若隨意擺放的香奈兒包，比如她精緻的指甲，比如她的迪奧墨鏡，還有ＬＶ的鞋子……

齊溪最後一絲關於父親的僥倖期待，也在這樣的現實面前破滅了。

齊瑞明並不是剛出軌，他和王娟應該早就搞在一起了。

好在下午顧雪涵安排的是一份中英雙語合約的校對工作，並不怎麼需要動腦，因此齊溪才能在魂不守舍的情況下仍舊完成了工作任務。

顧衍是在下班前才回來的，他坐到齊溪身邊，很快就意識到齊溪的狀態不對——

「怎麼了？怎麼心不在焉的？」

齊溪都沒想好該怎麼面對自己的爸爸和媽媽，此刻對顧衍更是難以啟齒，只好笑了笑，努力裝出沒事的模樣，「今晚你不是和意林事務所有籃球友誼賽嗎？我有點迫不及待看到自己的男朋友成為全場MVP的樣子了呀。」

顧衍不疑有他，見齊溪提起籃球賽，也有些期待的樣子，他像是想說什麼，但最後又憋著沒說，只是到底還是沒忍住。

快下班時，他突然很鄭重地對齊溪道：「今晚球賽，會好好打的。」

只是比起顧衍的投入和認真，齊溪就真的堪稱恍惚了，她甚至不記得自己是怎麼跟著競合所的同事以及顧衍一起到達約定的球賽地點的，直到比賽開始的吹哨聲把她像是從惡夢中喚醒。

雖然是友誼賽，但兩家事務所的男律師顯然都存了表現一番的決心，竟然打得有板有眼，顧衍幾乎是一入場，就成了眾人視線的焦點，果然如齊溪此前預料的一樣，即便是意林事務所來的律師親屬們，也忍不住朝顧衍投去了目光，而籃球場附近的學生們，也都倚靠到座位邊一起為顧衍加油歡呼起來。

齊溪的心情終於隨著這樣熱烈的氣氛變得好了一些，望著球場上顧衍飛奔的身影，她覺得有點與有榮焉，也帶了一點點隱祕的快樂。

所有人目光望向的男生，眼裡只有自己。

顧衍上半場打得非常不錯，因為身高和體能優勢，由他帶領的競合事務所幾乎可以說是橫掃球場，意林事務所彷彿被壓著打，幾個意林事務所的男律師臉上都露出了真實的疲憊和被按在地上摩擦的尷尬，其中意林隊的一個主力球員，顯然非常努力，技術也不錯，可惜對上顧衍，也沒什麼勝算。

每一次顧衍進球，全場都會爆發出整齊的歡呼聲。他在球場上奔跑，像一隻自由的獵豹，自信又張揚，彷彿是天生站在食物鏈頂端的頂級獵食者。

脫掉西裝換上球衣以後，齊溪才發現，顧衍的身材是真的很好，肌肉線條流暢漂亮，但又不至於太過誇張，一切都恰到好處，每個動作間緊繃的線條感，都讓人感覺蘊藏著力量。

因為沒有在競合所裡公開，因此顧衍不可能在球場上公開表白，但每次一進球，顧衍都會下意識在場上尋找齊溪的身影，他流著汗，眼神專注而熱烈，隔著遠遠的距離，在眾人的鼓掌或歡呼裡看向齊溪，像是一個期待被表揚的小男孩，彷彿不論別人誇讚他有多好，他也固執地只需要某一個人的肯定。

齊溪也被這種氣氛感染，心情變得好了一些，她朝顧衍用力地揮手，賣力地跟著身邊的同事一起為顧衍打氣加油，場上的顧衍這才笑了一下，然後重新投入到比賽中。

中場休息時，顧衍幾乎是一出球場，就有很多來觀賽的陌生女生遞水或毛巾給他，顧衍幾乎像是被花團錦簇地包圍了起來，但他誰的也沒有收，只是禮貌地拒絕了所有人，然後分開人群，朝著齊溪所在的觀眾席走來。

「怎麼都不過來遞水？」這男人逕自拿過齊溪手中的水和毛巾，有些小孩子地賭氣埋怨道：「我好歹也是妳的……」他看了齊溪身邊的同事一眼，像是頗為委屈地轉變了說辭，「好歹是妳的團隊隊友，妳不應該表現得熱情一點嗎？」

齊溪忍不住笑起來，覺得心情真的有變好一些，她看著顧衍，耍賴道：「我不過去，那是因為我知道你會過來啊。」

當著這麼多同事的面，顧衍也不能和齊溪公然打情罵俏，只能頗為含蓄又不太甘心地看了齊溪兩眼，又和來觀戰加油的同事們聊了兩句，休息了片刻，才重新回到了場上。

顧衍剛回到球場上，意林事務所就有幾個球員朝顧衍走了過去，像是在交流什麼一樣，對方和顧衍說著什麼，顧衍愣了一下，然後他看了齊溪一眼，神情有些糾結，但對方律師大概又說了什麼，露出很懇求的神色，顧衍最終還是點了點頭。

下半場一開始，齊溪就看出顧衍的異常了。

他很明顯地收斂了鋒芒，雖然還是很認真地在打球，但是投球的機會，幾乎都分散讓給了自己隊裡的其他人，而意林事務所，下半場顯然重振氣勢，幾乎所有隊員，都把球傳給了那位主力球員投籃，原本上半場顧衍名下累積的進球比分，很快就在這種形勢下漸漸逆轉了，齊溪就眼睜睜地看著顧衍的比分被對方逆襲超過了。

最終，競合所還是以幾分之差贏得了比賽，只是全場投籃得分最多的並不是顧衍。因為並不是嚴格意義上的籃球賽，MVP只簡單的按照誰得分最高獲得，如今這MVP便成了意林的那位主力球員的榮譽，顧衍變成了第二位。

而齊溪還沒來得及納悶，球場上意林事務所的律師突然集體從球場邊拿出了橫幅，還有藏起來的氣球和鮮花，在起鬨聲中，那位最終獲得MVP的球員單膝跪地，竟然在現場上演了一齣求婚戲碼。

球場上的氣氛也一下子熱烈了起來，大家都不再關注這場球賽，而是開始關注起這場求婚，主角一下子成了這位球員和他驚喜交加的女友，而在大家的鼓掌和歡呼聲裡，那位球員的女友最終接受了求婚。

不論如何，人在看到這種讓人雀躍的有情人終成眷屬時，都還是會本能的感受到開心的情緒，齊溪也忍不住和人群一起鼓起掌，連顧衍什麼時候回到她身邊都沒反應過來。

直到顧衍酸溜溜的聲音飄過來，「熱鬧是他們的，我還真的是什麼都沒有，連女朋友都去幫別的男人鼓掌了。」

趁著其餘同事們也都去起鬨這場求婚，不再關注顧衍的當口，這男人坐在齊溪身邊，裝成若無其事地哀嘆起來。

「我剛才也幫你鼓掌了！」齊溪不得不澄清自己的立場，她伸出手，「你看，剛才手都拍紅了。」

顧衍看起來像是被哄高興了一點，趁著沒人注意，他拉過齊溪的手，「還真的紅了啊，那我幫妳吹吹吧。」

「顧衍！」齊溪有些急了，她趕忙縮回手，瞪了顧衍一眼，「其他同事都還在呢！」

顧衍像是看到齊溪驚嚇的模樣才滿意，笑著鬆開了手。

球賽散去，大家都各自散開回家，一旦離開熱鬧的人群，齊溪便忍不住開始想自己爸爸的事。

「齊溪，我沒有得MVP妳是不是不高興？」

大概是齊溪心不在焉太明顯，顧衍顯然誤解了她的情緒來源。

顧衍看起來有些無措，他過來拉了齊溪的手，解釋起來：「本來我確實是想當MVP的，可中場休息快結束時，意林事務所的人過來和我打了個招呼，說他們的主力球員這次打算用這個球賽求婚，問我能不能通融一下。」

顧衍垂下了視線，「我知道我答應過妳，這次要拿MVP，但對方畢竟可能是這輩子唯一一次求婚，在這場球賽裡贏得MVP對他比對我重要得多。」

齊溪這才有些恍然大悟：「所以你後面的球都故意讓給了競合其他同事去投，而意林事務所的則把投球的機會都讓給了那個求婚的男律師？」

顧衍點了點頭，「我也沒有放水讓競合輸，只是讓掉了MVP。」他看了齊溪一眼，「但如果知道妳會不高興的話，我是不會把MVP頭銜讓掉的……」

齊溪因為齊瑞明的事，整體情緒不高昂，雖然她還是努力佯裝正常，但顧衍還是一眼就看出來了，只是誤判了齊溪情緒低落的方向。

這男人因為齊溪的不高興，情緒也為此顯而易見的有些低落了下來，「齊溪，是不是我做不到第一名，妳就不會那麼喜歡我了。」

這樣的說法還是齊溪第一次聽說，她愣了愣，才驚訝道：「為什麼這麼說？」

「因為妳好像只會關注第一名。」顧衍的聲音有些低，「在學校裡的時候，我參加很多活動，但妳好像都不會看到我，每次妳去圖書館，我也會去，就坐在妳不遠處，但妳幾乎不會注意到我，每次就自己埋頭念書。」

顧衍的視線望向地面，「後來我才發現，好像只要考上第一名，妳才會看到我，每次看到成績單排名時，妳就會看我，雖然只有十幾秒鐘，甚至連一分鐘都沒有，但我為了妳這十幾秒的目光，會一直去當第一名。」

在漫長的沉默後，齊溪才終於有些回味過來，也才想起來以往並不知道顧衍暗戀的對象就是自己時這男人的說辭。

她看向顧衍，「所以你每次都考第一名，只是為了讓我能看你？」

「嗯。」顧衍的聲音有些悶悶的，「所以這次我沒有得到球賽裡的第一名，妳是不是不太高興，妳是不是覺得只有第一名才是最優秀的？」

齊溪簡直有些哭笑不得，但繼而內心也湧起一些溫柔的愛意，她突然想把自己心裡此刻的壓抑、難受和無措都告訴顧衍——

「我不知道你為什麼選法學院，但我選法學，根本不是因為我喜歡法律或者想當律師，只是因為我憋著一口氣。」

這些話齊溪甚至沒有對自己的媽媽說過，但如今面對顧衍，不知為何，覺得好像能暢所欲言地講出來。

顧衍給她的感覺是安全的，讓她覺得溫和而無害，既是讓她心跳加速的男孩，又是能夠予以信賴的朋友，還是能夠並肩作戰的隊友。

「我其實更喜歡藝術，原本很想學藝術，但有一次無意間聽到我爸說了一嘴，說女生就這樣，只能搞搞藝術之類的學科，而對於我是個女孩這件事，他一直耿耿於懷，幾次對著我媽長吁短嘆，說他自己創設了一間事務所，可惜只生到一個女兒，可謂是後繼無人。」

顧衍愣了愣，顯然沒想到還有其中曲折，有些意外道：「所以妳為了賭氣才學了法律？」

「嗯，我就想證明給我爸看，女生可以做任何事情，可以學任何學科、可以從事任何工作，並且只要努力，都可以完成得非常出色。」

齊溪抿了抿唇，「我選擇法學院的初衷確實不純粹，我爸媽都是容大法學院畢業的，我就是憋著一口氣，才一定要考容大的法學院，進了法學院以後，我幾乎可以說一心唯讀聖賢書兩耳不聞窗外事了，大學校園裡很多有趣的活動和經歷我都沒有體會過，只為了追逐第一名，因為我覺得只有第一名這樣直白的名次，才能在我爸面前證明我自己。」

齊溪講到這裡，抬頭看向了顧衍，「所以我並不是真的只在乎第一名，也不是只會喜歡第一名。我只是一直有些病態地在追逐第一名這個名次。」

齊溪頓了頓，才繼續道：「但直到現在，我才發現，即便我得了第一名，也是沒有意義的。」

她苦笑了下，「因為在我爸的眼裡，可能因為我是女孩，就永遠不可能看到我的努力我的優秀，也永遠不會承認我的成功。」

對面的顧衍果然如齊溪所預想的一樣，他雖然有些意外，但很快恢復了平靜，溫柔而包容地看著齊溪，在這一刻，他是最好的傾聽者，而顧衍不帶任何苛責和評價的眼神，讓齊溪覺得放鬆而安定。

「我今天心情不好不是因為你沒得到第一名，顧衍，我希望你知道，我喜歡你，只是因為你是你，和你是不是第一名一點關係也沒有。」

齊溪深吸了一口氣，鼓起了勇氣，對顧衍坦白，「我情緒低落，只是因為我發現我爸出軌了。」

要說此前顧衍的表情還相當淡定，那齊溪這句話下去，饒是顧衍再鎮定，臉上也顯出了驚愕的神色，他開解齊溪道：「會不會是誤會？」

明明正常來說家醜不可外揚，但齊溪此刻真的急需一個傾訴的管道，她畢竟也才剛畢業沒多久，這種爸爸竟然長期出軌的真相，齊溪根本沒有辦法一個人扛。

而齊溪也還抱著最後一絲自欺欺人的期待，那就是顧衍在聽完她說的情況後，能從中為自己的父親找到可能被誤會的證據。

只是現實永遠不是童話，在聽完齊溪的細節後，顧衍也陷入了沉默。

片刻後，他才開了口：「那妳現在打算怎麼辦？要告訴妳媽媽嗎？妳覺得妳媽媽的性格是什麼樣的，知道妳爸這樣的事後，她會怎麼做？」

關於這一點，齊溪其實也有考量過，「我媽雖然也是學法律的，但性格沒有那麼剛硬，而且她對於事業的野心從來不大，一直以來的夢想就是能操持好一個家庭，擁有一個幸福的小家。」

「我現在只能確定我爸肯定是出軌了，但這事到底壞到什麼程度，是精神出軌還是身體一起出軌，還是別的，我想先調查確定一下。」

只有確定自己的爸爸到底做了什麼事，齊溪才能預估自己媽媽的反應。

「如果我爸只是和對方曖昧，給對方花了些錢，那按照我對我媽的理解，她可能不會離婚，但知道這件事後會相當痛苦。如果只是這樣的話，我會先不告訴我媽媽，先自己找我爸談，看看他的態度再說。」

但……

不消齊溪開口，顧衍已經替她說出了她還沒說出來的話，「但齊溪，我覺得這件事情，妳可能要做好最壞的打算。」

顧衍頓了頓，像是在等著齊溪消化一樣，他的眼睛盯著齊溪，關心著她每分每秒的情緒，直到確保齊溪此刻是穩定堅強的，顧衍才繼續說了下去，「我覺得妳爸爸，可能不是妳說的那種輕微的犯錯，聽起來更像是嚴重的長期出軌。可能我這樣說有些冒犯，但很顯然，妳爸爸和王娟在她回事務所前就一直在一起了，那麼往前倒推，是不是有很大可能，王娟在妳爸爸事務所實習時，其實兩個人就已經在一起了？這兩個人出軌的時間線，可能比妳想得還長的多。」

顧衍說的齊溪並非想不到，只是她固執地不願意去正視。

確實，但凡一個在法律上想要有所建樹的人，不可能連一年實習期都沒滿就辭職走人，更不可能在如此短暫的工作時間內和合夥人成為忘年交，以至於能讓事務所合夥人擺著更便宜能幹的應屆畢業生不要，非要找一個三十歲左右卻毫無工作經驗和相應資質的女人回來幹活。

王娟在網路上營造的是窮山村裡出來的女生，透過自己的努力逆襲考上了好的大學進入了好的事務所，透過兢兢業業的工作過上了如今白富美的生活。

但齊溪知道，這些都是假的，王娟出身確實很窮，考上的也根本不是名校，只是一個普通大學法學院的擴招生名額，而中間那麼多年，她的社會保險都是空缺的，說明根本沒有上過班，哪裡來的透過工作就收入頗豐呢？她的社群紅起來，也是近兩年的事，而她在社群晒的「白富美」生活，至少已經持續六七年了！

唯一的答案只能是，王娟這麼多年沒工作沒上班，卻還有那麼多錢花，是因為她被人養起來了。

齊溪發白的臉色已經說明了她此刻的想法，顧衍的臉上露出不忍，他什麼也沒說，只是把齊溪抱進了懷裡，摸了摸她的頭。

「齊溪，先別急，事情可能也不至於有妳想的那麼差。」在這個慌亂而無措的巨大變故裡，顧衍的聲音像是迷霧裡的燈塔，溫柔地撫慰著迷途旅人的心，讓齊溪也莫名安定了下來。

他拍著齊溪的背，「不要擔心，我會陪著妳一起先把情況摸清楚，到底什麼時候告訴妳媽媽，以什麼方式告訴她，我們首先要做的是掌握事實和真相。」

第十六章　取證和調查

齊溪辨理別人的案子時可以非常冷靜俐落，但一輪到自己成了案子裡的當事人，她也難免變得有些當局者迷，好在顧衍的一番話讓她逐漸恢復了理智。

是了，不論如何，自己的爸爸到底做到了哪一步，他的出軌到底多嚴重，還是需要調查取證的。

只是齊溪沒想到，雖然自己在了解全貌之前想先按住不表，然而也不知道是不是冥冥之中命運的安排，奚雯在齊溪告知她之前，自己發現了齊瑞明的問題。

在和顧衍商量好一起調查齊瑞明的當晚，齊溪接到了媽媽的電話。

電話那端，奚雯的聲音帶了點顫抖：『溪溪，妳爸爸應該出軌了。』

齊溪愣了愣。

『我知道妳可能不相信，但這是媽媽親眼看見的。』奚雯並不知道齊溪已經知情，聲音隱忍著巨大的痛苦，齊溪聽到她深吸了一口氣，彷彿如此才能最大程度上吸取到空氣中的氧氣，『今天是妳爸幫我約的固定的ＳＰＡ日，也是他親自把我送到飯店的，說會在飯店的咖啡廳裡一邊等我一邊處理工作郵件，等我做完再接我一起回家。』

對於齊瑞明的這個習慣，齊溪是知情的，雖然齊瑞明常常缺席齊溪學校的活動，但他對自己的太太倒還算上心，比如每週固定有一天能放下手頭的工作，親自接送老婆去做SPA，全程就在飯店樓下等著。

也正是這些細枝末節，曾經讓齊溪認為父母是非常相愛的，爸爸就算有點重男輕女的毛病，至少對媽媽是沒話說的。

然而如今聽著電話那端奚雯顫抖的聲線，再想到自己見到愛馬仕包在王娟手裡的震驚，齊溪已經感覺沒有什麼是不能被推翻的了。

很多事情，根本經不起對比，一旦對比，過去的認知或許會完全被打破，留下的只有千瘡百孔，比如奚雯的coach，王娟的愛馬仕。

往日再恩愛的細節，或許從另一個角度來看，根本只是處心積慮。

『SPA本來是一個半小時的項目，但技師做了十幾分鐘後，就身體不舒服暈倒了，所以這次SPA也臨時取消了，技師被送去了醫院，我就打算去飯店咖啡廳找妳爸爸。』

不需要媽媽說完，齊溪其實已經猜測到了發展，然而再次從媽媽嘴裡聽到自己的猜測成真，齊溪仍舊覺得深受打擊。

『但妳爸爸不在咖啡廳。』奚雯的聲音已經變得近乎支離破碎，『我找了一圈，他並不在原本等著的座位上，找了一圈，也是巧，看到他正從洗手間出來，結果我剛想叫住他，卻發現他並沒有往咖啡廳走回去，而是朝飯店健身房和游泳池的方向走。』

『前幾天我剛調侃過他最近有點小肚子，想著他當時是不是顯得不在意，其實內心介意的要死，準備偷偷趁著我不注意去減肥，為了不下他的面子，不讓他尷尬，我就偷偷跟著他，結果他去的不是健身房的器械區，而是飯店的游泳池……但他根本不會游泳，小時候落水過，所以對水還有點心理陰影，我有點好奇，不知道為什麼他擺著器械不練，一把年紀了竟然打算學游泳，所以就跟了上去……』

齊溪只感覺血液往頭腦上湧，所以爸爸是去游泳池私會王娟了嗎，如果媽媽看到了這麼噁心的場面……

可齊溪沒想到的是，奚雯看到的，是比爸爸和小三親密互動更噁心的情景——

『結果我發現，妳爸確實不是去游泳的，他是去看一個小孩游泳的。』

齊溪愣了愣。

明明此刻氣溫並不低，但奚雯的聲音像是從冰天雪地裡傳來的，齊溪甚至能聽到媽媽牙齒微微打顫的聲音：『是個男孩子，十幾歲的樣子。』

齊溪一下子沒反應過來，直到媽媽的下一句話，像是一桶冰水把她從頭澆到尾——

『和妳爸長得很像。』

人在特別大的打擊和痛苦面前，為了自我保護，常常會關閉一些過分敏銳的感官，原本齊溪從不認為這種話是對的，然而直至這一刻，她才意識到是真的。

媽媽的聲音並沒有變輕，然而齊溪卻覺得她的聲音變得很遙遠，像是從夢裡傳出來的，好像她和媽媽並沒有打過這一通電話，這一切不過是齊溪的一個夢境。

『我聽到那個男孩子，喊了妳爸「爸爸」。』

齊溪已經不記得自己是怎麼掛掉媽媽的電話的，她渾身發抖，像個嚴重的帕金森氏症病人，又合併了狂犬病發作，以至於怕光怕人怕外界一切的聲音。

如果能找到地洞躲起來，就像冬眠的熊一樣，不論有多少風雪，只要閉著眼睛睡覺，待到春天再甦醒，就自然而然是冰雪消融春暖花開，那該有多好。

然而齊溪覺得自己像被丟進了密室的求生者，面對四面的圍牆，逃無可逃。

再噁心再三觀崩塌，她也不得不去面對這些事情。

她以為發現爸爸出軌王娟已經是足夠沒有底線和操守的行為，然而她沒想到，爸爸對這個家庭的背叛，比她想得還離譜。

結束球賽後，是顧衍一路陪著齊溪回租住的房子，趙依然今晚加班，因此屋內就只有顧衍和齊溪，原本齊溪還打算趁著這個空檔和顧衍好好商量調查取證的方向，只是沒想到計畫最終趕不上變化。

在電話裡，齊溪只能簡短安撫了媽媽，奚雯雖然受了很大的打擊，但好在理智尚存，並沒有打草驚蛇直接衝進游泳健身房和齊瑞明對峙，反而還在安撫齊溪：『溪溪，別擔心，媽媽知道要怎麼辦。』

在齊溪的不斷安慰和陪伴聊天下，奚雯的情緒漸漸平緩了下來，她的聲音仍舊微微打顫，但情緒聽起來平穩了些：『媽媽不會衝動做傻事，妳也不要立刻回家，會引起妳爸的懷疑，這件事還是要從長計議，如果妳爸真的做了對不起我的事，在外面養了這一個十歲左右的兒子，他一定計畫完善，掩蓋得非常縝密，我今晚不能露出破綻，所以我還是會假裝按時做完SPA，再跟著妳爸一起回家，妳千萬不要這時候衝回家和妳爸對峙，也不要打電話給妳爸，妳就只管做好妳自己的事，妳爸爸的事，媽媽會處理。』

雖然齊溪也是家庭的一分子，但遭遇配偶出軌甚至在外可能有私生子的重大背叛，女兒和妻子的感受是完全不同的，齊溪作為子女，已經感覺到天崩地裂，她更難想像一直以來那麼信任齊瑞明的媽媽，此時此刻是什麼心情，她幾乎是在毫無防備的情況下遭受了滅頂之災般的打擊。

然而直到此刻，明明媽媽才是最大的受害人，卻還在安慰著自己，還在試圖保護著自己不受這樣醜惡事情影響。

齊溪在發現齊瑞明出軌時都沒能流下的眼淚，此刻終於忍不住，撲簌簌地掉了下來。

雖然齊溪努力咬住了嘴唇不發出聲音，但即便隔著電話，奚雯還是很快洞察了齊溪的情緒，在這樣的情境下，她的聲音仍舊帶了溫和與讓人安定的力量——

『溪溪，妳不要害怕，也不要哭，妳放心，媽媽會保護妳，會保護這個家。即便沒了妳爸爸，只要有媽媽在，妳就還有家，媽媽會竭盡所能，爭取我們應該得到的東西。』

奚雯的聲音已經變得冷靜起來：『如果妳爸爸真的做出這種事，我絕對不會原諒他，雖然我也知道妳肯定更希望有一個完整的家，但媽媽這次給不了妳了，希望妳也能理解媽媽。』

自己當然可以理解媽媽！

齊溪的眼淚根本止不住，幾乎是立刻表明了態度：「媽媽，不論妳想怎麼做，我都無條件支持妳！妳不要顧忌我的感受，做對得起妳自己的決定就好。」

直到掛了電話，齊溪還是忍不住難受和自責。

一直以來，因為媽媽沒有在職場上廝殺，總是溫和溫軟的性格，以至於齊溪也對她產生了誤解，她總以為，即便媽媽知道爸爸出軌，只要爸爸沒做到太離譜，也能有愧疚並且表達了想回歸家庭的願望，或許媽媽都不會離開爸爸的。

齊溪這一代人，能夠忍受婚姻裡帶來的背叛和不快樂的是少數，但她此前經辦過艾翔的案子，也多少知道不能以自己的價值觀去要求他人，尤其是年紀比自己大的那代女性，她們成長時的社會思潮和自己的不同，因此在遭遇配偶背叛時，做出的決定也不同。

為此，齊溪甚至掙扎地想過，如果媽媽想繼續和爸爸過下去，她也只能尊重，規勸自己想開點。

只是事到臨頭，她才發現，自己並沒那麼了解媽媽。

奚雯比她想得更加堅強，也更不能容忍背叛。

原本齊溪還擔心媽媽萬一不願意離婚，那知道出軌了是否是徒增煩惱，但如今見奚雯這樣的態度，終於鬆了一口氣。

只是鬆了口氣之後，齊溪也開始有些羞愧起來，她明明是個成年人了，但遇到這種事，不僅沒能站出來保護媽媽，還需要媽媽顧忌著她。

齊溪意識到，自己在洞察爸爸出軌後，不能再沉浸在受害者的情緒裡自怨自艾或者痛苦為什麼會發生這種事，她得去做她應該做的事。

她必須站出來保護自己的媽媽。

她都是個成年人了，已經工作了，不應該還要讓媽媽保護她了。

既然自己的媽媽都已經表明了態度，齊溪覺得自己沒任何需要束手束腳的了。

婚姻裡一旦一方出現出軌，而另一方決心離婚，那最重要的就是搶占先機取證。奚雯讓齊溪不要回家的策略是對的，因為這樣表現得更加平常，才不會引起齊瑞明的懷疑。

雖然臉色慘白情緒也很複雜，但齊溪還是和顧衍簡單講述了自己媽媽的發現，她深吸了一口氣，「所以，我爸有很大機率是在外面有了私生子，我懷疑這個私生子就是王娟生的，因為這樣也對得上，王娟為什麼這麼多年沒有工作還有人養，為什麼我爸一個挺吝嗇的人，願意為她下血本買愛馬仕，不僅僅是因為出軌，是因為她是他兒子的媽。」

顧衍的臉上是真實的愕然和驚訝，他愣了愣，繼而才輕輕拉住了齊溪的手，「妳還好嗎齊溪？需要我幫妳熱個牛奶緩一緩嗎？」

顧衍的聲音非常溫和，彷彿怕稍微提高一點聲音都會嚇到齊溪，「今晚要不要早點休息，再大的事情明天再說。」

齊溪知道顧衍是好意，但她還是搖了搖頭，「不用，我想盡快把證據鏈完善下。」

顧衍沒有放開齊溪的手，他的語氣也很堅定：「那我留下來陪妳，等趙依然回家了我再走。這樣的情況下，我不放心妳一個人在家。」

齊溪抹了抹眼淚，她現在真的很需要有人陪伴，也不再矯情和逞強，只是紅著眼睛對顧衍點了點頭。

大概是被媽媽的一番話帶動了幹勁，齊溪很快就進入到了自己職業的思考方式裡，「如果我媽要離婚，那我肯定要為我媽媽爭取盡可能多的財產分割。」

齊溪一旦擦乾眼淚，回到專業的領域，聲音也變得冷靜起來：「那麼首先可以先取證證明我爸確實出軌了，一來是拍到他和王娟出軌的證據，二來則是找到金錢上蛛絲馬跡的來往。」

「第一種方式最直白，但按照我爸出軌十幾年都沒被發現的情況來說，他應該非常小心，更何況王娟現在就在他的事務所，他平時完全可以打著工作的幌子和王娟有合理的接觸，即便我拍到他和王娟在一起的照片，他也完全可以用只是關係比較好的工作夥伴來解釋推託。」

顧衍點了點頭，「沒錯，所以我們更應該從第二種方式入手，但現在銀行非常保護個人隱私，即便妳們能偷偷拿到妳爸爸的身分證，只要不是本人親自去，也沒辦法調取帳戶交易紀錄。」

顧衍的分析齊溪不是不知道，她咬了咬嘴唇，短暫地皺了下眉，不過眼睛很快亮了起來，「但可以利用通訊軟體！我爸肯定會加王娟好友，肯定也會有轉帳，現在法院認定出軌很多就從通訊軟體轉帳來看，一旦能找到多次長久的一三一四、五二〇這類有特殊意義的轉帳款，就可以推定是出軌！」

「但通訊軟體轉帳取證的話，司法實踐裡，幾乎是得靠配偶自己去找對方的手機取證了。」

齊溪知道顧衍說的是事實，如今即便去法院起訴，法院也不可能強制調取他人手機裡的聊天紀錄和轉帳紀錄，齊溪曾經研讀過法院判例，諸如婚內出軌將婚內財產多次轉給小三的，這類轉帳紀錄都只能由被出軌人拿到出軌者手機完成取證。

如果沒記錯，齊瑞明明天就號稱要出差，齊溪生怕久則生變，當即打了通電話給奚雯。大概是為了找個遠離齊瑞明的安全地方接電話，電話過了片刻才被媽媽接通。

齊溪也來不及說別的，只言簡意賅說了自己的取證想法：「媽媽，妳最好拿到他的手機，通訊軟體裡肯定會有各種蛛絲馬跡，除了轉帳紀錄外還有聊天紀錄，聊天紀錄可以證明出軌，轉帳紀錄裡的錢則可以起訴要求小三返還屬於妳的那部分，因為這都是婚內共同財產。」

奚雯畢竟遭受重創，聲音聽起來有一些疲憊，但非常配合齊溪，『溪溪，那告訴媽媽，應該怎麼做？』她有些侷促，『雖然我也學了法律，可沒怎麼工作過，通訊軟體上的轉帳紀錄，直接截圖就行嗎？這樣作為證據可以嗎？』

「媽媽，妳先拿到爸爸的手機，點開通訊軟體，找到帳單，點下載帳單，然後通訊軟體會跳出兩個選項，一個是用於個人對帳，一個是用作證明資料，妳選擇用作證明資料的那一項，這樣匯出來的電子帳單，會加蓋公章，裡面有他全部的交易明細，可以用來作為財產糾紛、訴訟的證明資料，法院是認可的。」

齊溪一邊拿著自己的手機一步步操作，一邊指導自己的媽媽：「點了用作證明資料後，妳需要選一下帳單時間，然後填一下接收這份資料的郵箱，之後會跳出一個頁面，要求妳填寫通訊軟體主人的姓名和身分證字號，這些妳就照著我爸的真實資料填，之後就到最後一步了，這一步很關鍵，因為要輸入通訊軟體的支付密碼，爸爸的支付密碼，妳知道會用哪幾個嗎？」

電話那端的奚雯聽得非常認真：『我知道妳爸大概會用哪幾個密碼，八九不離十。』

奚雯像是在走路，齊溪聽到了她那端開門關門的聲音。

齊溪只是以為媽媽在走動，卻沒想到，沒隔多久，奚雯就壓低聲音道：『溪溪，妳爸爸正好在洗澡，手機放在外面充電，我現在拿到他的手機了。』

齊溪的心跳如鼓，她沒想到這一切能這麼快實施起來。

電話那端，奚雯大概正在按照齊溪此前的指導取證電子帳單，電話裡只能聽到她微微緊張急促的喘息聲。

片刻後，奚雯道：『我在妳爸的通訊軟體上收到傳來的電子證明傳送成功通知了。』

「媽媽，這個傳送成功的通知裡有個解壓碼，記下解壓碼，記下後，把這則通知刪除，這樣不會留下痕跡，他不會知道我們用他手機申請過明細證明。而這份電子帳單會傳送到妳填的郵箱，妳用解壓碼就可以打開檔案了，這樣就可以獲取他的電子轉帳明細。」

『好。』

奚雯應和後，有一下下沒發出聲音，大概是去解壓縮檔案了，沒多久後，齊溪才聽到了媽媽壓抑但痛苦的聲音：『溪溪，我申請了妳爸一年的轉帳紀錄，有很多一三一四和五二〇，但更多的是五萬兩千和五千兩百……』

因為已經有心理準備，對於這樣再次坐實出軌，齊溪已經沒有那麼大的震撼，她心裡只有巨大的憤怒和仇恨，媽媽從來體貼齊瑞明工作辛苦忙碌，因此在生活上一直非常節儉，用的也都不是名牌貨，有時候一年的開銷甚至都沒有王娟一次收到的錢多。

可自己的爸爸，對自己和媽媽這麼吝嗇小氣，對小三王娟卻大方得很。

齊溪的心裡像是燃燒著一把火，她此時此刻已經沒有別的想法，心裡只有一個目標——她不能原諒，也不能甘心，她一定要把這些錢，都從爸爸的小三那裡要回來。

如今的時機沒有給齊溪和齊溪媽媽任何喘息的機會，齊瑞明任何時候都可能洗完澡吹完頭出來找手機，這次的取證幾乎是分秒必爭，因此，齊溪幾乎沒有停頓，繼續道：「媽媽，現在妳郵箱裡拿到了帳單，轉帳金額裡已經有一三一四、五二〇這樣敏感的轉帳，光是這一點就可以從法律上證明他出軌了，另外，找到這個轉帳的對象後，媽媽，還需要妳幹一件事，妳要點進這個一三二四、五二〇轉帳的電子帳單，在帳單服務裡找到申請轉帳電子憑證，把每一張這個金額的帳單，都申請一下。」

因為要防著齊瑞明出現，母女倆都十分緊張，奚雯的聲音更是帶了點顫抖，『我點了，但是顯示「當前申請的電子憑證包含個人重要敏感資料，為保護資料安全，請輸入對方姓名進行驗證」。』

媽媽的聲音聽起來快哭了，『溪溪，可我們不知道對方的名字啊。』

「王娟，媽媽，妳輸這個名字。」

奚雯應了一聲，短暫的停頓後，她才重新開了口：『溪溪，已經申請成功了。』

能申請成功，說明齊瑞明轉一三二四的對象，確實就是王娟，因此才能認證成功得到電子憑證。

至此，一切塵埃落定，不用再懷疑也不用再抱有任何不切實際的期待，王娟確確實實就是爸爸的小三，爸爸那些有示愛意味特殊金額的錢確實都是轉給她的。

奚雯顯然非常意外為什麼齊溪會知道這小三的名字，但齊溪此刻沒有時間解釋那麼多了，她只能簡單道：「媽媽，這小三王娟現在在爸爸所裡工作，三十歲左右，具體我怎麼知道的，還有一些別的事，晚點和妳詳細說。」

她的心裡是滔天的憤怒和被背叛後的傷害感，但此刻還不是能放縱憤怒和悲傷的時候，齊溪咬著牙，努力冷靜道：「媽媽，現在把這些轉帳紀錄都申請電子憑證，等等妳就會得到通訊軟體支付推送給妳的電子證明，妳下載轉帳電子憑證後，就把推送來的訊息刪除。」

奚雯這一次已經熟練，『知道，毀屍滅跡，媽媽會搞定的。』

齊溪和顧衍合作過，和顧雪涵配合過，和競合所裡別的同事也都互相幫助過，但這是她有生以來第一次，在自己的專業領域和媽媽攜手。

奚雯雖然早已經脫離職場多年，對當今電子取證手段也不甚了解，但齊溪的講解很快補足了她知識上的不足，兩人聯手完成了這一次簡單的取證，奚雯這才趕忙把齊瑞明的手機放回了原位充電，然後才繼續回到書房和齊溪講電話。

『溪溪，我大致掃了一下電子帳單，我懷疑妳爸爸轉給王娟的錢並不是最主要的，平時肯定有用金融卡定期轉生活費和開銷給對方，他們的兒子看起來也十歲左右了，開銷不會少，他明天會去出差，我會利用他不在的機會，去翻一翻他的發票袋。』

奚雯的聲音雖然還有些微微的不穩，但邏輯通順清晰：『平時妳爸為了方便報銷，或者幫所裡做成本，只要花錢能開發票的，都會開，幾乎已經養成習慣了，而因為怕麻煩，每次他發票都會累積個大半年才一起給所裡的財務，最近這半年的發票袋還在家裡。』

奚雯頓了頓，才繼續道：『他和王娟出去消費，一定會開發票，只要把近半年餐飲發票裡的餐廳都標注出來，看看在哪附近就餐最頻繁，就能找到他把王娟養在哪裡的大致地點了。』

遭遇到了重大的背叛和毀天滅地般的家庭破碎，不論是齊溪自己，還是奚雯，心裡都是痛苦而雜亂的，然而這一刻，對齊溪而言又是非常難以形容的體驗。

她從沒想過有朝一日會和媽媽一起就法律專業的取證問題討論合作，而媽媽好像總是能給齊溪驚喜。

也是這一刻，齊溪才真真切切感受到了媽媽曾經是容大法學院優秀畢業生的光芒。從前，奚雯只是她眼裡溫柔包容的媽媽，但如今，齊溪才體悟到，她也是自己的校友，自己的前輩，和自己同樣接受過專業的法學教育，所學的一切也並沒有完全荒廢。

『另外，妳爸明天出差是坐飛機，會讓陳司機直接接他去機場，他的車會留在家裡，媽媽明天會去找他行車記錄器裡的SD卡，還有他平時導航裡搜尋、常用的地址，也應該有用。』

奚雯的條理清晰，在電子證據的取證上她不如齊溪那麼熟練，但在別的證據上，她的縝密程度並不輸給齊溪，『妳爸和那個王娟，應該很多年了，而且有小孩的話，平時絕對不只給點現金這麼簡單，妳也和媽媽說了，這小三才三十歲左右，願意給妳爸生兒子，肯定是得到了大的好處。』

沒錯，就是這樣。

奚雯接著分析道：『所以妳爸肯定一直有私藏婚內財產，大概已經幫對方買了房和車，平時吃穿用度給的也不會少，所以我們要找到所有的證據線索，去拿到他轉移掉的財產的具體資訊。』

齊溪的呼吸變得有一些急促，但眼睛卻亮了起來，她找到了那種完全沉浸到工作中解決了某個難題時的投入感，因此連憤怒和悲傷都被沖淡許多，「媽媽，妳的意思是我們要把他轉移的財產都挖出來？」

『嗯。』

齊溪真心實意道：「媽媽，妳知不知道妳真的很適合當律師？」她忍不住有些惋惜和難受，「為了我和我爸犧牲自己的事業，真的太可惜了。如果妳當初和他一起創業，是不是就不會……」

『溪溪，媽媽從沒後悔過為了照顧妳選擇不去職場，妳也不要為此自責，孩子不是自己選擇到這個世界的，是媽媽選擇把妳生出來，理所應當要照顧妳，妳沒什麼對不起我的。辭職是媽媽自己的選擇，所以現在也是媽媽自己應該承擔的後果。』

即便是此刻，奚雯的聲音痛苦裡都帶著溫柔，『我辭職在家這些年裡，也不是不快樂，曾經也有很多美好的回憶，只是現在情況變了，妳爸這樣對我，我永遠不可能原諒他，也永遠不可能回到過去。』

『所以，我也不會去想如果，不會去假設如果我沒辭職，如果我和妳爸一起創業，如果我每天看著妳爸，是不是妳爸就沒機會出軌，因為現在木已成舟，再想這些沒有意義，我只想放眼往前看，妳爸對不起我，我會要他付出代價。』

齊溪這一刻才真正理解了媽媽的溫柔，真正的溫柔應當如蒲草，看起來柔柔弱弱被風一吹就彎腰，然而正因為這種隨著情勢能任意轉換身姿的柔韌，才是永不折斷堅韌的精髓，不論外界風雨多大，蒲草即便在風雨裡飄搖，也仍舊不屈服地生長。

齊溪的心裡升騰起一股信念。

她和她的媽媽一樣，都是法律人，法律人不應該白白吃了暗虧，正因為是法律人，更應該拿出最拚命的態度用盡自己所學去維護自己的權益，讓婚姻的過錯方付出代價。

不論是齊瑞明，還是齊瑞明的小三，一個也跑不了。

齊溪絕不原諒。

顧雪涵說得沒錯，讓一個男人知道錯誤的代價，最直白的就是拿走他的錢，男人那麼自私自愛，只有錢才會讓他們真正的痛心疾首。

說幹就幹，第二天一早，齊溪爸爸前腳剛去機場，奚雯沒多久後就傳來了整理好的可疑發票照片以及行車記錄器裡她篩選下來的可疑地點。

齊瑞明不僅出軌，竟然還有一個十歲左右的兒子，這原本是天塌下來的打擊，齊溪也確實為此整夜失眠痛苦，但除去痛苦之外，為媽媽討回公道，讓破壞婚姻契約的人遭到懲罰，成了支撐齊溪走下去的動力。

即便一夜沒睡，她此刻猶如打了雞血一樣，思緒清晰頭腦活躍。

顧衍全程陪在齊溪身邊，他很自然地和齊溪一起篩選起票據裡的資訊，兩個人都全心全意的投入，工作效率非常高，很快，他們就確定好了可疑的商圈地點——齊瑞明近半年來，明明離家和自己的事務所都很遠，但每週都有兩天會定期去城南的CBD區吃飯。

「所以我爸幫小三買或租的房子，很大機率在這一片。」齊溪在容市地圖的城南區上畫了一個圈，「小三的孩子大約十歲，小三也是大約十年前突然從瑞明離職的，我推測當時她就懷了孩子，所以匆忙辭職去養胎生孩子了，畢竟等肚子大出來後容易露餡，而且很可能已經透過熟人管道確定孩子是男孩，我爸那種重男輕女的人，恐怕得知是兒子後欣喜若狂，才會讓王娟留下孩子，要真查出來是個女孩，按照我爸的德行，肯定早給錢讓人墮胎了。」

顧衍點了點頭，「小三也應該是趁著有了兒子的當口，占據主動權找妳爸爸談好價的，所以如果是房產和車，也應該是孩子生出來之前談的，畢竟妳爸爸求子心切，只要威脅他不滿足要求就墮胎就行了。」

齊溪想的也是如此，王娟求的顯然是透過不正當手段走捷徑，和自己的爸爸搞在一起根本不可能是為了愛情，不過是不願意自己付出努力，就想獲得「白富美」的生活體驗，明顯是目的性很強的女人，不太可能會同意租房，很大機率是要求齊瑞明買房。

那麼……

「是不是可以看一下十年前時哪幾個是這一帶比較好的社區？」

齊溪帶著這樣的目標，又把周圍的社區縮小了，圈中了零星幾個社區。

奚雯雖然也傳來了齊瑞明的導航資訊和行車記錄器內容，但齊瑞明畢竟自己也是律師，這麼多年裡，顯然早就養成了定期刪除紀錄的習慣，因此並沒有明顯的痕跡，但好在人只要做了某件事，即便微小，也會留下證據。

利用發票上的餐飲店地址縮小排查社區後，再搭配零星的行車記錄器和導航殘留資訊，這樣一交叉，齊溪很快圈出了唯一一個符合要求的社區。

在二手房網站上，齊溪可以查到，這個社區在十年前也算是比較高級的社區，都是小洋房，當年價格在一百多萬，而十年間隨著房價暴漲，如今一間均價已經在六百萬左右。

雖然通訊軟體上的那些轉帳要求王娟返還是妥妥沒問題了，但最主要的還是房產。而起訴婚內財產返還，是需要精準知道王娟這間房產地址的，另外還需要能證明出資款來自齊瑞明，或者證明王娟沒有正當收入，因此有極大可能購房款來自齊瑞明，以此證明齊瑞明有很大機率利用這間房產隱匿婚內正常收入，才有可能在離婚分割時，以對方隱匿婚內財產為理由申請法院查詢齊瑞明存款和財產流動狀況。

因此齊溪此刻，還只能算是萬里長征第一步。

不過功夫不負有心人，雖然齊瑞明平時注意得很，但大概真的因為十年來隱瞞得都沒漏出過馬腳，他到底也有些自負的大意了，齊溪在他的導航查詢紀錄裡，找到了一間學校的資訊。

容市楓凌國際學校。

顧衍也看到了這個資訊，他皺了皺眉，「我聽過這個學校，是間很貴的私立國際學校，與加拿大合辦的，雙語教學，從幼稚園到高中都有開班。」

他看了齊溪一眼，眼裡有些心疼，欲言又止道：「這學校在容市屬於非富即貴才能去上的，每年光是學費就二十萬左右，我姊有個朋友的孩子在那上學，但實際花費遠遠不只二十萬，因為國際學校有很多活動，諸如寒暑假海外遊學之類的，這些項目都要加錢，裡面的小孩子基本都會參加，否則假期過後都和其餘同學沒什麼共同話題。因為是和加拿大合作辦學的私立學校，用的是北美那一套教學體系，所以畢業後，這些小孩基本也都會去加拿大留學，或者是美國，妳知道的，北美的留學費用都不便宜……」

顧衍很顧忌齊溪的感受，因此只是點到為止，但他沒有說出的話，齊溪已經立刻懂了。

他爸爸的那個私生子，多半正在這個學校裡，花著每年二十幾萬的錢，享受著無憂無慮的貴族教育，而王娟，也母憑子貴，得到了靠自己一輩子都買不上的房子以及享受不到的生活。

齊溪突然覺得有些悲涼，她看向顧衍，自嘲地笑了下，「你知道嗎？我最終放棄去美國，是因為我爸爸一分錢也不願意支持提供給我，他說他沒錢了，而美國學費太貴了。」

事情發生以來，齊溪一直以為自己已經足夠堅強，然而她忘記了，饒是再堅強，畢竟她對齊瑞明曾有過期待，她也是會受傷的。

原來他不是沒有錢才不肯支持自己去國外進修，不過是因為打算把所有的錢留給兒子，因為兒子才是齊瑞明覺得最重要的人，而齊溪這樣的女兒，不論多努力多優秀，也不配花到他的錢。

齊溪的心裡憤怒而絕望。

就因為自己是個女孩，她爸爸就為了要男孩不惜做出這種違背人倫道德的事嗎？就因為自己是個女孩，不論多刻苦，永遠低人一等嗎？

憑什麼？

「齊溪，妳先冷靜下來，不要生氣，不值得。」

在齊溪情緒瀕臨崩潰的時候，顧衍給了她一個擁抱，他溫柔地拍著齊溪的背，像對一個小孩一樣笨拙但努力地安撫著她，「我知道妳非常憤怒也非常痛苦，但這些情緒除了傷害妳自己之外，帶不來任何幫助。」

「妳不用為了得到他的肯定而證明什麼，妳的優秀和努力根本不需要任何人的認可，因為妳本來就很優秀。人只要能認可自己，堅信自己做的是對的，就會足夠強大了。」

是了，何必追求別人的認可？變得優秀不應該是目的，而應該珍重的是過程，只要自己在追求優秀的過程裡成長了，何必在意最終的結果？有沒有得到第一名不重要，重要的是在追求成為第一名的過程裡，自己變得比過去的自己更好了，不就可以了嗎？

畢竟真正優秀的人，根本不需要一紙成績單或者一張獎狀和一份排名去證明什麼，要成為一個優秀的人，首先要有的是對自己的信心呀！

也許齊溪一直以來追逐的東西就是錯的。

她根本不需要齊瑞明的肯定。

她就是她。

是偶爾會脆弱、是有時候情緒化、容易被感動的，但也是能破釜沉舟努力、能咬定目標不鬆口的女生。

女生不會因為這個性別就不如男生，但女生不需要為此去拚命證明什麼。

顧衍的聲音像是久旱裡的甘霖，齊溪只覺得自己龜裂的內心也重新變得濕潤了起來，顧衍見她情緒好轉，才放開了拍著她後背的手，「所以從當事人的角度裡抽離出來，這樣才能更客觀地分析問題，不如我們把這當成一個妳經手的案子，妳的媽媽是妳的當事人，而妳的爸爸代理著王娟和她的兒子，是我們的對立陣營，我陪著妳一起，在專業的角度上，打敗妳的爸爸。」

「他現在將不再是妳的爸爸，而是一個和妳同臺競技的律師，妳完完全全可以用自己的專業能力，碾壓、擊垮他和他的當事人，讓他們輸得徹底狼狽。」

顧衍說著，伸出了小拇指：「我們打勾勾。」

齊溪看著顧衍，他的表情認真而嚴肅，明明沒有說任何煽情的話語，然而齊溪只覺得心跳加速，是心動，也是燃起鬥志和好勝心的血性。

齊溪就這樣望著顧衍的眼睛，鄭重地伸出了手指，「打勾勾。」

這場仗，她要贏。

為了專心調查，顧衍幫齊溪分擔了工作上的事，好讓齊溪能騰出時間去取證。

為了不辜負顧衍的苦心，齊溪一分鐘也沒浪費。

她心裡已經有了大致的計畫。

齊溪先登錄了社群軟體，點進了「涓涓細流」的主頁，果不其然，這次齊瑞明出差，王娟又陪同一起去了，正在社交媒體上努力營造成功忙碌律師的形象——

『又要出差了，這個月簡直是空中飛人了。』

為了真實性，這女的還放了個容市機場的定位。

很好。

齊溪從沒有哪一次這麼感謝過社交媒體。

幸而齊瑞明和王娟都不在容市，沒有辦法突然意識到什麼，從而也不存在這兩個人會突然阻止齊溪調查取證，因此齊溪要趁著這個時機，把該處理的事都處理完畢。

她幾乎是立刻跑了瑞明所一趟，號稱自己正在附近見客戶，中午把李姐約了出來。

「李姐，上次下大雨那天，幸好妳給我毛巾擦乾，不然我肯定得生病了，趁著今天正好在附近辦事，我想怎麼樣也得請妳吃頓飯感謝一下。」

有上次的事作由頭，李姐一點也沒懷疑，笑呵呵地和齊溪說不必在意。

李姐是瑞明的老員工了，算是看著齊溪長大的，對齊溪本來就有親切感，如今兩個人一桌吃飯，李姐正苦惱兒子快要升學考了，未來選科系的事，齊溪以過來人的身分給了不少建議，兩人的距離很快就拉近了。

見時機成熟，齊溪話鋒一轉，「對了李姐，我媽上次生日會，我爸幫忙搞了一個別開生面的排場，還說是所裡的律師幫忙安排的，我聽說是王娟律師？是吧？」

既然連自己的妻子都能隱瞞十年，連妻子都毫無覺察，齊溪推測，齊瑞明和王娟的關係對外一定也是保密的，否則世上沒有不透風的牆，齊瑞明在外有不乾不淨的婚外情，這事早就傳進自己媽媽的耳朵裡了。

齊溪這句問句話音剛落，就目不轉睛地觀察著李姐的表情，果不其然，她的臉上連一絲一毫的波動都沒有，眼神也毫無躲閃的意圖，甚至連尷尬、驚訝或者連一秒的停頓都沒有，明顯對齊瑞明和王娟之間真實的關係毫無所察。

因此，李姐對齊溪這個問題不疑有他，連連點頭，「是王娟，都她幫忙安排的，連妳媽生日的那個包，妳爸爸都是找她挑的，直誇她會辦事呢。」

李姐說者無心，齊溪聽了卻是近乎按捺不住的憤怒。

齊瑞明不僅讓王娟幫媽媽安排生日宴會場，甚至連coach的那個包，都是讓這賤人挑的！

她也有臉！自己拎愛馬仕，幫齊溪媽媽大發慈悲挑一個coach？

怎麼不去死！

仗著楓凌國際學校是週一到週五寄宿制的學校，王娟生個孩子倒是一勞永逸，平時不用帶孩子，高昂的學費都由齊瑞明出，自己平時就負責貌美如花，伸手跟齊瑞明要錢，然後齊瑞明去哪，她就盯著去哪遊山玩水，順帶還能在社群營造一個獨立工作白富美的人設，可真是什麼好處都讓她占了。

齊溪忍著內心的噁心，一臉笑容道：「確實挑得好，我媽可開心了，聽我爸說是所裡律師安排的生日活動，一直想感謝呢，我媽千叮萬囑讓我送份小禮物給王娟律師，不過我爸死活不同意，說這樣給所裡其餘同事看到了不太好，就會覺得王娟律師和老闆家有私交，對王律師影響不好。」

齊溪裝出埋怨爸爸的樣子，嘟囔道：「不然我就直接來所裡當面感謝王律師了，現在這樣，也不知道下次回家怎麼和我媽交差了。」

李姐一臉了然，「哎呀，我們齊律師就是這方面講究，其實瑞明所的同事大部分很固定，相處以後也都和家人似的，有點私交不是很正常嗎？」

齊溪皺了皺眉，露出很無語的表情，「就是呀！也就我爸那個死腦筋！」

齊溪說到這裡，話鋒一轉道：「所以李姐，妳能不能把王律師的住家地址給我啊？我就快遞給她，然後私下傳個訊息給她，約出來吃個飯感謝下，這樣我爸也不會知道。」

李姐本就是個熱心人，此刻對面坐著的又是老闆的女兒，一點都沒懷疑，當即點頭道：「沒問題，妳等著，我馬上回去翻一下行政檔案，把她的住址傳給妳。」

齊溪露出了這頓飯來第一個真心實意的笑容，她鬆了口氣，又和李姐聊了些別的，這才告辭。

沒過多久，在回程的路上，她就收到了李姐傳來的訊息。

項城花園六棟四〇三室。

果不其然，王娟現在的住址和齊溪此前排查的社區一模一樣。

不過這一次，齊溪拿到了王娟詳細的地址，以及她的聯絡電話。

她回到事務所，幾乎是馬不停蹄就和顧衍分享了她的成果，並且把王娟的手機號碼給了顧衍。

確認好王娟的住址後，下一步就是確認這間房確實在王娟名下，而非王娟租住的了。

顧衍找了個會議室，當即撥打了電話給王娟：「您好，請問您是項城花園六棟四〇三室的住戶王娟女士嗎？」

顧衍開擴音，果不其然，電話那端的王娟聲音非常疑惑：『什麼事？你是誰？』

「您好，我這邊之前在房產仲介的網站上看到了您這間房源，很想買下，透過一些私人管道得到了您的聯絡方式，想不透過仲介我們私下交易……」

王娟像是有些不耐煩了：『我不賣！我不知道你在什麼地方拿到我的聯絡方式的，但我從沒有和仲介合作過說要出手這間房……』

「那您是業主本人嗎？還是您只是房客？是房客的話方便給我業主的聯絡方式嗎？」

因為顧衍的糾纏，電話那端的王娟果然怒了：『你這個人聽不懂人話啊？我都說了我不賣了！我當然是業主！房子不賣！你再騷擾我，我報警了！』

她怒氣衝衝地說完，當即掛斷了電話。

顧衍鬆了口氣，關掉了錄音鍵，保存好錄音傳給齊溪，然後他看了齊溪一眼，「確認完畢，房子就是登記在她名下的。」

以王娟的出身背景以及工作經歷，靠自己絕無可能買得起這間房，那麼這間房不用說，必然是齊瑞明以婚內財產買給王娟的。

齊溪把所有的證據全部分門別類整理好。

此時已經接近下班時間，她一點時間也沒浪費，逕自直奔此前媽媽做ＳＰＡ的飯店健身房游泳池。

見她並非是健身房會員，又是新面孔，健身房的銷售員很快就熱情地迎了上來，「美女，有什麼我可以幫忙的嗎？」

「哦，我弟弟想報個游泳班，我正好有空，想過來考察考察游泳池的情況。」

這銷售員一聽有生意上門，當即態度更熱情了：「那妳可真是來對了，我們最近正在搞活動呢，游泳課程都有優惠，妳弟弟年紀多大啦？要不要上一對一的私人教練課？」

「我弟弟十歲，也就上小學。」齊溪露出忐忑的表情，「學游泳會不會太小了啊？」

「不小不小！我們這就有很多這個年紀的男孩子！」

對方一邊說，一邊帶著齊溪往游泳池附近走，「妳要不要換個拖鞋，我帶妳進游泳池看看環境，我們這恆溫水池，每天消毒，現在正好在消毒時間，所以也沒有客戶，可以帶妳轉一圈，我們這的環境維護得非常好的。」

齊溪裝模作樣看了一圈，提了幾個問題，裝出真的非常心動想報名的樣子，但很快，又露出了遲疑的神色，「可我弟弟的學校離這太遠了，平時都寄宿，只有週末才能回家，可週末早就排好別的才藝班了，都沒時間啊……」

「哎呀，美女，這容市大市範圍裡交通那麼發達，再遠能有多遠？妳弟弟哪個學校的啊？」

「我弟弟是楓凌國際學校的。」

銷售員一聽，當即接嘴道：「那妳可不用擔心了！我們這說來巧，就有這學校的男孩來報游泳私人教練班的。」他拍了拍腦門，像是想起來什麼一樣，「妳還別說，和妳弟弟還是同齡，也是十歲呢！他也寄宿，但是說和學校請假就沒事，每週有一天晚上來我們這上一對一私人教練課的呢。」

銷售員相當熱情：「確實，楓凌國際學校離我們飯店是有點遠，但是呢，我們的教練確實好，所以這孩子的爸爸就來看了一眼，就當場定下把孩子的游泳課放到我們這了。」

呵呵，可不是嗎？

畢竟齊瑞明想兒子想得發瘋，平時為了隱瞞又不能大張旗鼓去見兒子，恐怕日思夜想得不行，但怕露餡，只能利用奚雯來飯店做SPA的時候，以陪同等候妻子做SPA的名義，來私會一下他那寶貝兒子。

所以不論這飯店的游泳教練有多差，齊瑞明都會把他兒子的游泳課約在這裡，畢竟游泳課是次要的，見寶貝兒子才是重要的。

但齊溪面上什麼也沒展露，她只恰到好處地露出了訝異的目光，「哎呀，他叫什麼名字呀？說不定和我弟弟是同學呢，我趕緊和我弟弟說說，他這孩子吧，對游泳這種體育鍛鍊也不熱情，但人有點氣喘，我們家裡也是希望他身體好些想讓他學游泳。」

齊溪補充道：「要是他知道有同學也在這學，說不定就肯來了！」

銷售員只想著趕緊賣課程，又聽說齊溪弟弟是在這間貴族國際私立學校，只覺得又來了一條大魚，當即道：「那男孩名字叫王齊亮！」

「姓王啊，我弟班裡好幾個姓王的呢，王齊亮三個字怎麼寫啊？」

銷售員沒多想，「整整齊齊的齊，明亮的亮。我想想啊，楓凌國際學校二年級A班的，當初就從我這報名的，報了一對一私人教練，效果挺好的，如今都快學會啦……」

王齊亮。

光這個名字，齊溪就能確定這絕對就是齊瑞明和王娟的私生子了，因為這完全就是齊瑞明取名時的風格——他喜歡把男女雙方的姓氏嵌在小孩的名字裡，偷懶地美其名曰這樣的孩子才是父母愛情的結晶。

比如齊溪名字裡的「溪」，就來自媽媽奚雯的「奚」字諧音。

只是當初齊溪有多喜歡自己的名字，如今聽著王齊亮三個字，就覺得有多噁心。

王娟和齊瑞明生命的亮光嗎？

可真是無恥至極。

齊溪的內心是憤怒和仇恨，這個名字簡直就像個黑色幽默。

她的內心充滿了冷冷的嘲諷，但面上拿捏得很好，什麼也沒露出來，只頗為遺憾道：「哎呀，A班呀，那有點可惜，和我弟弟不是同個班的。」

此後，齊溪又問了幾個關於課程和一對一私人教練的問題，和這銷售員加了個好友，才轉身告辭。

很好，如今來說，敵在明，我在暗。

至此，齊溪已經基本摸清楚了王娟和那私生子的大致情況。

齊瑞明和王娟這對狗男女，離回容市還有兩天時間，這兩天時間，齊溪有把握，足夠她和顧衍以及媽媽坐下來一起把所有證據串聯起來，再從蛛絲馬跡裡尋找別的財產線索列明清單，也足夠齊溪想一想之後怎麼對付這對寡廉鮮恥的出軌男女。

以往齊瑞明看個電視劇，總要對電視劇情節裡女生哭哭啼啼表達自己看不上。齊溪宜到現在都記得他是怎麼說的——

「女的就是不行，只知道一哭二鬧三上吊，一點本事也沒有。哭有什麼用啊？」

是的，哭有什麼用呢？

社會給予女性的性別枷鎖裡，總覺得女性溫柔忍讓是美德，喜歡和雄性一起競爭的女性被視為不討男人喜歡的，或者動輒就被冠上野心太大之類帶貶義的形容詞，彷彿男人去追逐贏理所當然，而女性想贏都是大逆不道。

可，女性需要得到男人的喜歡嗎？

女性的價值在於被異性喜歡嗎？

女性不可以贏嗎？

排擠女性的男人，像齊瑞明這樣重男輕女的男人，恐怕是為了排除一些優秀女性同臺競技造成的威脅吧？

他確實是男的，但他在律師圈裡，能有顧雪涵十分之一優秀嗎？嘴上叫囂著男人才能在律師界裡嶄露頭角，實際上自己也不過是個三流律師罷了，比齊瑞明強的女律師，光齊溪自己見過的，就不下十個。

男人在某些領域更容易產生成就，恐怕不過就是男人給自己臉上貼金，然後用來洗腦女性用以排除競爭的奸計吧！

齊溪的努力以及對第一名的執著，一直以來被齊瑞明詬病成爭強好勝，並且斷言這樣的性格將得不到幸福，女性不應該這麼強勢。

但直到這一刻，齊溪才真正意義上的從內心否定了齊瑞明的觀點。

正因為是女性，才更應該強大，才應該強勢，去進攻，去爭取，去廝殺。

又經過兩天的集中取證和走訪調查，齊溪把所有證據都整理成冊，利用午休時間，約上奚雯和顧衍，一起坐下好好談一談。

為了讓媽媽更放鬆一些，齊溪約了競合所樓下的一家咖啡廳。

齊溪和顧衍先到，顧衍第一次見齊溪的家人倒是挺鎮定的，齊溪反而比較緊張，「等等怎麼和我媽說比較好？」

她糾結用什麼措辭說明，顧衍卻不太在意：「妳介紹我是妳的同事就行了。」

齊溪愣了愣：「可……」

「齊溪，我和妳媽媽這次見面也是事出緊急，如今最緊要的是最大程度地讓妳爸爸付出代價，然後盡可能保護妳媽媽的權益，我的名分問題都是次要的，何況我也擔心，妳一介紹我是妳男朋友，妳媽媽會不會質疑我的專業水準，而且我以男朋友的身分介入妳家的私事，不太合適。」

顧衍拉了下齊溪的手，笑了下，「我現在是以一個律師的身分介入的，等下次我以妳男朋友的身分介入妳生活的時候，妳再向妳媽媽介紹我吧。」

齊溪說不感動是假的，顧衍好像總是能給她很多驚喜，明明那麼希望被自己介紹給父母，明明那麼希望得到家長的認可，如今這個機會，顧衍反而並不急切。

他是真的把齊溪的事放在第一位，好像她在他的心裡永遠擁有優先權。

齊溪媽媽大約十分鐘後到的，雖然精心收拾過，但遭遇如此大的重擊，她的臉色仍舊是掩蓋不住的憔悴，但這些都掩不住奚雯舉手投足裡斯文又典雅的氣質，她身上有一股高知女性的溫和和內斂。

落座後，齊溪為她和顧衍互相介紹，奚雯的心情很沉重，也沒有做過多的寒暄，只對顧衍笑了笑說了聲給他添麻煩了。

這兩天裡，三人分頭又對取證做了些補充。

顧衍也不想浪費時間，禮貌地和奚雯打過招呼後，就直接進入了正題：「這幾天我梳理查閱了王娟社群帳號從註冊至今所有的內容，除了那間房子外，齊溪爸爸應該還幫王娟買了車，是一輛五系的BMW，另外，還有情人節、耶誕節、生日或者過年等節日，對方送給王娟的名牌包、手錶、珠寶等。」

顧衍說著，拿出了一份文件，「這是我列印羅列下的品類，標明了品牌名稱，以及官網價格，另外就是王娟社群的截圖，以上所有我都做了電子證據留存備份，包括截圖螢幕錄影。」

齊溪也把自己這兩天的成果和在座的兩位分享了一下：「我從楓凌國際學校的官方帳號入手，在他們推送的二年級A班相關的班級活動裡，找到了王齊亮的資料，確實有這個小孩，並且也順藤摸瓜找到了他的照片。」

齊溪說到這裡，抿了下唇，有些擔心地看了媽媽一眼，才把手機裡的照片展示出來，「就是這個。」

奚雯看了一眼，蒼白著臉點了點頭，「我看到的就是這個男孩。」

都不需要再找到什麼實質性證據，照片裡的男孩肉眼可見長得非常像齊瑞明，而那個意義昭然若揭的名字，更是無可抵賴的證據。

這確實就是齊瑞明違背人倫在外面和王娟生的私生子。

齊溪的臉色也很差，但她沒有停頓，只是繼續展示著其餘證據，「光是從官方帳號的推送來說，就可以整理出這個王齊亮還報了多少這國際學校的課外才藝班，而這些才藝班的價格名目，我也都從這學校官網羅列了下來，整理下來，這個小孩每年的最低開銷在三十萬左右。」她頓了頓，「這還是不完全統計。」

齊溪和顧衍每多拿出一份齊瑞明用婚內財產在外鬼混供養第三者和私生子的證據，奚雯的臉色就會變得更差一些，到最後，她彷彿風中搖搖欲墜的落葉。

再堅強的女性，面對這樣巨大的背叛，也無疑是痛徹心扉的。

「我沒有想過妳爸爸原來早在十年前就已經有了異心，難怪他明明那麼忙，卻總說沒賺到錢，說壓力大，明明家裡經濟完全能運轉，卻還總是為了賺錢那麼拚命。」

奚雯的聲音裡帶了些哽咽，「我總是心疼他太拚了，事業心太強了，現在才發現，他不過是為了他那個小兒子，因為生怕自己年紀再大點，賺不到錢了，他的兒子又是一年砸三四十萬這樣的培養方式，為了給自己小兒子賺足未來揮霍的本錢，才這麼拚死拚活。」

齊溪媽媽此時回想起過去種種，才覺察出後悔和懊喪，她太過信任齊瑞明，也太為齊瑞明著想，對齊瑞明幾乎毫無保留，自以為給了齊瑞明自由的愛，殊不知過分自由無管束的愛意，有些時候將成為對方捅向自己的一把刀。

齊溪的痛苦並不比媽媽少，她現在終於理解為什麼小時候爸爸並沒有因為她是女孩而對她諸多挑剌，而從突然的某一天起，她在齊瑞明眼中充滿了這樣那樣的問題——因為從王齊亮出生的那天起，齊溪不再是齊瑞明的唯一，而成了一個備選項。

「他不讓我出國，不僅是要把錢留給兒子用，更多的也是自私吧，希望我能安分地在容市找一個工作，找個對他有助益的婆家結婚，然後因為在容市當地，他老了還能留在他身邊照顧他，從而讓他的兒子可以毫無後顧之憂的去發展事業，放手拚搏。」

細細一想，齊瑞明真是把一切安排得明明白白——

奚雯是他維繫臉面的招牌，名牌大學畢業的全職太太，幫忙管理好家庭，又是未來老了照顧他的老伴；齊溪則是他希望能找個穩定工作最後找個有錢有勢人家結婚，留在容市給他噓寒問暖養老的女兒；王娟是年輕貌美會獻殷勤幫他增添中年生活激情的點綴；兒子王齊亮則是他的生命之光，他這輩子最大的指望，費盡全力花大價錢也要讓兒子能出國留學做出一番大事業。

錢和自由留給兒子和小三，責任和養老照料留給妻子和女兒。

這個世界上怎麼會有這麼卑劣又自私的男人？

但現在還不是光顧著痛苦的時候。

「奚阿姨，您是怎麼想的？有做好最終的決定了嗎？」

顧衍的聲音拉回了奚雯的理智，她抹了抹眼角的淚痕，但聲音帶了乾脆：「我要離婚，第一，最大程度的分割到婚內財產；第二，追回小三王娟在我婚內從齊瑞明那裡得到的不當得利。」

根據如今的證據，追回齊瑞明通訊軟體上對王娟的轉帳以及房產，很大機率是可行的，但顧衍取證的那些珠寶、名牌包等，因為價值數額不像房產那麼大額，大到王娟完全不可能承擔，因此很難光靠這些像證明房產一樣，去證明上述禮品是齊瑞明隱匿婚內財產轉贈的，因而恐怕沒辦法成功申請法院幫忙取證這一塊的資金來源，更何況，齊瑞明也未必是直接轉帳給王娟讓她自己去購買的，多半就像那個愛馬仕一樣，是齊瑞明自己消費後，拿來送給王娟的，這就更難證明王娟的那個愛馬仕，正是齊瑞明送的那個了。

而……

「而婚內寫了媽媽妳和他兩個人名字的共同房產，即便我們已經能證明他出軌了，在離婚分割時，法院也只會酌情對妳傾斜，而且因為妳是全職太太，在這段婚姻內幾乎是沒有收入的，他才是婚內財產的主要創造者，即便法官傾向保護妳，也不可能對妳酌情太多……」

很可悲的，雖然社會思潮上，已經開始尊重全職太太，讚美全職太太，認可全職太太的付出，甚至鼓勵女性成為全職太太，可法律上根本沒有配套保護全職太太。

齊溪一直非常尊重自己的媽媽，也感恩媽媽這些年在家庭上的付出，從沒有質疑過媽媽成為全職太太的決定，但這一刻，她還是忍不住替媽媽難過起來。

女性藉由婚姻得來的一紙結婚證書，法律上給予的保障有時候甚至不如一紙無固定期限的勞動合約。

全職太太從來不是一個一勞永逸的職位，選擇成為全職太太的女性，其實和繼續上班的女性需要面對的並無不同，只不過全職太太的老闆變成了丈夫，並且跳槽難度更大，還沒有強制需要繳納的社會保險，一旦被「開除」，甚至不一定有離職時的經濟補償金，而全職太太這個職位，也和正常的崗位一樣，只要這崗位CP值不錯，老闆不錯，永遠會有更年輕資歷更好的人試圖取代妳。

想要以全職太太的身分立於不敗之地，需要付出的努力或許並不比成為一個女性高管來得少——妳需要有市面上無人可替代的能力、CP值，同時最大程度的和老闆（丈夫）的事業高度綁定，掌握好公司（家庭）的資金流向、投資方向，確保一旦老闆（丈夫）要和妳解約，需要付出沉重的金錢代價。

人沒有辦法保證另一個人永不變心，所以抓不住人心的時候，至少能抓住錢。

齊瑞明婚內給王娟的部分錢，尚且有證據或可以申請法院調取齊瑞明帳戶交易紀錄予以追回，可如今最大的問題還是齊瑞明和奚雯婚內合法的共同財產。

奚雯這兩天顯然也自己做了功課，她羅列出了和齊瑞明共有的財產清單，除了如今居住的房子外，她和齊瑞明還擁有一間大平層房、一間商鋪，在容市的臨市還投資了一間小別墅。

「除了這些主要的資產外，車的話，我和他名下各有一輛，離婚時車輛就按照各自登記的所有權人分割就好，至於金融卡裡的錢，在申請法院調取齊瑞明的交易紀錄時可以一併取證。只是……」

齊溪知道媽媽遲疑的是什麼。

不論如何，齊瑞明和奚雯的婚姻存續時間畢竟更長於王娟和齊瑞明的私情，王娟也是十年前才母憑子貴從齊瑞明身上不斷撈到錢的，但齊瑞明在沒兒子沒二心前，所賺的錢還是變成了婚內共有資產了。

所以簡單來說，即便奚雯能從王娟那裡拿回部分王娟的不當得利，如果齊瑞明為了兒子魚死網破，拚死用盡手段爭取合法婚內財產的分割，奚雯並不占優勢，作為最主要的婚內財產一大半仍會被齊瑞明分走。

而就算奚雯確實為這個家付出了很多，如今法院也確實已經支持家務勞動補償，可即便在經濟發達地區，目前的判例裡，這個賠償金額也少的可憐。

「還有一個問題，大部分離婚案件裡，涉及到房產的，如果是一方取得房產，那另一方就需要支付對方應分得份額相應的現金，這麼多房產，齊溪爸爸不可能一點也分不到，那假設奚女士您想要房產的情況下，還需要按照法院分割的比例支付現金給對方，這可能還是一筆比較大的費用。」

顧衍頓了頓，繼續道：「除非明確好哪間都給妳，哪間都歸他，但對方不一定會同意這種分割方式，他完全可以透過每間房都強行要求占一定比例，最終逼迫拿不出那麼多現金的妳不得不放棄房子，拿錢走人，但現在容市的房價來說，一旦妳不拿房，直接拿錢走人，很可能到手的錢根本接盤不到新的住宅，至少接盤不到和原來房子一樣高CP值的住宅……」

此前齊溪完全沉浸在亢奮取證的激情裡，憑著一股衝勁，也確實大致摸清了齊瑞明外面的情況，可顧衍一番話，讓齊溪的衝動徹底冷卻了下來。

沒錯，還有共同財產這件事，雖然齊溪已有的證據能把齊瑞明偷偷轉移隱匿到小三名下的房產要回來，可比起離婚分割時涉及到的婚內財產來說，這舉止簡直是撿了芝麻丟了西瓜。

奚雯顯然也想到了這點，眉頭緊皺道：「他自己就是律師，從業這麼多年，比我老道很多，才能十年都沒露出馬腳，一旦我和他攤牌，他很清楚法律對出軌者並沒有多麼嚴苛的懲罰，也知道怎麼鑽法律的漏洞……」

真正設身處地細緻地走到離婚實踐這一步，齊溪才終於後知後覺突然地理解了陳湘最終選擇不離婚的決定——她為艾翔付出了太多，而離婚時財產分割能給到她的部分，即便艾翔號稱做出讓步，恐怕這男人早已經轉移隱匿了很大一部分，所以分割方案上實在不足以平息陳湘的沉沒成本以及憤怒痛苦，因此她才拒絕了離婚。

但陳湘或許還能忍受那段婚姻，奚雯則是完全不可能。

「不僅是心理上的，法律上的也不行。我忍不了。」奚雯的聲音果決而堅定，「他有個私生子，即便我不離婚，那麼假設他有一天突然死了，就算沒有遺囑留給那個孩子，那個私生子都能合法地享有繼承權，我們所有婚內共有的房產裡，他的份額裡都會有這個私生子的份，我可能不得不和他的私生子一起持有一間房產，未來為了處理這間房產，還不得不和私生子以及小三各種交涉，我沒有辦法接受這樣的事發生，這太讓人噁心了。」

更別說以齊瑞明重男輕女的嚴重程度，如今很可能早就背著齊溪奚雯設立好了遺囑，早已指定自己婚內所有財產份額的唯一繼承人是那個私生子。

這下陷入了僵局。

如果進入訴訟，按照目前的證據和法律，奚雯並不能討到多少好，但如果不進入訴訟，直接協議離婚，那就需要找齊瑞明談判，可齊瑞明就是吃律師這碗飯的，還能在談判上失利嗎？

氣氛很沉重，顧衍試圖緩解齊溪的低落，「說不定等你們把證據拋出來，妳爸爸會很羞愧，願意在財產上做出讓步，彌補奚阿姨的損失，心情先不要這麼壓抑了。」

可別說齊溪和奚雯不信，說這話的顧衍自己恐怕也不信，如果齊瑞明能那麼容易羞愧，他就不會傷害奚雯到這一步了。

離婚時一旦撕破臉皮，男人能厚顏無恥到什麼地步，齊溪並不是沒在判決書和判例裡看過，人真的撕去對外營造的形象後，剩下的都是赤裸裸的利益。

奚雯也是這時才有些難以克制的後悔起來，「溪溪，妳說的對，媽媽確實不應該這麼多年一直做全職太太……」

「媽媽，妳沒必要用他的錯誤懲罰自己，要出軌的男人，不論妻子怎樣優秀，都會出軌，要婚內隱匿轉移財產的男人，不論妻子是不是全職太太，也照樣會費盡心思去操作，尤其他自己就是律師，平時接案子時有些手段就不大磊落，輪到自己身上，手法恐怕就更髒了。」

只是雖然這樣安慰，齊溪也有點頭大，齊瑞明十年前就生了這個寶貝兒子，那也就是十年前就開始計畫兒子的未來，用十年的時間來轉移婚內財產，就算螞蟻搬家都搬完了，他又是專業的，恐怕本身手法就很乾脆俐落，持續時間長也會造成證據滅失和取證困難，如今王娟居住的房子雖然查證到了，但恐怕也只是他轉移掉的財產裡的冰山一角。

顧衍想的顯然和齊溪不謀而合，「他在外面是不是有可能還有投資別的房產？但採用了讓別人代持的辦法？其餘房產都未必會寫在王娟名下，因為設身處地想，他最在意的是兒子，他這麼重男輕女，也不會真正尊重女性，王娟得到那麼大的好處，不過是因為是個生兒子的容器。」

齊溪點了點頭：「是的，他不傻，他應該很清楚王娟為什麼會跟他發生婚外情，他這樣的人，生性自私多疑，除了防備我媽和我，也會防備王娟，他畢竟比王娟大那麼多，正常情況下總比王娟死得早，如果房產都寫在王娟名下，他一死，王娟找個別的男人改嫁有了新家庭新孩子，不僅不會替他照顧好他的兒子，甚至會侵吞他留給他兒子的財產，所以很大機率外面還有他信得過的人代持的房產。」

但這些房產，除非有明確線索，否則根本沒辦法查證，因為齊溪和奚雯甚至不知道齊瑞明除了王娟外，會找誰代持。王娟的房產尚且能用通訊軟體轉帳特殊含義的金額來證明不正當關係，但齊瑞明和其餘親屬間的大額轉帳，完全也可以解釋成正常的往來款或者歸還借款等……

這樣一來，反而是齊瑞明立於不敗之地了。

第十七章 找到了對的路

這次三人小會議結束，齊溪只覺得自己焦躁的情緒更強烈了。

大概是她最近狀態不正常得有些明顯，午休結束後回了競合所，齊溪被顧雪涵叫進了辦公室。

「齊溪，妳最近是遇到什麼事了嗎？」顧雪涵就此前的交通肇事案跟進了幾句，倒了杯茶給齊溪，隨即自然地問起了齊溪，「雖然我是妳的老闆，但本身也沒有比你們大很多，妳如果有什麼感情上的問題，也可以諮詢我，把我當成一個朋友就行。」

她喝了口茶，看向了齊溪，「雖然妳在和我弟弟談戀愛，但是我不會為此偏袒他，只有當戀愛能讓自己高興，這段感情才是值得的，如果一段感情帶給妳的焦慮不安和痛苦已經大過甜蜜了，我建議還是應該叫停。」

顧雪涵確實非常中立，不僅沒有偏袒顧衍的意思，反而有對顧衍要求更嚴格的趨勢。

「妳最近的工作回饋沒什麼問題，但如果妳一直陷入比較焦灼的情緒，未來勢必會影響工作，更何況，我對妳的期待值本身很高，覺得妳應該能比現在辦得更好……」

顧雪涵並不知道內情，只以為齊溪和顧衍的感情是不是出現了問題，畢竟齊溪和顧衍最近都一臉苦大仇深的。

雖然顧雪涵完全猜錯了方向，但齊溪只覺得眼眶發熱發紅。

齊瑞明作為父親，原本應該是在她困難時能給她支持的人，然而事實上，他是傷害齊溪的人，是讓齊溪置於這種焦灼情緒的人，反而是和自己毫無親緣關係的顧雪涵非常在意自己的狀態。

齊溪突然有一股衝動，或許……或許她可以尋求顧雪涵的幫助？

齊溪咬了咬嘴唇，「不是和顧衍出了什麼問題，是我家裡。」

但齊溪說完，她就後悔了，因為顧雪涵的手機響了起來，這讓齊溪感覺到愧疚，她不應該占用顧雪涵的時間，只是出乎齊溪的意料，顧雪涵按掉了手機鈴聲，調成了靜音，然後擺出了好好傾聽的姿勢。

她的臉色非常嚴肅，「怎麼回事？」她看向齊溪，「妳是我團隊的一員，就算不是工作上遇到困難，我到底比妳年長幾歲，有什麼我可以幫妳的，儘管開口。」

齊溪沒想到說出來其實比想像中來得簡單，顧雪涵和顧衍一樣，對於齊溪家裡發生這麼匪夷所思的事，表現得很有家教，沒有為此對齊溪側目或露出任何讓她可能不適的表情，比齊溪想得更善於傾聽，在齊溪講解的過程裡，顧雪涵只安靜而耐心地聽著。

齊溪講完後，顧雪涵沒有發表評價，只是從抽屜裡拿了一塊糖遞給齊溪，「吃點甜的，心情會好一點。」

齊溪剝開包裝紙，當甜味開始在味蕾蔓延的時候，她的內心卻很苦澀，「顧律師，雖然我自己就是法學院出身，也從事法律工作，但我這次卻很迷茫，是不是我們的法律，根本沒辦法保護婚姻內弱勢的一方？我和我媽，都是有法律教育背景的，已經盡了最大努力取證，顧衍也一直幫忙我們一起討論，但到頭來發現以目前的法律，很難讓我媽媽得到應得的補償……」

「用重婚罪讓他受到懲罰就更不可能了，重婚罪本身作為刑事犯罪，判定時法院是非常謹慎的，要滿足的條件非常嚴苛，重婚罪的構成要件是，有配偶而重婚或者明知他人有配偶而與之結婚。我查閱了法院的判例，大部分被判重婚的，是早年利用不聯網的漏洞，在不同的地域，既和妻子領取了結婚證書，又和小三領取了結婚證書，形成了法律婚的重婚，而齊瑞明是不可能去做這種蠢事的，更別說這種操作如今也未必能行得通了；另一種會被判決為重婚罪的，則是已經結婚的人，長期與第三者以夫妻名義對外生活，齊瑞明也不符合，他和王娟的婚外情一直都是不對外公開的，我媽不知道，他事務所的同事也不知道，他不可能傻到會讓自己陷入重婚罪的名義裡。」

該研究的法律條款齊溪早已經研究了無數遍，法院內的判例也讀到快能倒背，她並不覺得顧雪涵能有更好的辦法，這次傾訴裡也沒有指望能從顧雪涵這裡得到別的操作方法。

她只是真的很迷茫，也真的對自己所學的專業知識和所從事的職業產生了疑惑。

法律真的能保護應該保護的人嗎？

只是齊溪原本以為顧雪涵會給她安慰，顧雪涵卻隻字未提，她只是放下水杯笑了笑，「誰說法律不保護妳媽媽了？」

齊溪愣了愣。

顧雪涵喝了口茶，盯著齊溪的眼睛，「齊溪，我想妳現在缺的不是安慰，而是一些專業的建議。妳介意讓我一起介入這個案子嗎？以律師的身分。」

顧雪涵抿唇笑了下，「一般來說，我收費很貴，但是鑒於妳是我的員工，所以這一次是免費的，畢竟我希望能簡短平靜快速地解決妳這個困擾，好讓妳趕緊恢復到情緒更穩定的工作狀態，好好替我分擔工作上的業務。」

齊溪激動得簡直有些無措了，「所以顧律師，您是有什麼辦法嗎？」

顧雪涵從不虛張聲勢，能這麼從容不迫，肯定是已經有了辦法！

果然，顧雪涵的臉上露出了優雅又極度自信到囂張的笑容，「那當然，這世界上我顧雪涵搞不定的案子還沒出現。」

她說完，打了通內線電話，把顧衍一起叫進了辦公室。

「齊溪家裡發生這些事，你怎麼都不和我說一下？」

顧衍一進辦公室，迎面就是顧雪涵帶了抱怨的數落：「你是我弟弟，她是我的員工兼弟弟的女朋友，我好歹算半個家長，小孩子被打了還能知道回去找家長告狀，你倒好，帶著齊溪一起悶頭挨打了。」

顧衍顯然被批評得有些尷尬，但好在因為顧雪涵的數落，反倒沖淡了一些苦大仇深的氣氛，齊溪看著顧衍吃癟的表情，甚至忍不住笑了一下。

顧雪涵沒再糾結顧衍沒上報的問題，她很快切入到了「專業教學」——

「你們兩個都聽好了，我們做律師的人，切忌不要陷入一個盲點，就是什麼事都按照法律循規蹈矩來。」

顧雪涵放下了水杯，補充道：「當然，這句話的意思不是勸你們去違法亂紀，而是偶爾應該跳出法律的條條框框，去想想事情有沒有別的解決辦法。你們沒發現嗎？有時候太守規矩的人反而容易吃虧。」

「你們此前預測的，完全是按照起訴離婚時法官根據法律會如何判決來分析的，預測的確實也沒有錯，但你們想沒想過，婚姻糾紛，更好更經濟更有CP值的辦法是協議離婚？」

齊溪皺著眉，有些不明所以，「可協議離婚，我爸根本不是有愧疚心的人，自己也是律師，在談判上我們根本不是他的對手，他也知道就算協議不成，我媽要離婚也只能起訴，而起訴法院的判決並不會讓他淨身出戶，如今我不是他唯一的孩子，他還有個更重視的兒子，絕對不會把婚內財產拱手相讓，會拚了命幫自己兒子未來爭取權益……」

「對你們而言，你們不是他的對手，但對我而言，他也根本不是我的對手啊。」

顧雪涵的語氣非常理所當然，聽起來甚至有些自負，但齊溪的心跳卻開始加快，因為她知道，顧雪涵這麼說，不是狂妄，而是因為有十足的把握。

「顧律師，您的意思是……」

「我顧雪涵在法律圈好歹還能讓人叫得上名字，他呢？他真的就是查無此人了。現在就算參加競賽活動，都常常有請場外外援的機會，你們兩個怎麼就沒想到來找我？」

顧雪涵的語氣有些恨鐵不成鋼：「我知道你們兩個都很努力，但求助他人這種行為本身並不是弱小。能善於求助別人，把他人的資源、閱歷嫁接到自己這裡，也是一種能力，甚至能讓別人願意幫助你，都是一種技能。」

「協議離婚的核心是談判，我們做律師的，除去對法律專業知識要熟稔外，還有一項非常需要培養的能力就是談判能力，優秀的律師是能介入企業客戶的商業談判，懂得商業模式商業架構和對方的商業心理，能夠在最大程度範圍內為自己的客戶要到最優的報價，但如何把握平衡和對方的底線，就很依靠技巧和經驗。」

專注工作的顧雪涵真的非常耀眼，她自信的臉龐，明亮的雙眼，彷彿渾身上下都散發著專業的光芒，別說齊溪，就連顧衍也目不轉睛求知若渴地看向了她。

「所有談判，不論離婚財產分割還是商務談判，核心都是一樣的，那就是要抓住對方的弱點，坐到談判桌上之前，要先想明白，對方最想要的是什麼，比如賣貨物，貨物裡，對方最看重的品質是什麼，貨物裡是否有別家貨物不可替代的品質，如果有，那麼即便只是個小供應商，對方是個大品牌採購，也能占有一定主動權。」

顧雪涵抿唇一笑，看向了齊溪，「所以齊溪，不要因為妳只是剛實習的律師，妳爸爸是經驗老道的律師，就覺得妳沒有辦法贏過他，妳手裡明明捏住了他最看重的東西啊。」

齊瑞明最看重的東西……

顧雪涵的話猶如醍醐灌頂，齊溪電光石火之間突然悟了——

「顧律師，您說的是、是我爸那個私生子？！」

顧雪涵點了點頭，語氣裡帶了點孺子可教的認可，「聰明！但除了兒子，妳手裡還握有別的他在乎的東西。」

她看了齊溪和顧衍一眼，沒有錯過這次教學的機會，「齊溪的父親做了這麼多事，他是學法律的，難道不懂得風險控制嗎？一旦他在外有私生子和養小三的事敗露，對他也並沒有那麼大的好處，畢竟如果代價很小，他為什麼十年前就有兒子了，但還選擇不離婚一直隱瞞，寧可不給自己那寶貝兒子一個完整的家庭，也要繼續維繫他和齊溪媽媽的婚姻呢？」

顧衍皺了下眉，答道：「因為他是一個自私的人，他很在乎自己的名聲和對外營造的人設。」

顧雪涵嘲諷地笑了下，「是這樣沒錯，因為他是個道貌岸然的偽君子，內心扭曲病態，但對外卻裝成了好丈夫，還想得到所有人的誇讚，同時，他也在乎他那兒子的名聲，如果這孩子被同學知道了他就是個見不得光的私生子，他媽媽就是個骯髒的小三，你覺得學校裡的孩子會不會排擠他？他上的是貴族式國際學校，國際學校的不少家長很講究門第觀念，那所學校裡不少是我們容市富豪或者企業高管的孩子，誰願意自己的孩子和這種出身的同學交朋友？」

齊溪的心飛快地跳動了起來。

是了，她已經知道了齊瑞明私生子的姓名、學校、班級情況，那……

對著齊溪詢問的目光，顧雪涵點了點頭，「沒錯，就是妳想的那樣，齊溪，妳的取證沒有白費，妳手裡已經捏緊了王牌，只要妳手裡的資料公開，那妳爸爸的臉面保不住，這個私生子在學校裡的名聲恐怕也會徹底臭掉。」

「而這就是妳談判的對價。」

齊溪的眼睛亮了起來，她很快想通了顧雪涵話裡的邏輯，「您的意思是，我可以用這件事去威脅他？要求他為了保全自己和兒子的名聲，在財產分割主動放棄做出讓步，然後簡短快速走完協議離婚的流程？」

顧雪涵給了齊溪一個讚許的眼神，但她立刻糾正道：「不過這不叫威脅，這只是談判。」

但對顧雪涵的話，顧衍皺著眉，神色卻有些遲疑，「可這樣，會不會涉及到個人隱私侵權？」

顧雪涵露出了有些無語的表情，「我一開始怎麼說的？你們雖然是律師，但我們做律師，不是必須要求當事人做的任何事情都符合法律的要求，沒有觸碰任何犄角旮旯裡的任何一條法律法規，如果人人都能做到這樣，直接讓大家通讀法律條文不就好了？」

「我們律師這個工種之所以存在，是因為總有很多人會違反法律，而我們在違反法律後提供補救的措施，當然，我們會建議所有當事人遵紀守法，但是律師的工作內容不是去制裁違法行為或者強制所有人守法、或者是裁判誰，我們的職責是告知客戶一旦觸犯法律以後的後果和風險，我們提前給出全面的分析，最後做出決定的是客戶，只要他們認為輕微的違法行為所造成的後果，比完全不違法的結果更讓他們接受，對他們更有利處，他們也願意接受輕微違法後的制裁，那衡量好利弊後，都是成年人了，去做就好了。」

顧雪涵看向齊溪，狡黠地笑了下，「我現在說話的立場，是作為妳的律師，妳只是我的當事人。」

她看向齊溪，「個人隱私侵權的法律責任是什麼？」

是停止侵害、恢復名譽、賠禮道歉、賠償損失。

但……

除非本質是炒作，除此外，沒有一個個人隱私侵權案裡，真的能徹底恢復名譽的，因為隱私八卦的傳播，總是比一切都快。但個人隱私侵權案，並不是殺人放火這類惡性刑事事件，本身處罰力度並沒有到讓人無法承受的地步。

這是為什麼很多遭遇出軌的妻子，即便會被小三起訴侵犯個人隱私，也會義無反顧要讓全世界都知道小三幹了什麼無恥下作的事。

何況，也不是每個小三都有那麼厚的臉皮，還有臉起訴原配侵犯個人隱私的。

顧雪涵說到這分上，顧衍懂了，齊溪也已心下了然。

齊溪看向了顧雪涵，「顧律師，我懂了，妳的意思是，既然我爸最寶貝的是兒子，而我如今正好掌握了他兒子的一些情況，那如果我在談判時，用他的兒子做籌碼，或許可以換取他在財產分割上的退讓？」

顧雪涵點了點頭，「沒錯。這不是要妳去做違法犯罪的事，但當妳和妳爸爸坐到談判桌前，他摸不清妳會幹什麼，妳只要鎮住他，唬住他，讓他相信妳真的會這樣幹，他越在乎他兒子，就越害怕妳，就越會讓渡出主動權。」

雖然自從齊瑞明的事發生後，齊溪心裡沒一刻放鬆過，想著和老奸巨猾的齊瑞明對壘，壓力更大，然而如此危急的情勢下，顧雪涵卻總有種四兩撥千斤的能力，她看起來遊刃有餘，以至於這種情緒感染了齊溪，讓她緊繃的內心也漸漸變得平穩起來。

「妳懂我的意思吧？不是要妳真的去違法散布他兒子的隱私資訊，只是用這一點去談判，但妳在把這一點當成籌碼引入之前，妳要做好心理準備，傳遞給妳爸爸這樣的資訊：妳這不是虛晃一槍，而是萬一談判破裂，妳真的會這麼做。因為至少有這樣的氣勢，妳才能壓得住妳爸的氣焰，才能讓他相信，才能讓他害怕妳。」

顧雪涵頓了頓，看向了齊溪的眼睛，「齊溪，妳爸爸在法律操作上不一定是最專業的，但在察言觀色上，一定是比妳老道的，一旦妳在談判裡露怯，他就能摸清妳的底牌，知道妳只是嘴上說說要去搞臭他兒子的名聲，現實裡根本做不出這種事，那他是不會在財產分割上讓步的，所以妳絕對不能讓他看清妳的真實意圖，妳要裝得像他那樣沒有底線。」

齊溪這下終於理解了顧雪涵此前一番話的邏輯。

其實，捫心自問，要是拿齊瑞明私生子當籌碼談判仍舊失敗了，真的就看著齊瑞明帶走了婚內大部分財產，和小三以及私生子過上幸福的生活，這也絕對是齊溪無法接受的事。

在她樸素的價值觀裡，人做了這樣的錯事，是要受到懲罰的，斷然沒有可以不用付出代價，還占盡好處的結局。

所以如果齊瑞明不退讓，齊溪也不會讓他和他的兒子全身而退。要有破釜沉舟背水一戰的決心，才能一鼓作氣在氣勢上壓倒齊瑞明。

顧雪涵見齊溪的表情，知道自己的點撥已經到位了，「至於把握好界限，不要被他抓到小辮子，這就不用我多說了吧？記住，妳是談判，不是去敲詐勒索，注意妳的措辭，妳是去維護自己媽媽的合法權利。」

齊溪用力地點了點頭，「所以靠這個，能讓他淨身出戶嗎？」

面對齊溪的問題，顧雪涵不急不緩地喝了口茶，然後才搖了搖頭，「齊溪，這裡面你們又有一個盲點。」

「首先，我們要走的是談判分割財產的路線，那麼既然是談判，妳除了要知道對方最在意的東西，也要知道對方的底線，還拿採購來打比方，如果妳的採購方對妳貨物的單價最高能承受一百塊一件，那麼只要妳的報價在一百塊內，妳的貨物又有不可替代性，那他們最終都會買，但要是超過一百塊，他們買了這批貨物加工後再銷售，也不產生利潤了，即便妳的貨物再有不可替代性，他們也不會買了，超出預算了，買來生產不僅不產生利潤，還會倒虧，誰還會買？這不符合正常的商業邏輯。」

「談判的核心是摸清對方這一條底線，但不能超過底線，還是要留餘地給對方，否則談判就會崩。」

顧雪涵生動具體地用供應商和採購方的關係來作比喻，齊溪很快明白了她話裡的深意——

婚內共同財產裡，因為自己的媽媽是全職太太，不論如何，基本上出資額確實都是齊瑞明的收入，他因為有重大過錯，又有兒子的資料被拿捏著，或許為了保全自己和兒子的名聲，內心尚且有一些愧疚，可能確實願意在分割中做出重大讓步。

但一旦齊溪想讓他一分錢也撈不到淨身出戶，齊瑞明內心恐怕是不願接受的，可能會激發他的反抗和不配合，最後鬧到魚死網破的地步——齊溪或許不得不為了讓自己內心得到平衡而去做點什麼讓齊瑞明和他兒子以及小三名譽受損的事，為此付出相應的代價；而齊瑞明也會在撕破臉後拒絕談判，走起訴離婚流程，在長久的拉扯裡，奚雯能分到的不會比談判協議離婚多，甚至是令人覺得完全不公的比例。

「我的建議是妳和妳媽媽商量一下，不要用淨身出戶的方案，比如你們家的多間房產，妳讓妳媽媽選出價值高方便流通的那幾間，剩下的行情不好又難以出租盈利的商鋪，則分割給齊瑞明，恩威並施吧，要強勢，但必要時候又好像有退讓，這樣才容易達成協議。」

「至於你們猜測的，他還在外面用他人名義代持的房產，我贊同你們的猜測，但這部分除非你們有線索，否則目前在實踐操作裡真的無從查證，只能說他籌劃這盤棋籌劃了十年，你們想用如今的一朝一夕顛覆他的整盤棋局，是不現實的，對於我們無能為力取證的部分，我的建議就是暫時放棄，只爭取眼前能看得到的部分，有捨才有得，畢竟先保全好眼前的財產，順利協議離婚，這之後再去調查取證也是可以的。」

是了，畢竟民法規定了，一旦離婚時有隱藏、轉移、變賣、損毀夫妻共同財產的，當事人可以在發現次日起算的兩年內追訴，那麼完全可以先保全眼下的財產，等這部分塵埃落定，再事後繼續清算。

顧衍對此也非常認同：「畢竟要是找別人代持了房產，取證需要的時間也久，就做好追訴的打算，也可以更遊刃有餘地調查。」

顧雪涵點了點頭，補充道：「是這樣沒錯，而且在我看來，我們現在談判要做的也是打個時間差，讓妳爸爸來不及反應，也摸不準妳到底知道他多少資訊，他一緊張一恐慌，妳又對他還留有一些餘地，他在措手不及之下很容易接受妳的方案，等我們簡短快速地走完協議離婚流程，度過離婚冷靜期，把這件事塵埃落定，就穩妥了，至於他之後意識到自己被設計了，那也翻不出天來了。」

齊溪明白了。

薑還是老的辣。

比起顧雪涵，她還是太年輕太衝動太簡單了，她的善惡是非觀還是太過極端，遇到齊瑞明這樣的事，理所當然恨之入骨，希望齊瑞明一點點好都撈不到，但人生在世，本來就沒有人能占據所有的好處。想要得到全部的好處，一點點讓步都不做出，最終勢必只會造成更大的損失。

一個法律人，用好法律工具，不是為了獲取絕對的勝利，而是為了獲取CP值最高的勝利。

「與其和妳爸爸拚刺刀一樣走到撕破臉皮起訴這一步，經歷一審二審強制執行，拖拖沓沓幾年時間，還不如簡短快速直接走協議離婚路線。相信我，我接待過很多離婚財產分割的案子，那些選擇冗長起訴方案的女當事人無一不被困在漫長的法律流程裡，沒辦法繼續開始新的生活。」顧雪涵的聲音很溫和，「人只有快刀斬亂麻地告別過去，才能迎向未來，妳媽媽最需要的恐怕是趕緊遠離妳爸爸這樣的人，拿到讓她滿意的錢，去開始新生活。」

是了，恐怕每次見到齊瑞明，對媽媽來說都是二次傷害，都是不斷被逼迫著回憶和咀嚼被背叛的痛苦和怨恨，人也被困在負面的情緒裡，此時此刻對媽媽最好的方案，確實是顧雪涵分析的那樣。

「其實真要拉長戰線，把齊瑞明徹底拖垮，也不是完全沒辦法，但妳需要付出的精力、情緒和時間，與得到的結果是不成正比的。齊瑞明不可能躺平任由你們進攻，在漫長的互相攻擊和拉扯裡，不僅你們身體上精疲力竭，精神上也會長期處於一個仇恨和負面的情緒裡。律師在給當事人意見的時候，一定要設身處地衡量當事人的情況，為當事人量身訂做最優方案。」

「錢是很重要，但人這一輩子，最重要的還是人自己，有些糾紛裡，為了多拿到一星半點的錢，就犧牲掉自己的未來，是不值得的；而有些決策裡，因為被仇恨或者衝動的情緒蒙蔽，就糾纏不休，最後錯過的反而是當下的人生。」

「齊溪，我批五天的假期給妳，妳需要顧衍的時候也可以讓他直接去配合妳，這五天裡，妳去找妳爸爸，把這件事了結掉，五天後，我要看到狀態恢復到原樣的妳精神飽滿地重新回來上班。」

顧雪涵的眼睛盯著齊溪的，她鄭重道：「妳能做到嗎？」

齊溪愣了愣，然後她抿了下嘴唇，迎著顧雪涵的目光，也認真地點了點頭，「能，我能做到。」

如果說齊溪心裡原本還有些露怯，那麼顧雪涵的一番提點和鼓勵後，她彷彿一下子燃起了鬥志，原本那些不夠堅定的信念也變得更為不可撼動了起來。

事不宜遲，齊溪也希望快速解決這件事從而翻篇，她又把顧雪涵的建議傳達給了奚雯，和奚雯顧衍又梳理了證據一遍，又找了個藉口從李姐那裡拿到了王娟的身分證影本，便於未來去法院起訴她返還齊瑞明的婚內財產，接著確定了財產分割談判的方向，以及確認好奚雯想要的財產部分，這才把所有的資料分門別類收好。

今天正是齊瑞明出差回來的日子，算了算時間，也該下飛機了。

雖然做了很久的心理建設，但是事到臨頭，齊溪多少還是有些緊張，拿著手機的手指都在微微發抖，但最終，齊溪咬緊了嘴唇，還是按下了訊息傳送鍵，把那張從學校官方帳號裡找到的王齊亮照片傳給了齊瑞明。

果不其然，回覆齊溪訊息從來不即時的齊瑞明，幾乎是在看到照片後立刻打了電話給齊溪——

『溪溪，妳傳給爸爸的是什麼東西啊？』

明明都把私生子照片甩他臉上了，但齊溪沒料到齊瑞明臉皮竟然可以這麼厚，然而到底被打了個措手不及，齊瑞明的聲音討好裡帶了一點試探。

可齊溪的內心只想冷笑，齊瑞明從前可從沒對自己這麼耐心和熱情過。

「王齊亮，楓凌國際學校二年級A班，你的私生子，你不會到現在還裝什麼都不知道吧？」

大概沒料到齊溪會知道這些，電話那端的齊瑞明明顯有些慌亂了，也知道此時沒辦法再抵賴，他壓低了聲音，試圖穩住齊溪，『溪溪，妳聽爸爸說，這件事有誤會，不是妳想的那樣，妳可千萬別告訴妳媽媽，妳在哪？我馬上去找妳當面說。』

十五分鐘後，從來日理萬機沒辦法出席齊溪人生裡各種重要時刻的齊瑞明，一臉風塵僕僕地出現在了齊溪約好的咖啡廳裡。

他的臉上帶著慈父般的笑，還沒落座，就提著一袋東西給了齊溪，「溪溪，這是爸爸這次出差帶給妳的伴手禮。」

呵呵，這時候想起來打感情牌了。

齊溪連手都沒有伸，只面無表情地看著齊瑞明，齊瑞明到底心理素質好，竟然只乾笑了兩聲，就逕自落了座，「妳提著累，等等爸爸直接幫妳提回家。」

不過他沒和齊溪寒暄幾句，就非常迫不及待地進入了正題，「妳說的那些事，妳怎麼知道的？妳找人查爸爸？還是什麼人挑撥我們的家庭關係，和妳說了什麼？」

齊溪不說話，這種時候，沉默是金，多說話的人，露出的馬腳反而越多。

見齊溪這樣，齊瑞明一句話都套不出來，果然有些急了，事發突然，他也有些急躁了，「這件事，爸爸能解釋，是爸爸錯了，但爸爸只是喝醉了酒，妳也知道，我們律師總要在外應酬，有時候就免不了逢場作戲，就那麼一次，那女的我後來也沒再見了，誰知道過了九個月，那女的突然抱了個孩子來找我，說是我的兒子，扔下這孩子就走了，這孩子確實長得和我一樣，確實也是我的兒子，爸爸也沒辦法，畢竟孩子都已經生出來了，法律上我也有義務撫養。」

齊溪盯著齊瑞明的臉，他還是原本的模樣，但齊溪卻覺得他的五官、整張臉彷彿都扭曲在了一起，他失去了父親身分帶來的濾鏡後，剩下的只是一個滿嘴謊話推卸責任編造謊言的中年男人，讓人生理性的倒盡胃口。

他做律師的時候不見得多專業，但在狡辯自己長期出軌並且有預謀地生下私生子這件事上，倒是巧舌如簧得非常像個詭辯大師，避重就輕，彷彿他這個兒子只是別人誆騙他才生下來的，他只是毫不知情地「貢獻」出了一點精子。

齊瑞明不知道齊溪在想什麼，大概是齊溪的沉默給了他勇氣，他急迫地表衷心道：「爸爸也是沒辦法，我瞞著妳們，也是不想傷害妳們，尤其是妳媽媽，我心裡只有妳媽和妳，但那兒子畢竟也是我的骨肉，畢竟是我一時不察才犯下的錯，我必須對他負責啊，爸爸也是迫不得已……」

齊溪內心只想冷笑，如果真的不想傷害媽媽和自己，齊瑞明根本就不應該出軌。更何況……

「你對他真是挺負責的，我想出國留學你一分錢都不願意掏，他則一路都是昂貴的國際學校，我查過了，他從幼稚園就在楓凌國際，至今花費的錢，早就超過我去美國念書需要的學費了，這就是你的迫不得已？我看你甘之如飴。」

齊瑞明原本還好聲好氣的，結果一被齊溪頂撞，臉色當即就沉了下來，他本身是個脾氣暴躁的人，對齊溪更是指責慣了，就忍不住習慣性抬高了聲音，訓斥道：「溪溪，就算這件事我有錯，妳剛才是用什麼態度在和爸爸說話？！妳這是一個女兒的態度嗎？妳當我是什麼？審犯人？哪個子女可以對爸爸這樣大逆不道的？」

氣到極點，齊溪此刻反而變得出奇平靜，她看了齊瑞明一眼，沒有退縮，「你把自己當我的爸爸嗎？你爬上王娟的床的時候，你想過自己是我的爸爸嗎？你買愛馬仕給王娟，讓王娟幫我媽買 coach 的時候，你想過自己是我的爸爸嗎？你每次出差帶著王娟遊山玩水的時候，你想過自己是我的爸爸嗎？你買房給王娟，幫你的兒子取名王齊亮的時候，你想過自己也是我的爸爸嗎？現在拿出爸爸的態度來壓我，齊瑞明，你先自己照照鏡子，你配當我的爸爸嗎？」

齊瑞明目眥欲裂，舉起手，當即就想朝齊溪甩去，但在看到齊溪紅著的眼眶時，齊瑞明別開頭，硬生生收住了手。

他像是也在忍著什麼情緒，點了根菸，在吞雲吐霧裡，他的聲音也變得不那麼平靜，「這些妳都從哪知道的？妳媽……」

「我媽都知道了。」齊溪冷笑起來，「你那個姘頭王娟，你養了十年，現在還明目張膽弄到瑞明所裡去，人家直接找上門了，打電話騷擾媽媽，這次你們去出差，她一直在跟媽媽示威你和她在一起呢，嘲笑媽媽沒用沒生出兒子，叫媽媽趕緊滾蛋讓位。」

齊溪這番話是臨時起意的臨場發揮，齊瑞明不是省油的燈，這王娟也不是什麼好貨，平時肯定是仗著自己生了兒子，各種拿捏齊瑞明，兩人都發生婚外情十年了，早過了婚外情最初那段激情澎湃看對方哪都好的階段，十年裡恐怕為了兒子為了錢，也有過不少爭執，尤其如今王娟也三十多了，不像十年前那麼不計較未來，恐怕也鬧過要上位。

所以，為什麼不試試讓齊瑞明和王娟內訌狗咬狗呢？

齊溪原本也只是將計就計，然而她的話下去，齊瑞明臉上果然不僅沒露出懷疑的目光，菸抽得更凶了，眼神裡也帶了點狠意，「這女人真是不知好歹！我給她的還不夠多嗎？蠢貨！什麼都滿足她了，為什麼還要來破壞我的家庭？！」

事到如今，破壞齊瑞明家庭的反而變成王娟了，彷彿當初王娟這兒子是自體繁殖的一樣。

為什麼這些出軌的男人，總能這麼理直氣壯，錯的好像永遠是女人，老董出軌，責怪自己的妻子太優秀讓他感受不到被崇拜，責怪于娜娜有心勾引；齊瑞明則責怪王娟和他搞婚外情了還想上位，害他的家庭被破壞……

齊溪懶得再看齊瑞明的表演，平靜地宣布了奚雯的決定，「我媽什麼都知道了，她要離婚。」

齊瑞明果然有些愕然，「妳媽現在是衝動，先冷靜冷靜，爸爸願意認錯，而且王娟那邊爸爸一定會搞定，不會再讓她有機會騷擾妳媽，我和妳媽這麼多年過來，不能這麼散了……」

看得出來，齊瑞明對奚雯並非沒有感情，然而敵不過外界誘惑的短暫激情，他追奚雯時的愛意是真的，和王娟偷情的快樂也是真的。

人的貪心可能真的是欲壑難填。

有了溫柔優雅的老婆，又想要熱辣勾人的小三，有了女兒，還想要兒子。

可人怎麼可能什麼都想要，什麼都能要呢？

齊瑞明第一次顯得有些慌亂，他掐滅了菸，然後拿起手機，開始打電話給奚雯，一邊撥號，一邊喃喃自語道：「不行，我得跟妳媽直接說，我可以解釋，我們沒有必要離婚……」

可惜奚雯的手機永遠是忙線。

齊溪知道，媽媽早就把齊瑞明的手機號碼封鎖了。

齊瑞明不死心，一個勁地撥著電話。

齊溪看著他的舉動，只覺得又諷刺又悲哀，「媽媽不會再理你的，她根本不想和你說話，只想快點離婚。」

齊瑞明終於放棄打給奚雯了，但他依然不想離婚，「溪溪，那妳去幫爸爸和媽媽說，爸爸不想離婚，爸爸會盡快處理掉王娟的事，妳讓媽媽給我次機會……」

「就算你可以讓王娟走，那你的兒子呢？你自己也說了，兒子是你的血脈，法律上你更是有撫養義務，出軌和生下私生子女的出軌，完全不是同個層次的過錯。」

「亮亮的學校週一到週五是寄宿的，他很乖，不用操什麼心，只是週末需要人帶，爸爸原本和王娟不得不虛與委蛇，也是為了讓她能在週末幫我帶著亮亮，畢竟我要不是有工作上的事，不然也要待在家裡，不能每週末都保證去帶亮亮，孩子還小，總不能沒人陪著……」

「以後可以這樣，我週一到週五都住在家裡，週末兩天我就去帶亮亮。」齊瑞明自己都沒發覺，一提起這私生子，他滿眼都是溫柔的光，不自覺帶著誇讚，「亮亮真的很乖，下次帶妳們和他見個面，說不定妳媽會挺喜歡他的，以後把王娟趕走，給她點錢打發她，讓她趁著年輕趕緊另嫁，以後也別再來煩我們，這樣以後就讓亮亮直接喊妳媽大媽，家裡多個人也就多雙筷子，接觸多了，妳們一定會喜歡亮亮的！」

齊溪只覺得胃裡翻江倒海，就差沒直接吐出來。

週一到週五在奚雯這裡，週末去兒子那，齊瑞明到底是有多厚臉皮可以提出這種方案，把在媽媽這邊當成是上班嗎？週末再回到自己心愛的兒子身邊享受假期生活？

還喊大媽，他還能更無恥下賤一點嗎？

齊溪以為自己攤牌戳破齊瑞明在外有私生子的事，他就算裝也要裝得愧疚一些，結果這男人飛速藉機找臺階下，明擺著擺爛了——既然妳們也知道了，那正好，我的寶貝兒子我也不東躲西藏了，正好處理王娟這個天天跟我藉機要錢的，兒子帶回家裡養，一舉兩得。

媽媽封鎖他是對的，否則恐怕二次傷害要被齊瑞明沒有底線的言論氣死。

「不論我也好，還是媽媽也好，我們永遠都不可能接納一個醜陋的私生子，媽媽的態度很堅決，必須離婚。」

齊溪已經不想再聽齊瑞明說出更噁心的言論了，她打斷了齊瑞明的美夢，逕自從包裡拿出了早就列印好的財產分割方案和離婚協議書，「這是媽媽的意思，沒問題盡快去把離婚證書辦了，你既然那麼寶貝你兒子，也別週一到週五在我們家上班了，週一到週日都給你的寶貝兒子當爹去吧。」

齊瑞明顯然不死心，可惜不論他怎麼打奚雯的電話，都沒辦法接通。

結婚這麼多年，齊瑞明並不是不了解奚雯的性格，也知道她雖然看起來溫柔，但一旦決定什麼，是很難改的，如今奚雯的態度，眼前的離婚協議書，恐怕宣告著這段婚姻是必然保不住了。

齊瑞明這幾年其實一直很焦慮，因為法律業務越來越難做了，新的優秀律師一撥撥的成長起來了，他本身業務水準就很一般，原本也是靠著容市律師競爭還沒那麼激烈，靠著先入行這個優勢，加之一張嘴又十分能吹牛，糊弄到不少業務，畢竟律師這行業，不論最後官司輸了還是贏了，該付的律師費還是得付。

但如今一來他年紀大了，精力跟不上，二來律師圈也越來越競爭，新一批的年輕律師不論是體力還是業務能力，都遠遠比他強，法律行業也越來越規範，早年那些很野的做法，在如今的環境裡都是行不通的，錢越來越難賺了。

可自己兒子那邊每年的花費只增不減，未來有可能高中就要送出國念，就算高中不出國，那大學肯定要讓兒子出國，去名校最多的美國，這又是一大筆費用。

而王娟這幾年不僅沒消停，還變本加厲的要錢，原本她要錢用的方式就是威脅齊瑞明要把兒子的事鬧到奚雯那裡，或者威脅把兒子帶走，以後永遠不讓齊瑞明見到兒子，齊瑞明怕事情一發不可收拾，也怕王娟真的偷偷把他的寶貝兒子帶走，於是不得不花錢消災，各種名牌包名牌衣服地供著，但內心早就對王娟不滿，她也三十多了，早就失去了二十幾歲時的水靈，保養再好，也顯現出衰敗的趨勢。

兒子還小的時候還不覺得，如今小孩上小學了，王娟文化素養差的缺陷就暴露了，她根本沒辦法像奚雯那麼溫和地帶孩子，動輒就很暴躁，更沒辦法輔導小孩功課，在教育撫養孩子這塊，不知道比奚雯差了多少，花的錢倒是奚雯的幾十倍。

兩兩對比，齊瑞明是不想離婚的，別的地方確實找不到奚雯這樣的好太太了，對齊瑞明而言，反正出軌一事敗露了，那最好的解決方案就是奚雯接受自己的兒子，把王娟踢走，讓奚雯帶好兒子，既解決了王娟，也減輕了自己帶孩子的壓力，只是沒想到奚雯不同意，還堅決要離婚。

他原本是想說幾句軟話，多哄哄奚雯，買點禮物給她，好好認個錯，再從長計議的，只是沒想到奚雯直接連理都不打算理他。

如今看著眼前這份離婚協議，齊瑞明才意識到，奚雯是動真格的了。

齊瑞明匆匆一掃，當即沉下了臉，他看向齊溪，「要離婚讓妳媽自己來找我談。」

齊溪早就猜到了齊瑞明會惱羞成怒，她平靜道：「我現在是媽媽的律師，你有什麼都直接找我談就行。」

「妳是她的律師？」齊瑞明像是聽到了什麼天大的笑話一樣，「就妳？連律師執照都沒正式拿到，還在實習期，妳真當自己是大律師了？」

他把離婚協議往桌上一扔，「妳自己看看妳寫的什麼離婚協議？幾間住房全部分割給妳媽，我就拿一間商鋪，那間商鋪根本租不出去，還是唯一沒有還清貸款的，這個家裡的錢都是我賺的！就算我在外面生了個兒子，我沒給妳和妳媽吃穿？妳現在過得這麼好，還敢來這麼說我，不都是因為我花錢養著妳？」

一旦確定奚雯不僅不會接受他的兒子，更不會繼續忍受這段婚姻，齊瑞明幾乎是暴跳如雷，他拿起其中一份離婚協議，當著齊溪的面撕成稀爛，「我就說妳們女的不行，好好研究研究民法裡的財產分割吧！妳媽一分錢沒賺給家裡過，還想這樣分割財產？齊溪，早就勸過妳別當律師了！真以為學法律當了律師，就能行了？是妳慫恿妳媽鬧離婚的嗎？」

齊瑞明指責齊溪的語氣聽起來理直氣壯極了，彷彿齊溪才是犯了錯誤的那個不孝女，「有妳這種小孩嗎？這種時候勸自己爸媽離婚？寧拆十座廟不拆一樁婚，妳沒聽過嗎？我和妳媽離婚妳能撈到什麼好的？我和妳說，妳媽敢離婚，該是我的錢，我一分也不會給妳們！」

「我要的只是媽媽應得的部分，這段婚姻你是受益者，媽媽可不是，你能在外面毫無後顧之憂的創業，也是媽媽的功勞，別以為你工作就了不起了，比起帶孩子來說，上班賺錢可容易太多了！但凡是你在家帶孩子，媽媽在外廝殺工作，媽媽賺的錢早比你現在多多了，也比你成功多了，你這樣的 loser，帶著你和你的野種小三滾出我們的視線吧！」

大概沒想到齊溪會反抗，齊瑞明看起來快要氣炸了，他指著齊溪的鼻子叫罵道：「把妳媽給我找來，我要讓她看看，她教育出來的都是個什麼東西！和自己爸爸說話竟然敢這麼沒大沒小，還張口閉口『野種』！那是妳弟弟！亮亮不知道比妳乖了多少倍，提起妳都喊姊姊呢！」

「他也有臉喊？既然知道你還有個女兒還有個老婆，十歲的男生了，想必也明白自己是不乾不淨的野種出身吧？就沒點羞愧嗎？」

齊瑞明的一生嚴格踐行著男尊女卑的封建殘餘教條，從沒有真正在內心裡尊重過女性，在他眼裡，女性都是男性的附屬品，妻子該聽從丈夫的，賢良淑德持家，小三該掌握分寸，乖乖聽話被養著，女兒更不應該質疑父權，更不能像齊溪這樣反叛。

齊溪此時對他的駁斥簡直是觸了他的逆鱗，更何況他顯然無法容忍齊溪膽敢攻擊他的兒子，攻擊他的事業。

在約見齊瑞明之前，齊溪就考慮到齊瑞明情緒失控試圖攻擊她的可能性，因此特地把約見的地點定在一間人不算多的咖啡館大廳，因為人不多，大廳裡也很容易找到與鄰座間隔較遠的座位，保持談話一定程度上的私密性，雖然人不多，但大廳裡多少會零星地坐著幾桌別的客人，齊溪覺得在這種公共場合下，齊瑞明不至於動手。

只是沒想到她到底還是太天真，「野種」兩個字像是刺傷了齊瑞明的內心，他的脖頸裡青筋暴起，「是我沒教好妳，讀了這麼多書，都讀到狗肚子裡去了，『野種』掛嘴邊，有妳這麼說話的嗎？今天我就好好教訓妳！」

他一邊說，一邊就要舉起手搧齊溪。

事發突然，齊溪沒料到齊瑞明都到這分上了，還能這麼趾高氣揚，因此整個人有些應激般的愣住了，等她再反應過來要躲避的時候，齊瑞明的手掌已經離她咫尺了，齊溪幾乎嚇得下意識閉上了眼。

人大概永遠無法真正準備好面對自己父親的無恥和下作。

只是預想中的疼痛並沒有傳來。

相反，傳來的是顧衍又冷又低沉充滿警告的聲音——

「你放尊重一點。」

齊溪睜開眼睛，才看到就在距離她臉頰不到十公分的地方，顧衍的手擋住了齊瑞明的動作，他正牢牢捏住了齊瑞明意圖作惡的手臂，然後狠狠放開後把他向後一推。

齊溪還沒顧得上和顧衍說話，齊瑞明反而先發制人起來，他瞪向顧衍，「我教訓我自己的女兒，關你屁事？」

「女兒並不是你的私人財產，都是獨立個體，不要用男性的武力優勢威脅女性，很低級。」

顧衍對齊瑞明說話時整個人的氣場都非常冷然，氣勢上一點沒輸給已經近乎暴跳如雷的齊瑞明，但他說完再回頭看向齊溪時，聲音就明顯不自覺柔和了下來：「齊溪，妳沒事吧？」

齊溪自然是沒事的，但在因為戳穿父親醜事不僅沒得到道歉，反而差點遭到父親掌摑的情況下，真的是憑藉著最後的自尊和倔強才憋住了眼淚和痛苦，能見到顧衍，齊溪只覺得鼻腔都有些發酸，至少此時此刻，她不那麼孤單了。

得不到父親的愛，但好歹顧衍是願意陪伴在她身邊的。

齊溪忍住了眼淚，為了緩和情緒，她轉移了話題，看向了顧衍，「你怎麼在這裡？」

「雖然妳想自己一個人談，但我還是挺擔心，所以還是跟來了咖啡廳，事先坐在角落裡，想著萬一情況不對妳還能有我在……」

顧衍的解釋非常樸實，但齊溪內心還是忍不住飛速跳動起來。

此時此刻，一切情話和允諾都很蒼白，真實的陪伴和支持比什麼都有重量。

不過齊瑞明對齊溪和顧衍之間這種互相扶持的感情，卻嗤之以鼻地冷笑起來，「我當來了個多管閒事的呢？看來是我女兒談的男朋友，怎麼？你一個外人，還想著摻和一腳？還是看中了我們家的房，覺得從我身上搶到齊溪和她媽頭上，以後你就能染指了？」

齊瑞明做出出軌生私生子這種事，已經讓齊溪覺得足夠丟人了，但她沒想到他還能更丟人，總是以自己極度自私和功利的內心去揣測別人的。

她不想再讓齊瑞明繼續丟人現眼下去了，只想速戰速決，「離婚協議已經給你了，我準備了一式兩份，你撕掉了一份，但還有一份，你拿去好好看，給你兩天時間，媽媽已經預約了戶政事務所兩天後上午的時間，帶上所有資料，先去提出離婚申請登記，拿到受理書後等一個月冷靜期滿後，再去領取離婚證書。」

齊瑞明冷笑起來，「我憑什麼要接受對我這麼不利的協議離婚方案？妳媽想離婚，那就去起訴吧，看看她最後能分到多少錢。」

「我不是在和你談判，我是在告知你。」大概是顧衍的到來給了齊溪更大的勇氣，她重新變得堅定起來，聲音不再顫抖，只剩下冷硬，「我們認可你在婚內製造的財富，正因為考慮到這一點，分割財產上並不是你完全淨身出戶的方案，已經足夠給你面子，算是一個好聚好散的方案了，你如果不接受，你可以走起訴離婚試試，但起訴離婚需要拖多久你也知道，這過程裡，但凡媽媽的心情受到一丁點刺激，我可不保證會不會做出點別的事。」

齊瑞明皺了皺眉，「妳要做什麼？」

齊溪笑了下，「沒什麼，就是為媽媽討個公道，去楓凌國際門口發發傳單廣而告之王齊亮的身分罷了。」她盯向齊瑞明的眼睛，「他不是很想認我這個姊姊嗎？那我親自到他學校門口拉橫幅發傳單用大聲公認他。」

齊溪在齊瑞明眼裡一直是即便偶有叛逆但總體乖順的小孩，沒想到她會來這一齣，當即哽了一下，然後終於露出些慌亂，「齊溪，妳瘋了嗎？亮亮是無辜的！又不是他選擇來這個世界的，這些事，和他有什麼關係？！一碼事歸一碼事！」

「那我媽媽做錯了什麼？她也是無辜的，憑什麼你和王娟的垃圾事要噁心到她和我？」齊溪笑得很無情，「你不是很愛你兒子嗎？至今在他身上光是學費就花了一百萬多了，看你願不願意再多花點了。」

「畢竟，你不是一直說女孩不行嗎？只有男孩才是傳宗接代的寶貝，那你可要好好保護你的根。」

「好啊，齊溪，妳可真有能耐，竟然把自己的爸爸逼到這個分上！」

齊瑞明看起來快氣瘋了，「妳可真是個白眼狼，以前我對妳多好！妳生病時連夜背妳去看病，妳想買點什麼哪一次不滿足妳？什麼時候讓妳比妳的同學過得差了？是，我是有錯，可我也不過就是想要個兒子！妳知道在妳爺爺奶奶老家別人怎麼說我嗎？說我就算讀了大學開事務所賺了錢，可連個兒子也沒有，都嘲笑我也不知道賺錢為了什麼？兒子都沒有的人，以後死了就是絕戶了！」

「何況我就算對不起妳媽，我也沒對不起妳，我對妳二十幾年的養育之恩呢？齊溪，妳但凡有點良心，妳想著我對妳的養育之恩，我也算功過相抵了，妳也沒資格這樣對我！我對妳這麼好，結果妳對我這麼狠毒，拿出這種方案來逼我！」

「妳太年輕了，根本不知道社會就是這樣的，現在哪個男人不在外面亂搞？哪個男人不在外面逢場作戲？在外面生孩子的都多了去了，又不是只有妳和妳媽遇到這種事，就妳們這麼大的反應，還威逼利誘要我把財產多分割給妳們自己滾蛋！」

齊瑞明說到這裡，指著齊溪身邊的顧衍篤定道：「妳別以為妳這個男朋友現在對妳好就怎樣，我那時候對妳媽只有比他對妳更好，可幾十年的婚姻，誰不會疲憊！我雖然生了個兒子，可我也沒和妳媽離婚，妳媽的吃穿用度，我什麼時候縮減過了？！」

齊溪看著情緒失控的齊瑞明，才終於意識到，即便把齊瑞明出軌的證據都砸到他臉上，也是無濟於事的，因為能幹出出軌、生私生子的事的人，他們有一套完美自洽的邏輯能安然過了自己的心理關——他們覺得錯的都是別人，他們做的事明明別人也在做，憑什麼指責他們呢？他們才是這個社會的受害者，是社會的錯！

齊溪已經說不清楚自己是麻木還是失望了。

「我的事不需要你來插手，從今天起我齊溪就沒爸爸了，十年前我爸爸就死了，這個世界上只剩下王齊亮的爸爸。」

齊溪看向了齊瑞明的眼睛，她的憤怒、痛苦過後，剩下的只有蒼涼和物是人非的破碎。她相信，齊瑞明曾經是真心愛過自己的，甚至即便重男輕女，更重視自己那個私生子，但也對她是有過關心的，比如車上的尬聊，想要買車給齊溪方便通勤的計畫，希望齊溪能過得輕鬆的願望，這些都是真的，然而正因為這些出於父愛的初衷曾經真實過，如今的結局才更讓人覺得荒唐而諷刺。

為什麼要這麼固執於生出兒子？

為什麼齊瑞明要毀了這麼好的家？

為什麼他要這麼做，毀掉齊溪和奚雯關於家庭婚姻的美好期待？

齊溪不知道，也或許永遠沒辦法知道。

她也不想知道了。

她確實沒有父親了，剩下的只有為了利益而撕扯的敵人。

「齊瑞明，你好自為之，媽媽只接受這個協議，不會再退讓，已經留出一定餘地給你沒要你這樣無恥的人淨身出戶了，你最好別耍什麼花招，畢竟我和媽媽的情緒也都緊繃到極限了，你別逼我們，否則發生什麼後果，未必是你能承受的，既然事情到了這個地步，我們好聚好散吧。」

齊瑞明自然不可能就這樣認栽，他拿出了替齊溪考慮的好父親面具，「溪溪，爸爸剛剛也是衝動說了氣話，妳永遠是我的女兒，永遠是我的驕傲，一路這麼優秀從沒讓爸爸操過心，妳和亮亮都是爸爸這輩子最大的財富。」

這男人循循善誘道：「我也知道這件事對妳衝擊太大，妳心裡堵得慌，情緒上頭，所以現在看爸爸什麼都是錯的，但衝動真的是魔鬼，妳是學法律的，通過司法考試也不容易，現在又是律師，妳要是散布了亮亮的資料影響了亮亮，那可是違法，是侵犯個人隱私的！爸爸手心手背都是肉，就算氣妳，也不會對妳怎麼樣，可王娟那女人不是好惹的，她肯定會針對妳，起訴妳，去妳事務所鬧事，爸爸是擔心妳，妳可千萬不能去惹王娟，她也是搞法律的，肯定不會善罷甘休的！」

果然是這樣的說辭。

裝什麼理性中立客觀的人呢？還手心手背全是肉，不過就是拿著王娟來朝齊溪施壓罷了。

但齊溪會怕嗎？

不會的。

她只是嘲諷地看向了齊瑞明，「那就讓她放馬過來吧，就算我侵犯隱私的行為成立，最多也就是停止侵害、恢復名譽、賠禮道歉、賠償損失，是，我是做錯了，所以我都願意承擔啊，願意跟我的便宜弟弟道歉，要我賠償也行。」

齊溪冷笑道：「但你放心，只要王娟敢起訴我，我就會用盡法律手段拖延庭審，先提管轄權異議，再用別的事情申請延期開庭，等她好不容易盼到一審了，判決後我立刻不服上訴，之前一審拖延庭審的手段再從頭到尾來一遍，又拖上幾年，終於二審了，就算判我賠償，你也知道這種傳播危害程度並不嚴重，畢竟我只打算在你兒子學校附近貼大字報拉橫幅，傳播範圍甚至都沒網路上那麼廣，賠償金也不會多高，二審賠了，我就繼續拖，拖到王娟不得不申請強制執行，等執行庭來執行，我再配合給錢。」

說到這裡，齊溪朝齊瑞明笑了下，「怎麼給錢呢？要判決我賠一萬，我就取一萬個一元硬幣，要判決我賠三萬，我就取三萬個一元硬幣，然後背到你兒子的班級門口，砸到你兒子臉上，怎麼樣，挺完美吧？拖死你兒子和你小三，我讓他們走法律流程這幾年都生活在痛苦裡和陰影裡，只是賠幾萬塊錢而已，能這樣折磨他們，我覺得好值得的呢。」

「王娟是個成年人了，臉皮和你一樣厚，又下賤又惡毒，作為你們兩個下賤結晶的王齊亮，就不知道能遺傳你們多厚的臉皮了，十歲出頭是不是就能承受這麼多哦？」

齊溪露出了很善良的笑，「他是挺無辜，所以亮亮爸爸，你可要好好保護自己無辜的兒子，不要讓事情走到沒有退路的地步呢，畢竟隱私這種東西，就像潘朵拉的魔盒，一旦打開，可不是想收回去就收回去的。」

齊瑞明顯然沒料到齊溪會說出這番話，一時之間都愣住了，片刻後，他找回自己的聲音般瞪著齊溪，指著她的鼻子道：「齊溪！妳怎麼小小年紀就這麼惡毒！怎麼能想出這種陰毒的招數！妳這個人，就算成績再好，工作能力再強，又有什麼用！品德太敗壞了！」

齊溪簡直要氣笑了。

也不知道是誰給齊瑞明勇氣，竟然好意思指責她品德敗壞。

「我不是陰毒，我只是學以致用。」齊溪忍住了內心巨大的痛苦和憤怒，用平靜的聲音，鄭重地告訴齊瑞明，「我以前學法律，是為了討好你，但現在這一刻我才知道，這才是我學習法律的意義，你看不起女性，那現在就讓你看看女性能走多遠，女性是不是一定比你們男的差勁，你有能耐的話可以試試驗收一下成果，心狠手辣不是你們男人才有的專利。」

「你想清楚，再來聯絡我。」

齊溪已經不想再和齊瑞明糾纏，她扔下這句話，拉了顧衍的手：「我們走。」

然後頭也不回地離開了咖啡廳，離開了齊瑞明。

雖然在和齊瑞明談判時，齊溪表現得很冷靜，也表現得很無情，以至於都能給齊瑞明歹毒的印象，然而真的等強撐著走離咖啡廳，走到陽光燦爛的大街上，齊溪才感覺渾身脫力的崩潰。

爸爸出軌帶來的傷害，爸爸重男輕女帶來的恨意，爸爸背叛家庭帶來的痛苦，這些並不會因為齊溪成功和齊瑞明交鋒了就淡化，該有的情緒後遺症總會有，甚至原本因為一門心思取證找齊瑞明談判，還有注意力的轉移點，如今這件事也做完了，剩下的已經不屬於齊溪能努力的範疇了，齊溪心裡那些洶湧的情緒才重新反撲而來，猶如地震後的海嘯，讓人完全沒有一秒鐘喘息，就被捲入了洶湧凶悍的浪潮裡。

委屈、憤怒、怨恨、不甘和愧疚，猶如一張網，讓齊溪逃無可逃。

顧衍開著車，沒有帶齊溪回事務所，也沒有把她送回家，而是開車把她帶到了湖邊。

「齊溪，有什麼難受的不高興的事，都留在今天，今天我陪妳，妳可以盡情發洩。」

齊溪眼前是容市最大的湖，一眼都望不到頭，只在湖的天際，能看到對岸矗立著的容市標誌性建築摩天輪，這裡的夜景非常美，夜晚總是充滿了散步的人，然而此時此刻卻沒多少人。

今天沒有風，廣袤的湖面平靜到像是沒有波瀾，只有陽光灑在湖面上，在細小的漣漪褶皺裡像是一塊塊破碎的鏡面碎片，反射著光，綿延到遠處，像是沒有盡頭。

齊溪在這一刻，突然有點明白為什麼很多人內心受傷以後會需要旅遊，會需要寄情山水去治癒，因為大自然永遠有最寬廣包容的風景，猶如這樣的湖面，明明充滿了細碎的波紋，像是人生裡一個個小波折，然而從整體看，湖面是平靜而溫和的，寬廣的湖泊容納了一切。

「齊溪，我知道這很難，我不是當事人，永遠不可能有妳和妳媽媽那樣感同身受的情緒，但人生在世都會遇到困難，有時候甚至是覺得天塌下來一樣的挫折，但等妳老了，再回頭，就會發現這些事情放到妳人生的長河裡而言，或許真的不足為道不值一提。」

齊溪望著溫柔平靜的湖面，聽著耳邊顧衍溫和的聲音，在剎那間明白了顧衍帶自己來這裡的意圖。

她這一路，失去了很多很多，親情斷絕家庭破裂，然而也並不是沒有得到。

母親在困境面前，遠比齊溪想得堅強，母女聯手調查，她和媽媽比任何時候都更親近也更了解彼此，不僅從養育這件事上，齊溪看到了媽媽的優點，更是從她的教育背景和人格裡，看到了值得自己尊敬的東西。

顧衍作為男朋友的堅定和支持，在齊溪最需要幫助的時候，顧衍從沒有鬆開過手，一直扶持著齊溪，讓齊溪度過了最初的痛苦，而當齊溪想要一個人面對父親的時候，顧衍又選擇了隱忍的保護，他沒有直接出現在齊溪面前站在齊溪身邊，只是靜靜地陪伴在咖啡廳裡的不遠處，確保在危險的時候隨時都能對齊溪出手相助。

像是自行車初學者背後那雙永遠保護著的手，在齊溪對自行車一無所知的時候，顧衍盡心盡責地彎腰陪伴，為齊溪平衡著身體的重力，而當齊溪好不容易能東倒西歪地騎一下時，他給了齊溪足夠的自由去學會騎車，但雙手卻又從沒有離開過齊溪自行車的兩邊。

像是潤物細無聲的春雨，不求報答，從不聲張，只是默默地滋潤著他所愛的萬物。

同時，齊溪獲得的還有顧雪涵作為上司的專業支持，她像是黑暗裡給齊溪指明方向的燈塔，是亦師亦友般讓人敬愛的存在——既點撥了齊溪專業上的操作，又潛移默化裡給了齊溪很多人生上的哲理和體悟，讓齊溪不自覺就想要去追趕，想要成為顧雪涵這樣有勇有謀英姿颯爽的女性，想要強大起來，才能夠傳遞顧雪涵給她的好意——去保護其餘更弱小的女性。

這樣一對比，齊溪望著湖面，突然也有些釋然。

傷心難過是難免的，然而——這是最糟的時刻，但這也是最好的時刻。

齊溪終於忍不住，抱住了顧衍，把頭埋進他的懷裡，在無人的湖邊嚎啕大哭。

她太需要哭一場了。

但齊溪心裡明白，哭過以後，就是明天，就是未來。

顧衍一直很耐心，他一點沒嫌棄齊溪哭得眼淚鼻涕一大把，只是緊緊地抱住了她，不斷溫和地拍著她的背，沒有催促，沒有無意義的安慰，只有實實在在的陪伴。

等齊溪哭完，他掏出像是早就準備好的手帕，輕輕幫齊溪擦了臉，然後拉了拉齊溪的手——

「對了，有兩個人想見見妳。」

齊溪哭得眼睛通紅，還有些不好意思，她又自己拿過手帕抹了抹臉：「誰啊？」

「吳健強和吳康強。」

齊溪愣了愣，反應了半天，才終於想起來，「他們要見我幹什麼？上次不是都和那個黑心工廠談好了嗎？難道又出什麼事了？」

顧衍賣了個關子：「妳見了就知道了。」

擇日不如撞日，等齊溪的臉上看不出明顯的哭泣痕跡，顧衍便打了通電話給那對兄弟，像是約定了什麼地點，然後便逕自載著齊溪奔赴了目的地。

而直到在一處江邊小飲料店外見到吳健強和吳康強，齊溪才明白了這對兄弟的來意。

先開口的是吳康強，他的滿頭綠毛早已經染回了正常的黑色，看起來乖了很多，但臉上的青春痘倒是越發密集了，他的語氣有些靦腆：「我之前聯絡了顧律師，已經跟他道過謝了，但還是想當面再見見妳，和妳好好說一聲謝謝！」

吳康強還很年輕，但說到這，眼眶裡已然帶上了一點淚意，「謝謝你們沒嫌棄我們，尤其是妳，齊律師，多謝妳被我哥攻擊以後，不僅沒有索要賠償，還能主動來關心我們，幫我哥討回了公道！」

在吳康強說這些話的時候，吳健強一直沉默著，但眼眶也有微微的紅，他此刻穿著寬大的衣服，是很簡單便宜的款式，但顯然打理過，日子雖然過得並不富有，但人精神了很多，不再像之前那麼狂躁，也不再萎靡。

吳康強也看向了自己的哥哥，他感謝地對齊溪道：「自從拿到那筆應得的賠償款，我哥心裡那口氣總算出了，之前那些年，心裡就怨，就覺得沒天理，沒公道，覺得這個社會一點公平都沒有，內心一直恨透了他自己，覺得是自己的錯害了家人。」

「這次一開始，我哥其實也不信能拿到賠償，之前還一直和我念叨律師都是騙子，說實話，一開始我也有點被我哥影響了，但謝謝你們！謝謝你們不僅沒有跟我們要錢收費，也不嫌棄我們兩個沒什麼文化還對你們有誤解，分文不取真的幫我們爭取到了錢！」

吳康強說到這裡，忍不住抹了下眼淚，「你們不知道我哥拿到錢時的樣子，真的是不敢相信，那次他哭得比我厲害，真的覺得這個社會還沒拋棄我們，這個社會還沒不要我們，還是有公道，也還是有好心人在。」

大概被吳康強曝出了哭的事，吳健強顯得有些不好意思，他用手肘撞了弟弟一下，嘟囔道：「別說這些話，人家律師又不想知道。」

吳康強看著自己哥哥的樣子，忍不住破涕為笑，「你們看，我哥現在好多了，拿到了賠償金他心裡那個坎也放下不少，有錢以後我也能帶他去醫院看躁鬱症，不會再因為沒錢吃藥就吃吃停停，這次遇到的醫生也好，正規治療了一段時間後，我哥的情緒平穩多了，躁鬱症的症狀也基本控制住了！前幾天還和我說，雖然自己有點小殘障，但有的是力氣，不能在家裡遊手好閒，又打算去找個工作了！」

看弟弟廢話這麼多，吳健強又開始清嗓子咳嗽暗示了：「你跟人家律師說這麼多幹什麼？人家多忙啊，你沒聽說人家律師費都是一小時多少多少錢收的嗎？盡在這廢話浪費人家時間，彙報工作呢？還滔滔不絕了！」

「哥！這不都是我們事先排練過的嗎？不是你死活要我先寫個草稿給你看，你還修改了，說好叫我這麼彙報的啊！怎麼到頭來怪我呢！」

面對吳康強的拆臺，吳健強的臉都漲紅了，他作勢要打吳康強，恨鐵不成鋼道：「你說你這個兔崽子怎麼什麼話都往外說呢！怎麼這麼不機靈！」

看著兄弟倆這麼有精神的吵嘴，齊溪久違的突然感覺有些輕鬆。

她看了顧衍一眼，非常感激他此刻安排自己和這對兄弟見面。

而吳康強和吳健強互相又拆臺吵嘴了一下，最終像是互相使著什麼眼色一樣，然後吳健強有些扭扭捏捏地從腳邊拿出了此前放在地上的東西。

「齊律師，顧律師，這個東西，你們一定要收下！」

齊溪意外之餘自然是擺手拒絕，「既然我們接了這個案子，所做的一切就都是我們應該的，沒什麼需要你們送的。」

「我們知道，顧律師早就跟我們說過了，拒絕收禮，但這東西真不花什麼錢，也算不上禮，你們打開看看再說收不收也不遲啊！」

齊溪想了想，也沒再拒絕，和顧衍打開了包裝好的長條物。

然後展開後他們看到了一面錦旗，還有錦旗上的字……

「公平正義在人間，齊律顧律除邪奸」。

齊溪忍不住笑了出來，「你們誰想出來印這個的？」

吳康強有些懊惱地抓了抓頭，「寫得不好嗎？我想了好久才寫出押韻的，還以為自己挺有才的，決定以後要像你們兩個大律師一樣學法律呢。」

雖然是很普通的錦旗，印著的話也是讓人搖著頭忍俊不禁的，但齊溪內心裡卻湧動著感動和一種職業的責任感和使命感。

雖然最初學法律，最初努力想得第一名，只是為了向齊瑞明證明自己，只是為了賭氣，但努力和念書確實從來不會錯，雖然齊溪繞了點彎路，但最終，看著眼前的吳健強和吳康強，齊溪覺得，即便曾經的初衷不純粹，但自己還是憑著本能，找到了一條對的路。

法律讓她在面對父親的出軌和私生子時，能夠保護自己，法律也讓她在遭遇社會弱勢族群的困境時，能伸出援手，保護別人。

「公平正義在人間，齊律顧律除邪奸」。

土是土了點。

但說得也沒錯。

實習律師只是律師職業道路的開始，未來還有更多的案子、更多的挑戰等著，在實現個人職業價值，賺到一份薪水養家的同時，確實還可以幫助很多很多人。

雖然在和齊瑞明談判時，齊溪已經證明了自己，證明了女性一樣能夠做好律師一樣能夠把握好談判，但此時此刻的齊溪已經不想再證明什麼了——如果總是想證明女性比男性強，是不是也是另一種意義上重男輕女的受害者？

只要過好自己的生活，對得起自己的職業，認真地對待身邊的人，就是不再需要任何人證明的優秀了。

第十八章　告別過去迎接未來

齊瑞明沒有讓齊溪和奚雯等太久，一天後，他打了電話給齊溪，同意了協議離婚，接受奚雯單方面提出的離婚財產分割——

『溪溪，爸爸冷靜想了想，這事確實是爸爸不對，走到這一步，爸爸是有錯，但婚姻裡，也不完全是一方的問題，只能說我和妳媽這麼多年來，磨合裡彼此肯定都犯過錯，現在各退一步，好聚好散，我覺得妳說的也有道理，我做這事不合適，所以也同意把其他房子讓給妳和妳媽，商鋪就留給我。』

齊瑞明鋪墊了這麼久，主旨很明確：『但爸爸希望，這件事到此為止了，大家畢竟是一家人，雖然我做了這種事，但本身也不想和妳媽離婚，不過是尊重妳媽的決定，但內心，我還是把她當成我唯一老婆的，妳也是爸爸最重要的女兒，以後都還是親人。』

『亮亮也是個可憐孩子，之前爸爸為了不傷害妳和妳媽媽，一直選擇隱瞞他的身分，他像個見不得光的孩子，平時我一週裡能見到他的時間也少得很，他也十歲了，不是什麼都不懂的孩子，也為自己的身分難受過，但這都不是他的錯，是爸爸對不起他，爸爸這輩子最對不起的就是他了，所以溪溪，就算妳沒辦法把他當弟弟，至少不要傷害他，好嗎？』

齊溪已經懶得和齊瑞明虛與委蛇：「只要你配合離婚，安靜地度過離婚冷靜期，等離婚登記塵埃落定，我們誰也不想理你的兒子，也不想干涉你的生活，你未來再去生二胎兒子也好，去找王娟還是李娟再婚也好，都和我們沒關係，你過得幸福也好，苦也好，你都自己擔著，也別來打擾我們，從此大家井水不犯河水。」

齊瑞明一聽齊溪這些允諾，情緒當即和緩了下來，『溪溪，爸爸未來絕對不會再找別人了，爸爸只會為了我過去的罪過好好贖罪，一個老男人帶著個十歲男孩，把他拉扯到十八歲，這是爸爸的責任，以後爸爸沒了妳和媽媽，只能孤獨終老了……』

齊溪忍著噁心聽完了齊瑞明那些矯情造作的謊言，和齊瑞明確認好了預約去戶政事務所提起離婚申請的時間，又就離婚協議裡部分小細節進行了溝通修改，終於如釋重負地掛了電話。

她第一時間把這個消息分享給了媽媽、顧衍還有顧雪涵，幾個人都很振奮。

大約因為齊瑞明摸不透齊溪到底知道他多少底細，也或者齊瑞明在外還確實私藏了不少財產，他也想趕緊離婚，好繼續去轉移外面的房產，因此，此後的離婚手續辦得竟然非常順暢。

在預約的時間內，奚雯和齊瑞明終於見了面，提交了離婚申請。

一個月的冷靜期滿，兩人在戶政事務所工作人員的見證下，現場簽署了離婚協議，提交了所有資料，領取了離婚證書。

雖然早有心理準備，但奚雯在這兩次和齊瑞明見面時，還是忍不住哭了。

多年的愛情、婚姻，從此付諸東流，永遠失去了。

結婚證書上的照片還是年輕時幸福的臉龐，還是兩個人，然而離婚證書上只剩下形單影隻的一人。

雖然齊溪媽媽的態度堅決，也絕不能容忍背叛，取證過程裡表現出了驚人的強大，然而她的內心永遠受到了巨大的傷害，原本溫文爾雅的奚雯，在短短一個多月的時間裡，彷彿從一枝原本正處於盛放後期的玫瑰，一夜之間經歷了暴虐的風雨，已然只剩下凋零的頹敗。

媽媽老了那麼多。

齊瑞明也不遑多讓，也蒼老了不少。

離婚畢竟沒有想得那麼輕鬆，齊瑞明也同樣如此，除了些許的愧疚和迷茫外，齊瑞明想必也不是沒有心理壓力的，在簽署離婚協議時，他或許也遲疑過，也不捨過，也流露出愧疚過，然而正是他把一切推到了無法回頭的這一刻。

最後簽署離婚協議的這一天，除了顧衍外，顧雪涵也一起陪同齊溪和奚雯來了戶政事務所，等正式簽名結束，是顧雪涵攙扶著奚雯走了出來。

「齊溪，這一個月來，妳也受苦了，心理壓力也很大，給妳和顧衍放今天一天的假，你們好好去放鬆放鬆，至於妳媽媽這邊，交給我吧。」

明明平時這麼凌厲的顧雪涵，此刻的語氣卻很溫柔，她扶著齊溪的媽媽，「我的年齡比你們都大，我和妳媽媽可能更有年齡上的親近感。」

齊溪顯然不放心自己的媽媽，「可……」

顧雪涵回頭朝奚雯安撫地笑了下，然後走近齊溪，壓低聲音解釋道：「妳媽媽是個骨子裡要強的人，妳是她的女兒，沒有哪個媽媽不希望自己在女兒面前表現得更強大的，也沒有哪個媽媽會放棄保護女兒的本能的。」

「這一遭，妳媽媽是最受苦受罪的人，雖然她是母親，但她也有脆弱的時候，妳陪著她的話，她是不願意在女兒面前表現出這種脆弱的，她希望成為妳的依靠，所以交給我，讓我來陪她，讓她也好好哭一場，好好把心裡的怨恨不甘和軟弱都發洩掉。」

要不是顧雪涵，齊溪根本不會想到這一點，確實，即便遭遇這麼巨大的打擊和痛苦，奚雯一直以來的反應都算得上是克制的，但媽媽也不是超人，也是會脆弱的。

齊溪感激地朝顧雪涵點了點頭，「那就麻煩顧律師了！這一次，多虧妳幫忙，否則我還真不知道該怎麼做了……」

顧雪涵抿唇笑了下：「這沒什麼，畢竟我幫妳也就是 Girls help girls 嘛，最近不都流行這個嗎？」

「姊，雖然妳是幫了忙……」大概是最近的風頭都被顧雪涵搶走了，顧衍忍不住清了清嗓子，找起存在感了，他欠扁地問道：「但妳還算girl嗎？」

一向優雅的顧雪涵果然破功，沒忍住翻了個白眼，「顧衍你皮癢了是不是？你姊姊我至死都是美少女！只要保有愛和童趣，不管多少歲，內心都可以是個小女孩！」

原本還有些沉重的氣氛，因為顧衍和顧雪涵這個小插曲，也變得輕鬆了起來，齊溪笑了，站在顧雪涵身後的奚雯也忍不住笑了下。

此時天氣晴朗，齊溪看著站在陽光下的媽媽，忍不住也有些淚意。

顧雪涵說的沒錯，只要內心還有愛和童趣，不論幾歲，都可以重新開始，都可以朝氣蓬勃，媽媽也還年輕呢！未來還能有幾十年的好日子在等著呢！

顧雪涵單獨帶走了奚雯去散心，但齊溪和顧衍也沒閒著真的去放鬆或者約會，因為奚雯和齊瑞明的離婚只是第一步，如今婚內的主要財產得到了保全，那下一步就是起訴王娟返還齊瑞明婚內給她的不當得利。

齊溪帶著顧衍回了她租住的地方，兩個人一起整理著資料，因為前期準備充分，如今基本上再梳理下，就可以直接拿去法院起訴了。

「王齊亮的事我不管，我也不會真的去散布他是私生子的資訊，因為如果真的這樣報復了，就和我爸和王娟那種人一樣低級了，被狗咬了總不能也和狗一樣去咬回來，何況我曝光了齊瑞明私生子的資訊，他們這些沒下限的也可以拿著我們的私人資訊去做沒底線的事，所以這種事我不做，但基於法律框架內我能幫我媽討回來的公道，我也不會放棄。」

不過齊溪沒想到的是，雖然她沒有去曝光王齊亮，但這事竟然有別人去做了。

就在齊溪打算拉著顧衍去外面買點食材，今晚由她來下廚犒勞一下自己的男朋友時，趙依然竟然提早下班回家了。

被趙依然在家裡撞見自己和顧衍在一起，雖然沒什麼親密行為，但齊溪大概是作賊心虛，臉色有些紅，變得有些尷尬。

不過趙依然倒是很自然，大概因為齊溪此前就常和顧衍一起加班討論案子，她見了顧衍也沒覺得意外，只是在門口踢掉了高跟鞋，驚魂未定道：「一路跑死我了，我本來正在整理案卷呢，結果我們法院突然來了個不滿意之前判決的當事人，提著刀說要砍死幾個法官當墊背，嚇得我們奪路狂奔，現在警察都去了，疏散現場，下午的庭審都臨時取消了，我們庭長也讓我們趕緊回家了。」

她大大咧咧地往沙發上一坐，就開始滑手機，「不過你們上班時間怎麼就在家裡蹲呢？這個時間不應該在競合嗎？」

齊溪有些磕巴，她剛想解釋，就聽到顧衍鎮定地信口雌黃道：「競合有部分地方正好做了裝修維護，甲醛味道有點大，所以我們才來這裡的。」

顧衍補充道：「畢竟齊溪這裡離競合所也比較近。」

趙依然露出了原來如此的表情，不過很快又狐疑道：「那你們不找個競合所樓下的咖啡廳之類的？回這也不算多近啊，而且在家裡還沒有工作氣氛……」

完了，被趙依然看出破綻了……

齊溪沒想到，這種情況下顧衍還可以鎮定自若地隨口胡謅，這男人冷靜道：「最近業績不太好，我姊沒什麼業務，我們除了底薪外，也沒什麼錢，進咖啡館太花錢了，還是節省開支吧。」

趙依然一聽，果然露出了同情，「看來最近經濟不行啊，連競合都這樣了……」她一邊說，一邊道：「我得趕緊勸勸我想跳槽進事務所的同事，可別瞎折騰了，競合所的都喝不起咖啡了！」

「……」

齊溪正絞盡腦汁打算想個藉口出門，以免趙依然又問什麼問題，就聽原本正在滑手機的趙依然拍著大腿驚叫了一聲——

「我靠！太勁爆了吧！」

齊溪有些好奇，「什麼事啊？」

「想不到有朝一日我們法律圈的網紅博主們也會被吵到上熱門。」趙依然一臉無語，「要是能是華山論劍這種，大家你一言我一語就專業問題唇槍舌戰也就算了，結果鬧上熱門的都什麼事啊？」

她向齊溪簡單解釋道：「還記得我和妳說過，法律垂直領域有幾個女網紅挺出名的嗎？就那個『涓涓細流』和『蒙桃桃勇闖律政界』，記得吧？當初『蒙桃桃勇闖律政界』被翻出連司法考試都沒過，就在行銷律政佳人人設，當時那個『涓涓細流』可沒少下場諷刺她，趁機打造自己不翻車的人設，說自己才是真正的逆襲白富美律政佳人，結果現在好了，現在這個『涓涓細流』，翻車比『蒙桃桃勇闖律政界』還厲害！」

「她是哪門子的逆襲啊，就是剛畢業就做了已婚老男人的小三了，靠著子宮上位，生了個兒子，一路靠老男人養著，做破壞別人家庭的小三，根本沒在事務所工作，只是爬了個事務所合夥人的床……」

趙依然雖然知道齊溪的爸爸是個律師，但並不知道齊溪爸爸的全名，也不知道他所在的事務所的名字，因此即便看到涉及齊瑞明的醜聞，也並不知道詳情，但齊溪和顧衍都皺著眉，有些面面相覷。

趙依然把兩人的表情解讀為震驚，一臉「你們沒見過世面」道：「都爆料得清清楚楚呢，包括她的真名，她的身分證字號，她傍上的那個事務所合夥人姓名、事務所名字，還有她那個兒子的名字、學校、年齡，所有人的照片都被爆料出來了。」

趙依然一邊跟齊溪和顧衍八卦，一邊還在翻看爆料文章，「不是吧？她還是在我們容市的啊，她兒子王齊亮上的還是我們容市的貴族國際學校啊！我們容市還有這種『人才』？傍的那個事務所合夥人也不怎麼出名啊，不過是個名不見經傳的小事務所……」

齊溪這下坐不住了，她抿著唇，來不及回應趙依然，只是逕自拿出了手機，以「涓涓細流」為關鍵字搜尋了起來。

只是幾乎是她剛打下「涓涓」兩字的時候，網頁自動關聯出了「涓涓細流小三上位」等一系列詞條。

齊溪隨便點進一個話題，才發現，「涓涓細流」這一次被爆料的盛況，簡直是明星出軌時才有的待遇，不僅法律圈內幾個有影響力的博主都轉傳看八卦了，還有大量的行銷號跟進，點進話題裡，除了大量真實的網路使用者在罵王娟小三上位不要臉之外，還有明顯帶節奏的水軍，最終導致這個事件一下衝上熱門，討論度也非常大。

雖然王娟是個網紅，但影響力根本達不到如今這麼大的討論度，何況被爆料這件事就很蹊蹺，坦白說，她雖然在社群高調地晒過不少奢侈品，但大概自知自己不乾不淨的身分，從來沒透露過相關的隱私資訊。

能把她的私人資訊、出軌對象資訊以及私生子資訊翻到如今這樣底褲都沒有的地步，明顯是動用了別的手段。

對於齊溪這個疑問，常年看八卦浸淫網紅們愛恨情仇的趙依然就很了然了，「她這明顯被人搞了啊，之前我不就說過，她和『蒙桃桃勇闖律政界』合不來嗎？之前『蒙桃桃勇闖律政界』被爆料的時候，聽說『涓涓細流』沒少在背後插刀搞事，還在社群發了很多陰陽怪氣的話諷刺對方，當時『蒙桃桃勇闖律政界』就挺記恨的，還下場罵過『涓涓細流』幾句，說她的人設說不定也是假的，當時差點被『涓涓細流』的粉絲罵死。」

「所以妳的意思是，這次爆料多半是『蒙桃桃勇闖律政界』的功勞？」

趙依然點了點頭：「是的，我有個網友潛伏在『蒙桃桃勇闖律政界』的核心群組裡，和我說『涓涓細流』這事一開始就是有組織帶節奏的，『蒙桃桃勇闖律政界』家裡還挺有錢的，聽說花了點錢人肉搜索了『涓涓細流』，原本只想隨便爆點黑料，沒想到挖到了這麼大的事，於是趁機窮追猛打了，畢竟蒙桃桃上次被爆料後挺慘的，被罵死了，心裡一直憋著氣呢，這次簡直是蒙桃桃粉絲的狂歡。」

趙依然一邊八卦，一邊也有些感慨，「妳說這些所謂的網紅，能不能不要虛偽地造這麼假的人設了？都怎麼想的，自己不僅學歷不好能力不行，更不是靠努力逆襲的，竟然是個破壞別人家庭的小三，還敢上網炫耀，現在翻車了，被人罵死，可真是活該！」

「可能正是因為現實世界裡，沒有任何拿得出手的東西，所以才要在網路上製造一個假的形象，供別人仰慕吧。」齊溪看著網路上一邊討伐王娟的罵戰，一時之間只覺唏噓。

網路群體性的輿論本來就很好扭曲和引導，曾經王娟靠著這一點吸引到了多少粉絲拿到了多少讚譽和紅利，如今就因為這一點栽得多重。

不得不說，這一次爆料事件的幕後黑手引導得非常好，先是利用大家痛恨小三的這點說事，之後又把齊瑞明為了兒子拋棄妻女這點拿來攻擊，完全契合了如今的社會思潮，王娟和齊瑞明都猶如網路流浪狗一樣被罵到關閉了相關社交媒體的留言。

狂暴的民意追求著他們眼裡的正義，形成了群體性的私刑事件。

「王娟不說了，住家地址被人肉搜索出來有人送花圈上門了，那個老男人，也有人去律協檢舉了，說他品德敗壞，律協電話都被打爆了，據說這老男人手機號碼也被爆出來了，一堆人打去罵他。」

「最慘的是那個小孩，聽說學校的官方社群帳號和網站全部淪陷了，留言板上全是罵那小孩雜種野種早點去死的……」

對於被公開爆料的人，齊溪常常會同情，但面對王娟，她好像確實無法同情起來。

齊溪總是堅信，命運冥冥之中都是有安排的，利用不道德不合法的手段走了捷徑，未來也總是要還的，王娟做了錯的事，未必會立刻遭報應，但不論一年還是幾年，最終事情會敗露，她會迎來多行不義必自斃的結局。

畢竟偷來的東西，總是要還回去的。

也不知道顧雪涵那天都和奚雯說了什麼，明明正式登記離婚時媽媽的狀態相當低落，但沒多久後，齊溪再次見到媽媽，卻發現她整個人眼裡都有光了。

齊溪不放心媽媽回家探望她時，她正在試穿一套職業套裝，見了齊溪，有些不好意思，但人非常精神：「溪溪，媽媽好多年沒工作過了，不知道現在事務所裡像我這個年紀的穿成這樣會不會很誇張？」

怎麼會呢！

齊溪真心實意道：「媽媽，妳的身材保養得這麼好，穿這樣的職業套裝簡直是英姿颯爽，這套衣服也非常適合妳！」

奚雯聽了，有些如釋重負地鬆了口氣，「那就好，是雪涵幫我挑的，原來她也是容大法學院畢業的，嚴格來說還是我的學妹，我這個學姐真是沒出息，還要事事麻煩學妹……」

齊溪的媽媽是個慢熱的性子，能直接喊「雪涵」，可見兩人屬於一見如故的親近了。

齊溪打從心裡高興，不過對於媽媽買職業套裝這件事還有些好奇，「媽，妳這是打算……」

不等齊溪說完，奚雯就溫柔又興奮地宣布了這個消息，「媽媽打算再就業。」

面對齊溪的驚訝，奚雯就鎮定多了，她解釋道：「雖然媽媽年紀大了，中間也沒什麼工作經驗，但我也通過司法考試了，又是容大法學院畢業的，妳也大了，不需要我輔導功課或者照顧日常生活，婚都離了，沒有男人約束媽媽影響媽媽的決定，家裡可以說沒有任何可以絆住我手腳的因素、沒任何拖累了，所以加班出差我都能行，雖然進不了像你們競合這樣的頂尖事務所，但雪涵認識一家剛創辦的小事務所，正需要人，薪水給不了多高，但都是容大法學院畢業的校友，創始人還是比我大一屆的學長，雪涵幫我做了推薦，他們願意讓我試試……」

說到這裡，奚雯果然有些忐忑，「也不知道我能不能做好……」

人不能閒著，只要有事情幹，有生活目標，就有奔頭，齊溪看著媽媽此刻臉上雖然仍舊有悲傷的影子，但更多的情緒是對自己未來未知職場生活的期待。

「媽媽！妳當然能做好了！如果有不懂的地方，以後就來問我這個前輩吧！」

奚雯聽了，作勢要打齊溪，「妳又取笑媽媽。」

「怎麼叫取笑呢！媽媽妳以後可是新入事務所的菜鳥，是作為一個實習律師從零做起，可我好歹已經做了一陣子實習律師了，可比妳有經驗多了，怎麼樣？週末幫我做一頓地鍋雞，我就免費傳授寶貴的實習律師速成絕技給妳。」

奚雯臉上露出了笑，「媽媽知道了，週末幫妳做地鍋雞，至於妳的速成絕技，我還是敬謝不敏了，妳才比我多幾個月的工作經歷，也好意思自稱前輩嗎？」

「那我們就比一比，等妳一年實習期滿，能獨立辦案後，我們就來比賽，看看誰一年內收入多。」

齊溪的話讓奚雯也燃起了競爭的鬥志，她想了想，笑著點了點頭，「行，雪涵說了，律師除了專業技能外，也很考驗待人處事溝通的情商，她覺得我的年齡不一定是劣勢，媽媽不服輸，就和妳比一比！」

母女倆妳一言我一語，還真的開開心心折騰出了個比試細則。

齊溪看著媽媽重新亮起來的眼神，打從心裡感到高興。

奚雯這邊的生活在遭遇重創後正有條不紊的重建著，但另一邊齊瑞明的日子就沒那麼好過了。

齊瑞明從一開始就不想離婚，畢竟奚雯落落大方、學歷好、見識廣，性子還溫和，作為妻子，她才是更能和自己聊在一起的人，王娟除了年輕貌美上占優勢，其實是個目光短淺的女人，也沒什麼生活智慧，只知道買買買，本以為給錢就能擺平，只是齊瑞明沒想到這蠢女人竟然為了想上位跑去奚雯面前爆料，害得自己原本能維持住平衡的生活被徹底破壞了。

結果王娟事到臨頭竟然還嘴硬不承認，但婚已經離了，齊瑞明心裡雖然憋著火，把王娟罵了一頓，沒少給王娟臉色看，但想著好歹保全了兒子，王娟畢竟是孩子親媽，也只好收斂了脾氣。

只是齊瑞明好不容易憑藉著在婚內財產分割上的讓步，得到了齊溪和奚雯不會去曝光自己及自己私生子的允諾，卻沒想到王娟在網路上做什麼網紅，惹了另一個挺有背景的網紅，最終不僅她自己的資訊被翻了個底朝天，連帶著都波及到了亮亮以及齊瑞明。

實際上，事情發生時，齊瑞明幾乎沒有深想就覺得是齊溪和奚雯幹的，只是後續他請相熟的自媒體朋友介入想在網路上洗白自己，才發現對方明顯請了專業的水軍團隊，背景深厚，根本不可能是齊溪和奚雯能做得出來的手段，此後經過自己這位自媒體朋友委婉的告知，才知道王娟這蠢貨在網路上當網紅時惹了另一位網紅，最終釀成如今的苦果。

齊瑞明知道王娟喜歡在網路上炫富，但他從不知道她能鬧出這麼大的事，沒想到害得如今容市大半個法律圈竟然都知道他和王娟的破事了。

「這種下三濫的老男人真的能當好律師？」

「哇，找這種老男人代理案子的怕不是和這老男人一路貨色吧……」

「拋棄原配和女兒，和比自己小了一大輪的小三在一起，噁心啊……」

如果只是在網路上被辱罵也就算了，但這戰火顯然波及到了齊瑞明的日常生活，他先是被群情激奮打小三的網友不斷去律協檢舉，所裡電話也被辱罵的人打爆了，事務所門口甚至還被人潑了油漆，根本沒辦法正常開展工作，齊瑞明不得不給所有員工放了幾天假，而不論他去法院還是哪辦案，不少老相識對他都是側目而視，連之前的同學聚會，齊瑞明也沒臉去了。

本以為隨著時間過去，輿論會平息，沒想到原本好不容易談下來的幾個企業客戶，因為法務高管都是女性，對齊瑞明出軌生私生子的行為非常難以忍受，以至於中斷了顧問律師服務，不再續約；還有一些女當事人，也陸陸續續因為這樣的事停止了和瑞明事務所的合作。

齊瑞明一邊焦頭爛額地安撫著當事人，一邊又要疲於應付律協的詢問，感覺心力交瘁。然而最倒楣的好像還沒完，此前齊瑞明曾經用不正當的手段，為了滿足客戶多分割到財產的目的，幫助一位離婚的男客戶偽造了大量婚內借款，透過把男客戶的企業做成虧損的手段，達成了女方幾乎淨身出戶的結局。

這女方如今趁著齊瑞明出軌王娟這事的熱度，竟然也抓住了機會，開始曝光自己前夫同樣婚內出軌，並透過齊瑞明使用了不正當手段，導致不僅出軌還在財產分割上毫無損失的結局。

這下一時激起三層浪，同樣的出軌、又還存在偽證，這個黑心律師還正好是也有出軌史的齊瑞明，一下子群情激奮，這前妻竟然得到了大量關注和支持，把這個早就過去的舊案子掀了出來，當初那出軌還轉移財產的男客戶資訊也同樣被挖了出來，遭到了人肉搜索和騷擾。

而為了平息輿論，齊瑞明沒想到的是，那男客戶竟然反水了，當初明明是他求著齊瑞明幫他操作一下，願意偷偷多給齊瑞明一筆錢，齊瑞明也是看在錢的分上才冒險的，如今對方為了維護自己的利益，竟然把一切都推到了齊瑞明身上，甚至還接受了採訪——

「我當初出軌確實不對，給前妻帶來很大的傷害，原本也是想正常離婚分割財產的，但當時那個律師告訴我，大家全都是這樣操作轉移錢的，沒必要多分給前妻，還和我說這都是合法的法律操作，我這個人也沒什麼文化，也不懂法律，就以為是真的，就多付了點律師費讓他去弄了，我哪裡知道這個不合法啊，希望大家不要再騷擾我和我現在的家人了……」

這下髒水全部扣到了齊瑞明頭上，律協為此也下場針對這個案子啟動調查了。

事情一下子鬧大了，齊瑞明別說幫王娟平息輿論了，如今自己都是泥菩薩過江自身難保，他擔心再鬧下去，律協真查下去，把他過去那些不乾淨的操作都挖出來，真的會被吊銷律師執照。

但人可能倒楣起來喝涼水都能塞牙，齊瑞明和王娟光是處理自己的事都已經瀕臨崩潰，沒想到他最寶貝的兒子王齊亮那邊也出了事。

王齊亮的國際學校是寄宿的，原本也就每週末才接回來一次，齊瑞明此前沒注意，但最近發現孩子越發沉默寡言了，也很害怕觸碰，像是遮掩著什麼，等他發現王齊亮身上有自己用刀子劃出來的新舊傷口，意識到事情的嚴重超出了他的預估，都已經過去將近一個月了。

齊瑞明因為疲於應付自己的事，等發現王齊亮狀態不對的時候，才知道為時已晚，王齊亮已經確診了嚴重憂鬱症，伴隨自虐行為，在學校有了幾次自殺傾向的行為後，經過學校老師的規勸，齊瑞明不得不幫他暫時辦理了休學，進行治療。

這時候，齊瑞明才知道，王齊亮被學校裡其他孩子孤立霸凌了，公開爆料和那些辱罵給他帶來了很大的精神衝擊和傷害。

齊瑞明原本最引以為傲的就是送兒子進了容市最好的學校接受貴族教育，然而如今卻變成了最後悔的事，雖然想幫兒子討回公道，然而那些帶頭孤立兒子的小孩，家裡的背景都相當深厚，齊瑞明在對方面前，也不過是螻蟻一般的存在。

「同學們都罵我是野種，還有人說我們學校本來是很好的貴族學校，都因為出了我這樣的人，學校現在在網路上形象一塌糊塗，留言板全是罵我叫我滾出學校的，認為我不應該待在學校。」

「他們都說我是不應該生出來的孩子，我的存在就是個錯誤……」

看著王齊亮和自己長得幾乎一模一樣的臉，還有他臉上頹喪迷茫的表情，齊瑞明的心簡直在滴血。

這可是他最寶貝的兒子啊！

自己為了這個兒子，付出了多少！

好不容易穩住了奚雯和齊溪，結果竟然壞在了該死的王娟身上！那麼高調上什麼網！炫富就算了，還和人結仇！

齊瑞明也不再給王娟一分錢，恨不得立刻讓王娟滾，但礙於她畢竟是亮亮的親媽，亮亮後續治療也還需要她陪護，不得不忍下這口氣。

只是沒想到齊瑞明是忍了，王娟倒是忍不了了，她被網友們罵到情緒崩潰，想從齊瑞明這得到點安慰，結果沒想到齊瑞明不僅沒給，還把她罵了一頓後停了她的信用卡附卡，兒子得了憂鬱症天天尋死覓活要治療，另一邊她還收到了法院的開庭通知書，齊瑞明買給她的那間房竟然被齊瑞明的前妻發現了，如今正起訴要求她返還不當得利。

王娟越想越覺得這日子沒辦法過了，憂鬱症可不像一般的斷手臂斷腿，休養幾個月自然好了，她上網查了，很多憂鬱症患者的治療是按年算的，就算好了還容易復發，這兒子原本健健康康爭氣的念書，還是她從齊瑞明這撈錢的好工具，如今病成這樣，不僅沒辦法指望以後有出息了替自己養老，如今還和個拖累似的要自己照料。

齊瑞明不僅不給錢，事業看起來也不怎麼樣，人又已經五十多老得厲害，而她才三十出頭，保養得又好，何必吊死在沒用的齊瑞明和病了的兒子身上？難道以後自己下半輩子就是照顧老頭和病兒子嗎？

齊瑞明還在做心理建設原諒王娟希望她好好帶兒子治病，結果王娟直接丟下爛攤子，房子也不要了，趁著齊瑞明睡著把他兩張金融卡裡背著前妻偷藏的幾百萬資金都轉走了，只丟下個嚴重憂鬱的王齊亮在醫院裡，連夜跑路不知所蹤了。

當齊溪知道這一切的時候，已經是三個月後了——

齊瑞明雖然沒有被吊銷律師執照，但口碑徹底壞了，想在容市法律圈繼續混下去幾乎不可能。

而他此前接的幾個辦理到一半的案子也都被發現出現過重大失誤，其中一個是併購案，經過調查，因為他的失誤讓客戶造成了巨大的損失，如今也面臨巨額賠款。

因為被逼到絕境，賠償和幫兒子治病都需要大量的錢，齊瑞明不得已之下，針對王娟偷偷轉走自己的錢的事報了警，聽說王娟也因此很快被抓了，如今正因為竊盜罪被立案了。

這一對偷情男女，沒想到最後的結局竟然是撕破臉皮狗咬狗。

反觀自己的媽媽這，一切都有條不紊地進行著。

奚雯入職後，一開始雖然很不適應，但頂頭上司就是原來的學長，也剛結束了失敗的婚姻，相同的經歷下兩人挺聊得來，有些亦師亦友的感覺，對方對她多有提點，非常包容，奚雯也很爭氣，加班熬夜把自己曾經錯失的職場經驗都努力補了上去。

誰能想到呢？原本做慣了全職太太的媽媽，如今竟然搖身一變成了職場拚命三娘，齊溪就連約自己的媽媽吃個飯都很難。

進入事務所工作的奚雯如今榮光滿面，她非常喜歡律師的工作，覺得既能幫助人，又很有挑戰，就連之前起訴王娟返還婚內財產的案子和起訴齊瑞明隱匿婚內財產的案子，奚雯也非常不講武德地從齊溪和顧衍手上「搶」了回去，決心自己跟進，自己狠狠打那對狗男女的臉，拿回屬於自己的東西。

看著媽媽這麼充實，生活重新有了重心，齊溪由衷地感到高興。

她也可以徹底和過去告別，重新回到原本快樂的人生裡去了。

而齊溪沒想到的是，同樣告別過去迎接未來的人，除了她和她媽媽外，竟然還有一個。

這天下午她正在寫案件總結的時候，來了一位不速之客。

「齊律師您好，請問顧律師在嗎？」

齊溪抬頭，才發現竟然是陳湘。

齊溪下意識回答道：「不好意思，顧律師剛臨時有事出去了下，您如果沒預約的話可以等等，顧律師下午目前是空的，您不急的話可以等個十五分鐘，她應該就會回來了，或者今天趕時間的話我幫您預約她之後的時間。」

陳湘笑了下，「沒事，我不趕時間，那我等等。」

陳湘這次穿了優雅得體的職業套裝，化了明豔的妝容，不再是此前溫文的氣質，變得有些淩厲了起來，剪了髮，變成了俐落幹練的短髮，見了齊溪，得體地笑著問了好。

齊溪有些恍如隔世之感，畢竟上一次見到陳湘，還是因為她最終撤回了離婚的決定，齊溪還記得那一次陳湘的憔悴和眼神裡的偏執，一度懷疑她決定繼續維持名存實亡的婚姻的正確性。

但是如今看來，她的狀態非常好，難道艾翔真的痛改前非了？

不過陳湘像是看出了齊溪在想什麼，她笑了下，直接打消了齊溪的疑惑——

「妳一定在好奇我為什麼狀態這麼好吧？」

她抿唇笑了下，「因為我決定要離婚了。」

齊溪愣了愣，有些驚訝地睜大了眼睛。

這反應果然讓陳湘笑起來，「我知道妳可能會意外，但我這次來的目的就是離婚。這段時間裡，我按照此前顧律師教我的取證方法，已經把艾翔出軌的證據全部保存了，他工作室的帳務問題我也瞭若指掌，這一次他絕無可能透過做虧工作室轉移和隱匿財產了。這次我就是帶著所有的證據資料，來請你們幫我代理這起離婚訴訟的。」

齊溪聽得簡直一愣一愣的，「所以您之前不離婚是為了埋伏在他身邊，放鬆他的警惕，好輕鬆完成取證嗎？」

陳湘搖了搖頭，「齊律師，我沒妳想得那麼果決和勇敢，最初我確實不想離婚，一來覺得不甘心，二來對他還有期待，但重新回去和他繼續維繫著虛假恩愛的婚姻，時間長了除了把自己弄得精疲力竭疑神疑鬼，好像什麼好也沒撈到。因為我不離婚，他認為我這是默許了他的婚外情，不僅沒有收斂，甚至變本加厲，對我的態度也更差了，連裝都懶得裝。」

「所以我想通了，我決定放棄這段婚姻，放棄這個差勁的男人。你若作罷我便休，何必自己熱臉貼個冷屁股？尤其如今依靠我手裡的證據，我能分走他一大半的財產，何樂不為呢？」

「您這次是決定好了嗎？」

面對齊溪的問題，陳湘臉上露出了決斷的表情，「是的，而且我相信這次也是一個離婚的好時機。」她賣了個關子，「至於為什麼，妳之後就知道了。」

如陳湘所言，齊溪確實很快就知道了為什麼這是個離婚的好時機。

因為手裡握有詳實的證據，又清晰掌握了婚內所有財產的動向，顧雪涵作為陳湘的代理律師與艾翔方就離婚一事談判時，充分掌握了主動權，艾翔方並沒有什麼能抵賴的，而他本人似乎也對離婚樂見其成，因此最終非常順暢地落定了財產分割協議，給出了比齊溪預想還多的婚內財產，然後，雙方在度過離婚冷靜期後在戶政事務所辦理了協議離婚登記。

「他急著和我那個學妹結婚呢，我那個學妹懷孕了，正用孩子逼宮，艾翔現在比我還急，所以迫不及待想離婚，我現在提，簡直正中他的下懷。」

可對於陳湘的解釋，齊溪還是有些不解，「但就算再急迫，大部分男人對錢是不會輕易讓步的，他會這麼容易放棄那麼多婚內財產？」

對此，陳湘嘲諷地冷笑了下，「因為男人更容易飄。艾翔恐怕現在連自己是誰都不記得了，因為《逢仙》的大獲成功，他的ＩＰ價格確實暴漲了一段時間，還記得當時連載的那本新書嗎？名字叫《與狼》的，剛開始賣了五百萬，後來死活要毀約再賣，當時在他的堅持下確實解約再賣了，即便賠了違約金，還多賺了一千四百萬，可之前影視行業裡充斥著快錢，兩千萬買下的那家公司，雖然錢是很多，但真的不懂行，根本沒有專業團隊，背後就是一個被糊弄來搞影視投資的暴富老闆，結果《與狼》的ＩＰ落到那公司，大半年沒有一丁點進度。」

「那公司團隊裡都是些坑蒙拐騙的人，專業能力都不行，但特別會吹牛，艾翔本身因為《逢仙》就很飄，對方又一直吹捧他，把他糊弄到把自己未來十年的版權都獨家簽進了那公司，說什麼要為他打造全版權生態，結果現在那公司可能都快人去樓空了，什麼全版權生態，就是些倒賣版權賺差價的二手販子。」

陳湘一臉「活該」的表情，冷靜地闡述道：「不僅如此，艾翔總覺得《與狼》能複製《逢仙》的成功，所以竟然還爭著搶著入股了這家公司，按照我得到的消息，這家公司在外還投了好多項目，又簽過對賭協議，此前因為不專業，大肆揮霍，如今聽說好幾個項目的尾款都結不清，下個月應該就會面臨訴訟，到時候艾翔作為股東，也跑不了。」

說到這裡，陳湘終於露出了點笑意，她看向了齊溪：「他的其餘ＩＰ未來恐怕都開發不出來，《逢仙》再紅，紅利又能輻射幾年？還能讓他吃一輩子嗎？現在冒頭的新作者可猶如過江之鯽，他並不是沒有不可替代性，也沒紅到出圈有神格的地步。如今他ＩＰ又綁死在那家公司，未來等於艾翔這個作者就不具備開發價值了，ＩＰ的意義都沒了，還能賺到錢嗎？不僅沒錢，沒那個腦子投資，卻硬要投自己不熟悉的領域，等著賠錢倒是真的，這種既沒有才華和智慧，也沒有未來和前途，只有債務的男人，留著又能做什麼呢？」

陳湘說到這裡，齊溪就全懂了，她確實選了個離婚的好時機，就像是一個泡沫，此時此刻艾翔恐怕還正在享受著這個泡沫達到制高點時的虛假繁榮，根本沒有居安思危的意識，更不知道未來潛伏的殺機，只覺得自己未來前途無量，能賺比如今多百倍的錢，因此陳湘提離婚，他非常爽快就同意了，卻根本不知道自己未來會經受的暴風雨，不用過多久，他就將從制高點摔至泥潭，除了債務外，一無所有，而早已經分割完財產的陳湘，卻能全身而退，與他未來的債務割裂。

「雖然因為對艾翔此前還拖有期待所以又拖延了一陣子，但最後到底放棄了不切實際的念想，丟掉了過去，輕裝上陣重新開始了，陳湘還是個挺有勇氣的人，聽說她打算自己開一家作家經紀公司，利用之前孵化艾翔作品，處理艾翔作品相關商務談判的經驗，以及圈內的一些人脈，找一些有潛力的新作者簽約合作，這麼一來，她過去為艾翔跑前跑後的那些時間，也不算浪費了，好歹也積累了豐富的從業經驗，能讓她這時候順利轉行創業。」

告別了陳湘，齊溪還是忍不住有些感慨，她輕輕戳了戳自己身邊的顧衍，「不過，如果我那時候一直不給你回應，你會不會也像陳湘一樣放棄我啊？」

「不會。」

顧衍的聲音很平，他一邊在整理卷宗，一邊抬頭看了齊溪一眼，然後移開了視線，重新看向了卷宗，「畢竟有些人手段高明。」

他像是在斟酌用詞，頓了片刻，才又掃了齊溪一眼，「就是現在說的那種釣系。」

？？？

這話聽了齊溪就不平了，「我怎麼是釣系了？我怎麼你了嗎？顧衍，你不要含血噴人吶！」

「說什麼重新訂做一塊『愛情如不鏽鋼一樣堅硬』的獎牌給我，結果到現在都沒看到，只有一塊『友情如不鏽鋼一樣堅硬』，嗯，是挺堅硬的，現在放在辦公桌底下，一不小心踢上一腳，挺疼的。」

顧衍不說還好，他這一控訴，齊溪也有些尷尬起來，當初確實是自己允諾立刻重新訂做，但後來工作一忙起來，她也忘記了這回事……

說起來還確實是她的錯。

但齊溪向來非常從善如流，此刻他們周圍幾個位子上都沒人，齊溪索性把頭往顧衍身上一靠，然後摟住了顧衍的腰，「對不起嘛。」

雖然語氣沒有鬆口，但顧衍的耳朵還是有點紅了，他不看齊溪，但也沒推開她，由著她像個狐狸精一樣纏在他身上，只色厲內荏地低聲道：「別離我這麼近。」

「你還不好意思啊？」齊溪看著顧衍的樣子，有些想笑，忍不住嘟囔道：「好像之前在會議室裡親我的人不是你一樣。」

「那不一樣。」顧衍的聲音相當一本正經，很有理有據的模樣，「那時候有點被沖昏頭了，現在我還是比較冷靜理智的。」

「這樣啊。」

齊溪環顧了下四周，今天正是週五，又早已經到了下班時間，此刻大辦公區裡的同事們都走得沒影了，只剩下顧雪涵的辦公室關著門但還亮著燈，恐怕只有顧雪涵還在加班。

齊溪突然生出了點惡劣的心思，她故意湊近顧衍的耳朵，輕輕對著他的耳朵吹氣道：「冷靜理智嗎？」

顧衍這下不僅耳朵紅了，連脖子也開始微微泛出點紅，像是不小心掉進妖精洞裡的正直書生，一臉非禮勿視的堅決。

齊溪也不見好就收，顧衍往旁邊挪，她就貼著他繼續往他身上靠，直到顧衍的身側都靠上了牆，逃無可逃，齊溪才把他整個人圍住了。

此前因為忙著媽媽的事，又一門心思撲在案子上，齊溪根本沒心情想別的，但如今……不得不說，溫飽思淫欲這句話確實有一定的道理。

齊溪看著近在咫尺的顧衍，望著他英俊又強裝鎮定的臉，心裡突然產生了很多在這個時刻這個地點都非常不合時宜的念頭。

撩人不自知，可能說的就是顧衍這樣的人吧。

他光是安安靜靜坐在那裡，露出一些勉勉強強的拒絕和抵抗，就彷彿能勾得齊溪想對他做點什麼不好的事。

齊溪也確實這樣做了。

她整個人都貼到顧衍身上，聲音輕輕地道：「不鏽鋼那個你別生氣了嘛，而且雖然不鏽鋼是硬的，但我的心是軟的呀。」

顧衍像是找回了點冷靜的節奏，他只看了齊溪一眼就移開了視線，但嘴裡還是忍不住控訴：「我看妳心軟都是對別人，對我心倒是挺硬的，答應客戶的事情從來沒見妳忘記，答應我的總忘記。」

「我的心對你當然是軟的呀。」齊溪湊上去，快速地親了顧衍的側臉一下，然後拉住了他的手，往自己胸口湊。

「你來摸一下。」

齊溪的眼睛濕漉漉的，聲音裡帶了點第一次做這種事的緊張和隱隱惡劣的興奮，她覺得自己像個拉著聖子墮落的魔女，用輕而甜膩的聲音勸誘道：「真的很軟的，我左胸口這裡，你要不要鑒定一下？」

顧衍果然炸了。

他動作激烈地抽回了手，逕自站起了身，眼睛都被氣得微紅了，聲音帶了點無可奈何的忍無可忍：「齊溪！妳在幹什麼？！」

齊溪差點笑得直不起腰。

顧衍的樣子看起來快要氣死了，「這裡是事務所！」

齊溪從善如流地點了點頭，「嗯嗯嗯，所以刺激嘛，而且大辦公區又沒人了。」

「我姊還在辦公室。」

齊溪撩了下頭髮，做出了個不以為意的姿態，「反正你姊姊都知道了，上次我們在你家裡……反正也洗不乾淨了，你姊姊可能以為我們什麼事情都做了。」她眨了眨眼看向顧衍，「雖然我也很委屈，畢竟我們其實也沒做什麼事。」

顧衍瞪著齊溪，不知道他在想什麼東西，但片刻後，他才像是找回了聲音般：「妳很想做那件事是不是？」

「？」

齊溪愣了愣。

說白了她其實只是打打嘴炮，見了顧衍就忍不住想撩撥一下，並不是真的想怎樣，事到臨頭膽小的反而是她……

結果她還沒來得及澄清，就聽見顧衍繼續道——

「再等等。」這男人的聲音有點不自然，但像是決定了什麼一樣，他看向了齊溪，「今晚妳跟我回家。」

這男人盯向了齊溪的眼睛，鄭重地像在向她保證。

「今晚做。」

第十九章 以合法配偶的名義

雖然顧衍發出了宣告一樣的通牒，齊溪跟著顧衍回了顧衍的房子，彼此也有些心照不宣，中途顧衍還拉著齊溪的手去樓下便利商店買了配套的「作案工具」，但齊溪還是害羞得要死，在便利商店裡看著顧衍拿保險套結帳時，她就恨不得立刻逃走，只恨自己上次買的怎麼就落在家裡沒隨身帶著，可是如今齊溪越是想跑，顧衍卻死活不讓她如願一樣，強而有力地拉著她。

齊溪本身是容市人，顧衍的房子又處於繁華地帶，她記得以往自己有幾個大學同學還有幾個高中同學都住在這一片，在便利商店裡的每一秒都生怕遇到熟人，然而今天也不知道是怎麼回事，這個時間來便利商店買東西的人特別多，齊溪不得不跟著顧衍拿著保險套排在隊伍裡，每一分鐘都像是煎熬。

大概是因為齊溪自己作賊心虛，明明也沒人注意她，但她卻在意得想要鑽個地洞溜走，可今天好像什麼事都要和齊溪作對似的，她急著和顧衍付錢走人，結果收銀機還壞了，隊伍被迫延長了等候時間。

齊溪簡直有些焦躁了，她拉了拉顧衍的袖子，低聲祈求道：「要不然別買了吧，走吧。」

可惜顧衍的態度很堅決，「不行。」這男人湊在齊溪耳邊，聲音低沉，「我不想讓妳再等了。」

齊溪簡直是羞憤欲死，自己真的不應該撩顧衍，這人怎麼這麼一本正經什麼都當真呀！可齊溪真是感覺此刻等待的每一分鐘都膽戰心驚，雖然她都成年好多年了，也都已經大學畢業工作了，可不知道為什麼，齊溪內心還有種小孩子氣的聽話，總覺得出來買保險套這種事太離經叛道了，要是被抓包還會被批評。

她一心只想著走，根本沒顧上自己胡言亂語了什麼，只是使盡了渾身解數希望顧衍別買了，「又不是做那種事一定要買這個，不買也可以做啊，別買了顧衍，我們快走吧。」

結果齊溪的話音剛落，她就被顧衍用力地拉進了懷裡，然後死死扣住了腰，顧衍湊近齊溪的耳朵，用有些忍耐的聲音咬牙切齒道：「齊溪，這是在便利商店，這裡很多人。」

「？」

顧衍的眼睛有一點紅，他有些忍無可忍道：「妳知道不買可能會出現什麼事嗎？」

齊溪還沒反應過來，顧衍就輕輕湊近了齊溪的耳朵，「妳會懷孕。」

明明顧衍的嘴唇都沒碰到齊溪的耳朵，但她剎那間還是感覺像是被電到了一樣，她變得渾身都發燙，整個人像是被架在蒸籠上的水氣，輕飄飄的，就快要蒸發。

顧衍卻還嫌不夠似的，像是要一本正經地勸告齊溪繼續排隊結帳，很鎮定地低聲分析道：「對我是沒有太大影響，我也不介意，畢竟本來和妳結婚生孩子就是我的夢想，但對妳的話，可能會影響妳的事業……」

這男人說的是什麼跟什麼啊！

齊溪簡直快要瘋了。

顧衍真是什麼人啊！

懷孕！

他們什麼都還沒做呢！

懷什麼孕！

而且懷孕那麼好懷嗎？真以為看小說電視劇啊，一夜就中獎的？現在不孕不育多了去了，試管嬰兒門診都排老長的隊呢！懷孕和懷才一樣，可不是那麼好懷的！

幸而排在她和顧衍前後的人都戴著耳機，正在滑最新影片，根本沒在意他們這對小情侶的交頭接耳。

在漫長到齊溪覺得快受不了的等待後，終於輪到了顧衍結帳。

整個過程裡，齊溪都低著頭，她戴著口罩，最後是被顧衍拉著，在恍惚裡走了一段路。

等她再反應過來的時候，齊溪才發現已經到了顧衍家的門口。

她看著正開門的顧衍，想到此前在門口發生的一切，突然有些面紅耳赤，然而這一次顧衍沒有再吻她，他只是挺正常地開著門，聲控燈再次亮了起來，顧衍在昏黃曖昧的燈光下回頭看向齊溪，語氣平靜自然——

「我幫妳買了拖鞋。」

兩個人彷彿是來顧衍家裡加班的一樣，明明上一秒還在一起買保險套，但這一秒就克己守禮起來了。

不過等齊溪穿上拖鞋，就發現了顧衍的小心思——這男人買的是情侶款的。

她環顧四周，才發現顧衍家裡很多小東西都換成了情侶款，不太顯眼，但很有心計，齊溪去了趟洗手間，才發現連洗漱用品顧衍都準備了兩套情侶款的。

顧衍還在廚房裡，「齊溪，要幫妳倒杯水嗎？」

齊溪走出洗手間，倚靠在客廳的牆上看著顧衍，他的模樣清俊出挑，此時此刻為齊溪倒水的樣子又十分居家，顯得溫柔又穩重，廚房的燈光讓顧衍本就白皙的皮膚好像變得更加透亮了，他的身上有一股乾淨又讓人充滿探索欲的氣質。

上一次明明什麼都沒有計畫過，但因為這樣，雙方好像都能更放開一些，像是任性地放縱自己的行為，看看走到哪一步。

然而今天……

今天因為彼此心照不宣會發生什麼，顧衍和齊溪反而變得都有些假正經。

但……

來都來了。

顧衍的眼神明明已經在齊溪的臉蛋和胸口逡巡了，竟然還能佯裝一本正經地詢問：「妳渴了嗎？」

「渴了。」

「那我拿給妳。」

可惜齊溪忽然起了惡劣的玩心，她朝顧衍撒起嬌來，「我不要自己喝。」

顧衍的臉上果然露出了疑惑的表情。

齊溪咬了咬嘴唇，指了指顧衍的嘴巴，非常嬌氣地頤指氣使道：「要你餵。」

顧衍像是緩了緩才反應過來齊溪的意思，然後他放下了水杯。

齊溪有點不高興了，她覺得顧衍今天也太一本正經了，自己都這麼說了，都給了這樣的臺階了，他還不來趁著餵水的藉口親她……

不過齊溪的不高興沒能持續多久，她剛皺起眉，想要轉身走開，就被顧衍有些粗暴地抱住了，這男人根本沒餵水，逕自俯身吻住了齊溪。

在接吻的間隙裡，他帶了些喘息地蹭了蹭齊溪的鼻尖，「傻子，要什麼藉口，想親就親了。」

「還不是……」

可惜齊溪根本沒有機會說完這句話，聲音就消失在了顧衍的唇舌中。

兩個人也不知道怎麼回事，原本還一本正經的，結果一旦抱在一起，就有些黏黏糊糊的難捨難分了，齊溪存了些在接吻這件事上和顧衍較勁的心，因此一點都沒帶怕的，如果上一次是她被動接受顧衍的多，那這一次齊溪就主動出擊了，她的舌尖靈活地探入了顧衍的唇舌間，勾得對方欲罷不能時，又調戲一樣地躲閃開來。

只不過很多事情，即便一開始抱著不純的目的，帶了較勁的想法，但因為太過投入，慢慢的一切都往失控的方向走了……

齊溪被顧衍吻得開始渾身發熱，身體內部升騰起一些陌生又讓人發顫的感受，她的身體像是分裂了，一部分還屬於自己，一部分似乎叛變向顧衍投敵了。

齊溪能感覺到顧衍的手、他的觸碰和他一路向上的動作，彷彿在描摹著一張純白的畫紙。

但齊溪並不是真的完全純白不諳世事的畫紙。

當顧衍的手再向上時，柔軟的毫無遮攔的觸感果然讓他頓下了動作，有些驚訝地看向了齊溪，這男人像是呼吸都變得紊亂起來：「齊溪，怎麼，妳沒有……」

齊溪的手隔著衣服，按住了顧衍的手，讓他沒辦法逃離，像個人贓並獲的犯罪分子，被當場抓獲就地正法在齊溪的胸口，她咬了咬顧衍的耳朵，「剛才去洗手間的時候，脫了。」

她用濕漉漉的眼睛看向顧衍，「不是說了要讓你知道我是很心軟的嗎？所以軟不軟啊？」

事實證明，齊溪的心齊溪的身體都確實很軟，而顧衍的卻都很硬。而到底有多硬，齊溪確信自己已經用一整夜的時間感知得非常清楚了。

到最後，齊溪的聲音已經變得帶了哭腔，微弱的鼻音裡都是委屈，連她自己都有些認不出那是自己的聲音，長長的像是撒嬌一樣，又軟又媚，像是得到太多了，又像是不夠。

顧衍第一次彷彿還殘存理智，還知道用便利商店買來的「作案工具」，第二次的時候，因為兩人都情動到有些忘我，顧衍根本沒有再想起來用，可惜等齊溪意識到他什麼也沒用的時候，已經遲了。

所以排隊幹什麼呀？

最後還是沒有用啊。

齊溪心裡委屈得要死，她覺得顧衍一點也不好，他在某些方面真的是凶死了。

要問齊溪的感受，當事人現在就是後悔，非常後悔，自己就不應該自我感覺良好去撩撥顧衍，這不叫撩撥，這叫找死，叫挑釁，叫無知者無畏。

第二天一早，齊溪醒來的時候，床的另一邊已經空了。

明明昨晚是顧衍比較費力，但他怎麼還比自己精力充沛？齊溪睡到日上三竿，還是覺得腰肢痠軟無力，她突然覺得自己以往懷疑顧衍的腎功能是非常不明智的行為。

只是雖然醒了，齊溪整個人都懶洋洋的，像隻饜足的貓咪，只想趴著，顧衍家的床很舒服，桑蠶絲的被子即便直接接觸皮膚，觸感都非常順滑舒服。

但齊溪繼續慵懶躺著的美夢沒多久就破滅了，因為顧衍輕輕推開了門，然後坐到了床邊，大概因為齊溪仍舊閉著眼睛假寐，顧衍並沒有第一時間意識到齊溪是醒著的，他的動作很小心，齊溪只感覺到床的一側有人坐下的動靜，這之後，顧衍沒有說任何話，也沒有任何動作，房裡好像除了陽光和安靜，就沒有別的了。

然而即便閉著眼，齊溪也能感受到顧衍的注視。

或許是顧衍的目光太熾熱了，也或者是室內的陽光太熱烈了，齊溪的臉上逐漸有了上火的感覺。

人一閉上眼睛後，好像想像能力反而更加無所拘束，她開始想一些亂七八糟的事，那些昨夜狂亂下被她忽略的細節，那些兩個人近乎瘋狂的吻和……

齊溪越想越覺得即便薄薄的蠶絲被，都讓她熱得想要掀開了。

但……

但蠶絲被下面，她身上什麼也沒有。

大概是逐漸上火發紅的臉頰以及微微紊亂的呼吸節奏終於讓顧衍發現了齊溪在裝睡。

這男人很作弊地直接俯身親吻了齊溪。

而原本的早安吻，不知道為什麼，開始變得有些失控。

齊溪生怕又要重蹈昨晚的覆轍，她不得不丟下了裝睡的偽裝，從蠶絲被裡鑽了出來，不輕不重地捶了顧衍一下，「走開走開。」

顧衍裝痛得輕喊了一聲，「妳怎麼這麼凶？一大早有妳這樣打老公的嗎？」

齊溪簡直被他調戲得沒一點還手之力了，只能上手捂住顧衍的嘴。

她氣死了，「什麼老公！顧衍！你不正經！」

顧衍卻只是笑，順勢抓起齊溪的手親了一下，然後湊近她的耳邊，「昨晚更不正經的事情都做了。」

「至於老公，也沒錯，是妳未來老公。」

齊溪剛要繼續捶他，結果卻發現原本伶牙俐齒和她在辯論自己老公身分的顧衍突然轉過了頭移開了視線，聲音也變得有些磕磕巴巴不穩了，「齊溪。要不是我認識妳好多年，我都要以為妳是故意的。」

「？」

齊溪還沒來得及反應過來，就見顧衍回頭看了她一眼，在她身上某個地方視線停留了一瞬，才繼續移開目光道：「不過妳倒是沒騙人，妳確實身材很好……」

顧衍剛才視線看的位置是……

齊溪循著顧衍剛才的地方看去，然後整個人都覺得不好了。

蠶絲被確實順滑舒適，但也太順滑了點，齊溪這才發現，剛和顧衍小打小鬧時，那條該死的蠶絲被就已經滑落了她的肩頭。

所以剛才她整個人都……

齊溪看著自己胸口的紅痕，幾乎一句辯論的話也說不出口了，只潰不成軍地鑽進了被窩裡，然後死死把蠶絲被裡外幾圈地把自己裹了起來，留出兩個眼睛警惕地看著顧衍——

「你、你離我遠一點。」

說來也奇怪，明明和顧衍該做的不該做的都做了，然而第二天，兩個人彼此都還是很害羞，顧衍甚至仍舊不敢直視齊溪的身體，齊溪好像也沒辦法像以前一樣自然而然的撩撥顧衍。

兩個人都安靜沉默了片刻，才堪堪緩和了此前的心跳和緊張。

齊溪這才漸漸找回了自己的節奏，她瞪著顧衍，像是打算轉移話題一樣，故作自然道：「我剛才又沒有用力打你，你說疼未免太裝腔作勢了吧？」

顧衍此刻也恢復了平靜，但他看向齊溪的眼神還挺控訴，「妳打在我傷口上了。」

傷口？

大概齊溪茫然的眼神太過明顯，顧衍抿了下唇，像是好心地解釋道：「妳昨晚抓的。」

「……」

齊溪好不容易和緩下來的心跳，又像是下了熱鍋的油一樣劈里啪啦跳起來。

她覺得自己真的很需要找一個可以遠離顧衍冷靜一下的地方，然而很沒出息的，她此刻就在顧衍的家裡，還躺在顧衍的床上，周邊一切彷彿都有顧衍的影子，都縈繞著顧衍的氣息，簡直像是逃無可逃。

好在顧衍雖然血氣方剛，但至少理性尚存，他起身離開了床榻，刻意不去看齊溪，只有些姿勢尷尬地往屋外走，「我也冷靜一下。」

即便努力佯裝冷靜，但此刻顧衍的聲音也有一些波動，他清了清嗓子，彷彿這才找到了鎮定的竅門，回頭看向了齊溪，「妳穿好衣服快點起來，我做了皮蛋瘦肉粥，妳吃一點。」

齊溪哪裡還有腦子想別的，她紅著臉，一通亂點頭「嗯嗯嗯」答應，直到門口傳來顧衍離開帶上門的聲音，齊溪才鬆了一口氣。

真是的。

談戀愛原來這麼像犯罪，顧衍怎麼那麼像共犯。

自己好像每次看到他，腎上腺素就忍不住上升，心臟跳得沒有任何章法，腦袋發熱無法思考。

顧衍需要冷靜，齊溪又何嘗不是。

好在片刻後她穿戴洗漱完畢出了房門，桌上已經擺上了視覺滿分的皮蛋瘦肉粥，顧衍挺貼心，還分門別類放了幾個小菜，還煎了顆金燦燦的雞蛋給齊溪，看起來讓人非常有食欲。

齊溪在顧衍的注視裡默默喝了粥，顧衍的手藝也沒讓她失望，粥喝起來又暖又香，讓齊溪整個人都暖洋洋的，太陽一晒，又像是輕飄飄的，猶如踩在棉花糖上一樣，整個人沉浸在一種軟軟的甜甜的氣氛裡。

這個時候再看顧衍，似乎就順眼多了。

齊溪公允地想，顧衍還是穿著衣服更帥，因為穿著衣服更溫柔也更順著她。

雖然顧衍準備的是早餐，但按照時間來算，這已經是齊溪的午餐了，她慢吞吞地吃完了皮蛋瘦肉粥，有了點力氣，只是覺得很懶。

顧衍倒是精神百倍，竟然已經開始開電腦加班工作了。

他見了齊溪目瞪口呆的目光，也有些不好意思般簡單解釋了下：「這個客戶有點急，臨時給過來的一份資料，需要緊急翻譯成英文，本來打算昨晚翻的。」

這個活齊溪也知道，如果沒記錯，這是顧雪涵昨天中午就安排給顧衍的了，可……

「可你昨晚不是早就決定要和我做那件事嗎？」

所以還安排晚上翻譯？

顧衍「嗯」了一下，語氣挺平靜的：「我原本是計畫做完我們應該做的事，我再去加班翻譯的。」

「……」

說到這裡，顧衍像是也有點尷尬，他垂下了視線，「但沒想到花了比預計更久的時間，沒來得及翻譯。」

還好意思說！

齊溪內心簡直想要咆哮了。

是，你也就一做做一次，一次做一晚而已，當然沒時間去加班搞翻譯啊！

不過顧衍是什麼妖魔鬼怪，時間安排需要這麼見縫插針的精確嗎？

尤其是幾乎一夜沒睡的他，進行了一整晚的體力勞動，今早不僅早起準備吃的，下午連個午覺都不準備睡，竟然就大開大合打算加班進行腦力勞動了……

齊溪突然聯想起自己剛進競合所時別的同事調侃的那個傳聞——顧雪涵和顧衍這對姊弟

彷彿有什麼採補的祕訣，他們不論怎麼加班怎麼耗體力都永遠光彩照人，倒是團隊裡的別人都熬乾變黃了……

雖然知道這只是調侃，但一想到這裡，再看了眼前神采奕奕打字的顧衍一眼，齊溪突然沒來由打了個激靈，自己跟顧衍這樣子下去，不會變成藥渣吧……

趙依然雖然年紀輕輕，但老早就開始養生之路，在家裡買了一堆中藥啊、鐵劑啊、甚至還去看老中醫配了膏方，齊溪原本對此嗤之以鼻，但她如今覺得，自己是不是也有必要向趙依然看齊，早點準備開始養生，以免跟不上顧衍和顧雪涵的節奏。

顧衍一進入工作狀態，很快就非常投入了，齊溪坐在他身邊，他好像也沒意識到，完完全全忘我了。

齊溪一個人胡思亂想了一下，看著顧衍微微皺著眉打字的側臉，又覺得很不甘心。

憑什麼嘛？

為什麼就她一個人腰痠背疼胡思亂想，顧衍還這麼神清氣爽全神貫注的？

她偷偷瞥了顧衍的電腦一眼，發現他的翻譯已近尾聲。

齊溪心裡那點彎彎繞繞的小心思便躁動起來，她忍不住想搞點小破壞。

她從身後抱住了顧衍，也不說話，只是乖巧地把腦袋擱在顧衍的肩膀上，臉頰就貼著顧衍的臉頰，看起來很單純很正直地像是要幫忙一樣看向了顧衍的電腦螢幕。

然後齊溪故意在顧衍耳畔有些撒嬌地輕聲道：「老公，有什麼我可以幫忙的嗎？」

齊溪的懷抱裡，顧衍整個人都愣住了，他的耳朵像是剎那間著了火一樣紅了起來，他白皙的脖頸彷彿是正在吸水的紙巾一樣，任由那層紅開始蔓延、擴散。

說是幫忙，但齊溪這一舉動顯然不僅沒幫到顧衍的忙，還讓敵方完全失去了戰鬥力，效果很顯著——顧衍一個字都打不下去了，一個字也看不進去了。

他有些懊惱，也有些無可奈何，只能低聲道：「齊溪！」

「嗯？」齊溪卻還明知故問道：「不是讓人家叫你老公嗎？你怎麼還喊我名字啊？不應該喊老婆嗎？」

顧衍沒想到自己說的話，最終是搬起了石頭砸自己的腳。

他有些無奈，像是完全拿齊溪沒辦法，只是停下手中的工作，然後回抱了下齊溪，摸了摸她的頭，俯身親了她一口。

「妳乖點。」

顧衍的臉也有一些紅，看起來也有一些害羞和不習慣，「讓妳老公先完成工作，這樣才能賺錢養妳。」

這下輪到齊溪臉紅了。

顧衍生怕齊溪又鬧小動作，於是又安撫地親了她一口，「再等我一下，現在還不行，妳這樣在我身邊，我連集中注意力都做不到。」

他指了指房門，「妳去裡面等我，我保證，只需要等一下下。」

齊溪也不知道自己是不是中了顧衍的迷魂湯，等她反應過來時，自己還真的已經乖乖地回到了顧衍的臥室裡。

她看了還沒來得及收拾的床鋪一眼，突然覺得顧衍這句「再等一下」可能是有歧義。

他不會是理解錯自己的意思了吧？

不會是以為自己要等他做那件事吧？

不是吧！！！

齊溪覺得自己有必要去澄清一下，只是她剛走到門口，就遇到正要推門進來的顧衍，他看了齊溪一眼，眼神有些靦腆和清純，但動作卻和眼神完全不匹配。

他已經開始解自己外套的扣子了！

誰能告訴齊溪，顧衍的工作效率什麼時候變得這麼可怕的？

而很可惜，齊溪的澄清最終也沒說出口，因為在她開口之前，顧衍的吻封住了一切聲音。

在顧衍家裡住了一個週末以後，齊溪覺得自己是時候得回家了。

「距離產生美，我覺得熱戀期也要保持隱私的嘛，而且、而且我們住在一起，我感覺自己好像也沒辦法專心工作，你不是也常常被我影響到嘛。」

關於這一點，顧衍顯然也沒有辦法反駁，兩個人在一起膩膩歪歪過了個週末，因為週六太墮落了，齊溪和顧衍約定週日好好看案子學習再來討論，兩個人一開始也確實是這樣做的，只是看著看著，不是齊溪看著顧衍走神，就是顧衍側過身來摟住了齊溪——案例是看了，但看的總有些心猿意馬。

最後是顧衍把齊溪送回她租住的地方，兩個人在車裡又難捨難分地吻了一下，齊溪才揮了揮手和顧衍告別。

原本週日晚上這個時間，趙依然通常是去約會不在家的，自從交了男朋友，趙依然也常常不在家過週末，只是今天有些意外，齊溪開門的時候，正巧撞見了在客廳看電視的趙依然。

她只回頭看了齊溪一眼，然後突然像是意識到什麼一樣，幾乎是立刻八卦地看了過來——

「齊溪，妳週末是不是去找男朋友了啊？」

齊溪愣了愣，「是的，妳怎麼知道啊？」

趙依然一臉壞笑地指了指她的脖子。

齊溪對著客廳裡的全身鏡照了下，才有些臉紅，都和顧衍說了不要在明顯的地方留印子，結果還是……她有些赧然地把衣領豎了豎。

不過，雖然害羞，但也沒什麼不好承認的，尤其齊溪已經決定把自己和顧衍在一起的消息告訴趙依然，畢竟齊溪那位愛吃醋的男朋友現在的狀態是恨不得昭告齊溪的朋友圈自己的存在。

齊溪還能記得他在車裡一本正經的話——

「如果只是簡單和趙依然講我們在一起了，我覺得好像太敷衍了，畢竟趙依然是妳關係最好的朋友，我希望我作為男朋友出現的時候，能比較正式一點。」

對於顧衍這個小小的要求，齊溪自然決定滿足。

於是她坐到了趙依然身邊，挺鄭重地拉過了趙依然，「趙依然，妳最近哪天晚上有空？」

趙依然有些丈二金剛摸不著頭腦，只下意識回答道：「後天晚上有，怎麼了？」

「就、我想帶妳見一下我男朋友，一起吃個飯，鄭重介紹他一下。」

這話一說，趙依然來勁了，「好呀好呀！可惜我男朋友出差了，不然我們可以四人約會，不過事不宜遲，我先來會會妳的男朋友，幫妳把把關！」

她激情道：「沒想到我們兩耳不聞窗外事一心唯讀聖賢書的齊溪同學，進度飛快，我還挺好奇他長什麼樣的，畢竟從大學到工作，追妳的人那麼多，妳一個也沒看上，甚至都沒多看對方幾眼，這男的到底何德何能這麼快就把我們容大法學院之花騙到手了？」

趙依然說到這裡，揶揄地看向了齊溪的脖子，「我還以為妳會很保守，畢竟是第一次談戀愛，沒想到進度這麼快，哇，這男的太有手段！」

齊溪臉皮還是有些薄，「也沒有，他還是挺好的，暗戀我也很久了……」

「暗戀妳很久的人多了去了，妳又不是獻愛心，怎麼沒看妳對別人心軟啊。」趙依然嗤之以鼻，「妳呀，就是情人眼裡出西施。」

齊溪想了想，公允來說，自己如今確實如此，好像看顧衍哪裡都是好的，哪裡都是對的，光是看見這個人，即便什麼也不做，甚至兩個人都不說話，只是簡單地待在一起，好像就覺得很幸福。

以往的齊溪總是在追逐著第一名，想要變得更加優秀，然而即便得到了很好的名次，她好像也永遠無法滿足，因為已經開始想著下一次要得第幾名。

生平第一次，在顧衍身邊，她覺得可以停下了，她已經不想要去追逐那些虛妄的東西，身邊有更重要的人讓她去愛，即便發生了父親出軌那些事，但齊溪仍舊感激生活，也對當下的狀態覺得滿意，不再貪心地想要更多。

有顧衍在，她有的已經夠多了。

而顧衍對於以全新的身分見趙依然，雖然表現得很鎮定，但顯然是很在意的，到了約定的那天，明明當天沒有外出開庭之類的工作，顧衍竟然一絲不苟地穿了非常正式的西裝。

只是計畫趕不上變化，原本沒有外出任務的顧衍，在臨近下班前，竟然被顧雪涵委派了一項去客戶處取一份緊急保密資料的工作。

「妳先去，我應該不會遲到太久，妳們餓的話先點先吃，不用等我。」

齊溪點了點頭，和顧衍分開行動，先一步到了約定的地點。

齊溪已經到得比約的時間早了，只是沒想到趙依然竟然到得更早。

「妳平時不是都要加班嗎？」

面對齊溪的問題，趙依然撩了下頭髮，「見妳男朋友，我特地把工作往後挪了，感動吧？不過妳男朋友呢？」

齊溪有點赧然，「他臨時有一個工作，晚一點到，妳如果餓了的話我們先吃。」

好在趙依然不在意，只是和齊溪又胡扯起來——

「妳知道嗎？孟梅已經結婚了！但不是和她愛情長跑了八年的那個男朋友，聽說半年前和那個男的因為家裡理念不合分手了，後面相親認識了個男的竟然飛快結婚了！」

「還有章續，之前在學校明明是個學渣，聽說現在自己創業做法律知識自媒體了，竟然做得風生水起……」

雖然平時住在一起，但平時工作都忙，齊溪和趙依然其實也沒有大片時間好好聊天過，如今趁著這次機會，兩個人聊了聊其他同學的近況，倒不覺得時間枯燥，有說有笑的。

只是……

只是齊溪沒料到趙依然不知道怎麼的突然滿臉神祕地提起了顧衍——

「對了，妳知道嗎？顧衍好像有女朋友了。」

齊溪愣了愣。

只是她還沒來得及反應或者開口說什麼，就聽趙依然壓低了聲音，「妳平時和他抬頭不見低頭見的，知道不知道啊？見過他女朋友嗎？是超級美女吧？身材超級好的那種超級美女？」

「我知道，但是也不是什麼超級美女吧……」

雖然齊溪知道自己長得確實不錯，但該有的謙虛還是要有的。

不過話都說到這分上了，雖然顧衍講了要賣個關子，但齊溪覺得自己還是有必要澄清一下的。

只是她還沒來得及開口委婉地表示顧衍的這個女朋友就是自己，就聽趙依然接著道：

「妳肯定是因為自己也長得漂亮，所以看別的美女就不敏感，我和妳說，顧衍交往的一定是那種身材超級好的美女。」

明明在講顧衍的八卦，可趙依然突然話題一轉道：「我們法院的書記官小沈，妳見過吧？就那個白白淨淨的小女生，挺秀氣的，之前好幾個顧衍的庭正好都是她做書記官，見了幾次，妳也知道顧衍那個長相氣質，一來二去我們小沈就心動了，好幾次暗地裡想約顧衍，結果都被他以工作忙推託了，後面小沈也頹喪了一陣子，幾個月都沒敢再主動，但到底沒死心，這幾天正準備正式地向顧衍表個白再次發起進攻，結果就在便利商店撞到顧衍了。」

還有這件事？！

齊溪立刻來勁了，「所以表白了？在便利商店表白？」

垃圾顧衍，怎麼都沒和自己彙報呢！

「表白什麼啊！根本不用表白，我們小沈的心就碎了！」

趙依然看著齊溪茫然的目光，故意又賣了個關子，這才壓低聲音解釋道：「人家在便利商店，面色冷靜鎮定地買了兩大盒杜蕾斯！」

「……」

趙依然一臉不可置信，「所以妳看，真是知人知面不知心，妳看看顧衍平時看起來多高冷禁欲的人啊，像是異性絕緣體，結果人家看來還是個很正常的男人……不瞞妳說，我聽我們小沈說的時候也驚呆了。」

大概是怕齊溪沒有實感，趙依然還貼心地在虛空中比劃起來，「就這麼大的兩盒妳知道嗎？顧衍真的是個寶藏男孩，太令我刮目相看了，平時裝成清純男孩，結果內裡就是黃色男孩……」

趙依然一邊搖頭一邊惋惜，「所以我說，顧衍的女朋友一定是那種身材火辣的超級美女，總之我們小沈的告白最終胎死腹中，看顧衍那樣子，明顯就是有女朋友了，而且是熱戀中，對對方身體沉迷到不可自拔那種，我們可憐的小沈回來還哭了一場。」

趙依然再次搖頭道：「也不知道是哪個狐狸精，挺有手段的，想不到我們容大截至目前為止的最帥校草，就這樣栽了！」她說到這裡，又看了齊溪一眼，「想想我們容大法學院最拿得出手的顏值男女，就這樣都各自被外面心術不正的男人女人瓜分了！」

「……」

齊溪剛想要解釋，結果餐廳門口，顧衍推門而入，然後朝著她們走了過來。

顧衍本身就身姿挺拔，長相出眾，如今又特地穿了非常正式的西裝，褪去了學校裡的青澀，逐漸染上了成熟的氣息，像是釀造的酒，正到了最好的時刻。

不說齊溪，就是不認識顧衍的人，只要循聲望去的，都忍不住多看兩眼，趙依然也沒有例外，下意識便也朝著門口看去，然後也看到了顧衍。

她先是愣了愣，然後開始拚命對齊溪使眼色，壓低聲音道：「欸，妳說巧不巧，顧衍也來這家餐廳欸，還穿這麼騷，八成是來見女人的。」

趙依然的八卦精神上線，一邊把頭往下低避免被顧衍發現，一邊眼神賊溜溜地盯著顧衍，掏出了手機，「讓我來看看顧衍的狐狸精女朋友長什麼樣，我要即時跟我們小沈播報，讓她知道自己到底輸給誰了。先拍一張顧衍，給小沈看看……」

只是趙依然明明都那樣躲著了，顧衍還是朝著她走了過來，一看這架勢，趙依然有點緊張了，「欸，他朝我們走過來了，我剛也沒開閃光燈啊，不是發現我偷拍了吧……」

「齊溪。」

顧衍還是走到了齊溪的桌前，他並沒有看趙依然，只是看向了齊溪，齊溪「嗯」了一聲，顧衍才轉頭看向了趙依然，「不好意思我來晚了。」

顧衍說完，逕自拉開座位坐到了齊溪身邊。

趙依然原本還裝得挺鎮定，但被顧衍這操作，有點搞愣了：「啊？」

趙依然的思緒顯然還沒轉換過來，她傻傻地看了顧衍兩眼，乾笑道：「這麼巧啊顧衍，你也來這裡吃飯啊？等的人也還沒來？哈哈。」

不過，趙依然性格一向開朗大大咧咧，既然顧衍都坐到這桌來了，她也沒客氣，八卦道：「對了，你是不是有另一半了啊？是我們學校的嗎？」

顧衍挺鎮定地點了點頭，「嗯。」

趙依然有些意外，「竟然是我們學校的？這算是內部消化了？難道還是我們法學院的？」

顧衍再度點了點頭，「是……」

只是趙依然不等顧衍說完，就打斷了他：「你先別說，讓我猜猜！」

她想了想，「是秦啟涵吧？就我們法學院學藝股長，當時就覺得你對她不太一樣，雖然你也不太和她說話，但總覺得你們在一起的時候，氣氛就是不一樣的，總覺得就像是有電流一樣，好像一直在眉來眼去，我當時就有預感你們會搞到一起！」

只是對於自己的大膽猜測，趙依然發現，齊溪的臉色不太好看，顧衍的臉色也不太好看。

尤其是顧衍，他幾乎是飛速澄清了，「我什麼時候和秦啟涵眉來眼去了？我跟她根本不熟！妳不要汙衊我。」

他像是恨不得立刻解釋清楚一樣，臉上還有一些緊張。

「那是朱雅？」趙依然錯了一次，堅信自己不會再錯第二次，「一定是她了，我幫你們算過命盤，你們的星座也很適合的！」

可惜顧衍再一次黑著臉澄清了，「不是她，我喜歡的人從頭到尾就只有一個……」

顧衍幾次想要宣布自己的女友，可惜趙依然死活不讓，她像是不信邪一樣，幾乎把法學院同屆女生的名字都報了一遍，就是不信自己竟然猜不到是誰，因為每一個，顧衍都非常冷酷地否決了。

所以……

趙依然把目光看向了齊溪，然後又看向了顧衍，「所以……」

齊溪鬆了口氣，覺得自己這位朋友總算是想到了，她剛要開口認領顧衍女友的頭銜，就見趙依然瞪大了眼睛震驚道——

「所以，顧衍，你的另一半，是男的？！你和我們班哪個男同學好上了啊？！」

她恍然大悟道：「對不起，是我狹隘了，一提另一半，竟然理所當然想到是異性，對不起對不起，但我不是不接受或者歧視這個，顧衍，你放心大膽愛，我是支持你的。」趙依然一臉歉意道：「其實這也不意外，我其實早就覺得你對異性那麼絕緣，可能其實對同性反而是導電的，是我大意了……」

「……」

齊溪終於看不下去了，她又好氣又好笑道：「妳怎麼都快把所有女生猜一遍了，都快要去猜男生了，唯獨沒想到我啊？是我和顧衍看起來完全沒有ＣＰ感嗎？」

趙依然的臉上露出了真實的匪夷所思，「你們？你們不是一直合不來？你們沒聽過一句話嗎？一山不容二虎啊，你們兩個，絕對不可能！除非奇蹟發生吧！」她說完，又看向了顧衍，「顧衍，所以是誰？」

顧衍抿了下唇，他沒說話，只是把剛才在桌下就和齊溪十指相扣的手一起拉到了桌面上，鎮定地看向了趙依然：「那趙依然，今天來見識一下奇蹟吧。」

？？？

趙依然的腦袋上冒出三個真實的問號。

她瞪大眼睛看著齊溪和顧衍交握在一起的手。

過了半天，她彷彿才像是徹底反應了過來，大力拍了餐桌一掌，眼睛瞪得很大，「哇靠！你們兩個是不是人？！瞞著我多久了！簡直是在我眼皮底下暗度陳倉啊！」

趙依然氣得半死，「所以齊溪就是顧衍的狐狸精女朋友？而顧衍是齊溪的狐狸精男朋友？有沒有搞錯啊，歷來女狐狸精都是去找姿色平平的老實書生的，男狐狸精都是去找那種倔強小白花的啊？你們有沒有搞錯啊，狐狸精內部消化，真有你們的，還真是一山確實不容二虎，除非一公一母！我怎麼就沒想到，你們兩個這麼有手段的人，互相把手段使到對方身上呢？」

既然趙依然也知道了，齊溪也不再矜持了，「總之，就是妳看到的這樣，顧衍愛我愛得不可自拔，我一說和他好，他就立刻和我好了。」

趙依然顯然不信，「不可能！齊溪，一定是妳追顧衍的吧？當初妳在畢業典禮上那麼說他，進了競合上司是他姊姊的時候，妳不是都嚇死了，狗腿地想抱顧衍大腿嗎？怎麼可能是顧衍追妳啊？齊溪，我和妳關係都那麼鐵了，不用在我面前死要面子好嗎？」

只是今晚大概真是見證奇蹟的時刻，一向矜持冷傲的顧衍突然開了口：「齊溪說得沒有錯。」他看向了齊溪，眼神溫柔寵溺，「確實是我不可自拔，差不多是她勾勾手指我就會跟她走的那種程度。」

顧衍說完，看向了趙依然，「所以趙依然，重新認識一下，我是齊溪的男朋友顧衍。」

顧衍面帶禮貌的微笑，說出來的話語卻挺有殺氣，「謝謝妳平時關心齊溪，不過以後就不要介紹男生給她了。」

「……」

顧衍這麼說，齊溪也沒放過他，她噘著嘴嘟囔道：「那我也有話說，以後誰追你，你都要寫彙報給我！要全部上報！」

「……」

趙依然看著眼前自說自話開始一來一往氣氛根本讓人插不上話的新晉情侶，覺得自己真的不應該在屋裡，而應該在桌底。

她挺委屈的，大好夜晚，自己為什麼要出來和顧衍齊溪吃飯呢，這吃的是飯嗎？明明是一嘴狗糧！

日子就在不緊不慢中過著，齊溪覺得幸福極了，大概真的是因為愛情的滋潤，正經和顧衍談起黏黏糊糊的戀愛，她發現工作上也沒有受到什麼影響，甚至正相反，她的幹勁越來越強了，尤其因為戀情穩定，不會再有忽上忽下忐忑不安的情緒，平和的心態下反而更能一鼓作氣拚事業了。

「所以當事人寫的這份文書其實並沒有效力……」

「對，後續還寫了這份婚內忠誠協議也沒什麼用。」

每每有案子在所裡處理不完又相當有挑戰性的，齊溪就會和顧衍去顧衍家裡繼續討論，以往長時間的加班會讓人覺得疲勞，但如今齊溪卻並不覺得，因為和顧衍在一起，兩個人一起加班好像也是另類約會。

尤其當看資料或者卷宗累了，齊溪就索性賴在顧衍身上，一臉「我累了我起不來了」的模樣，每一次，明明知道齊溪是裝的，但顧衍還是拿她沒辦法。

這一次，他又不得不把齊溪抱起來，攬在懷裡，「累了要去休息下嗎？」

「不要。」齊溪挺任性，「扶朕起來，朕還能幹。」

顧衍有些忍俊不禁，「妳眼睛都閉上了，還怎麼能幹？」

齊溪癱在顧衍身上，懶洋洋地睜開眼睛看了他一眼，「那不是有你嗎？」她抬手輕輕摸了下顧衍的眼睛，「你的眼睛就是我的眼睛呀。」

大概因為老是被顧衍寵著，齊溪也覺得自己越來越往「驕縱」的方向發展了，但被人無條件包容和寵愛的感覺還是讓人上癮。

她還是忍不住撒嬌，「我的眼睛閉上了，但我的腦子還在飛速轉動，所以你可以讀給我聽呀。」

齊溪其實只是隨口耍賴說說，然而沒想到顧衍一臉認命地真的念了起來——

「女方父母於女方婚後一個月，出資買了一間全款婚房給女方，共計……」

這還是齊溪第一次用這種方式「加班」，然而真的一試，竟然覺得還不賴。

顧衍的聲音低沉乾淨，語速適中，齊溪聽案子聽得效率也很高，她一邊聽還能一邊和顧衍討論，兩個人竟然很快就把這個事實情況有些複雜的離婚糾紛案理順了。

不過，這麼辛苦念資料的顧衍自然是要哄哄的，齊溪事後還是非常貼心地幫自己的人形語音轉化機做了使用維護——她倒了一大杯溫水給顧衍潤嗓子。

不過她的人形語音轉化機維護操作要求還挺高。

在對方的強烈要求下，齊溪最後是親自用嘴把整杯水餵給顧衍的。

但不管怎麼說，齊溪覺得自己的人形語音轉化機還是挺好用的。尤其是顧衍還很懂得投桃報李——沒多久，他就洗了一盆草莓，然後一顆一顆餵給懶洋洋躺在他腿上的齊溪吃。

齊溪沒想到自己靠著顧衍，竟然就這麼輕鬆地過上了衣來伸手飯來張口的生活。

不過雖然情緒是放鬆的，但齊溪還是突然想到了一些未盡的事，她從顧衍的腿上爬了起來，「對了！除了趙依然之外，我覺得我也需要告知一下其他人我們在一起的事情！」

對於齊溪的舉動，顧衍有些不得其解，「除了我們彼此的家人外，還有誰要告訴的？」

齊溪賣了個關子，她什麼也沒說，只是神祕地拿出了手機，點開了關愛顧衍協會的群組——

『和各位更新下哦，我和顧衍已經在一起了，雖然陰差陽錯拿到了完全相反的《顧衍大全》，但可能也是我和顧衍另類緣分的開始吧，群組裡的各位都算是半個紅娘啦，發個紅包給大家感謝下吧！』

齊溪說完，先發了個大紅包，然後發了一張自己和顧衍親密無間的情侶合照。

大概是因為有顧衍的照片，群組裡很快就活躍了起來。

迎接齊溪的，果不其然又是一串問號和刪節號。

沒過多久，群主又私訊了齊溪——

『妹妹，妳還沒去看吶？感覺妳的病情更嚴重了啊！』

齊溪還沒來得及說話，這群主的訊息就又來了：『不過妳還別說，妳的P圖技術不錯，P的太自然了，我們最近關愛顧衍協會的主站正好缺一個好點的美編，妳來不來啊？站子這邊常常有偶遇顧衍的同好會拍一些有點模糊的照片，美編就負責把圖修得更清晰一點，或者把背景調好看些，因為我們也是自發的，這個工作沒有錢拿，但是能有福利，顧衍這邊最新的照片啊資料啊，妳都能拿到一份。』

『我看妳一開始雖然只看了顧衍的臉，但也算始於顏值忠於人品吧，這都多久了，妳還這麼堅持，所以我想索性不如加入我們？妳上次拿到的《顧衍大全》是假的，但進入我們內部，妳就能拿到真的！』

群主看起來挺熱情：『不過妳這個女生的照片在哪裡找的啊？還怪好看的，是什麼現在的選秀小明星嗎？感覺長得是不錯，但下次別這麼P了，小心被女方的律師告了，而且容易給我們顧衍惹麻煩，知道了嗎妹妹？還有，妳要是真的對顧衍太偏執了，也還是建議妳去看看心理醫生，還是要好好念書的，不要為了追星顧衍就錯過自己的生活！』

齊溪看著群主洋洋灑灑打出來的一堆字，只覺得有些忍俊不禁。

之前她並沒有在意過，但這次，她特地點開了群主的個人資料，然後果不其然，在對方的個人資料裡看到了對方的年齡——十五歲。

說來說去，對方才是個未成年的妹妹。

齊溪沒忍住譴責地看了顧衍一眼，「你自己看看你多招蜂引蝶，我還以為這個群組裡都是我們學校的學妹之類的，結果還有十五歲的小女孩，那問題來了，你都是在哪招惹了人家的？」

顧衍的眼神很無奈，像是沒轍了，「妳這是欲加之罪。」他抓過齊溪的手，拉進自己懷裡，親了下她的側臉，「就算我大學裡真的招蜂引蝶過，那我也是朵失敗的花，想招攬的蝴蝶從來沒拿正眼看過我，等到花期都快過了，那隻蝴蝶才大發慈悲終於看到了我。」

什麼呀！

顧衍也好意思！

他這哪裡是什麼花期快過的花，齊溪想了想最近晚上他的表現，感覺怎麼都和花期快過劃不上等號。

不過……

該澄清的還是要澄清一下。

齊溪打起字：『妳想和我視訊嗎？顧衍現在就在我身邊。』

齊溪傳完，就逕自撥打了視訊電話。

那群主果然不信，但還是接通了電話，螢幕那邊，出現了一張十五歲女孩的臉，對方一臉老成地想要勸告——

『妹妹，我都和妳說了，我不吃這……』

可惜對方的「套」字還沒說完，就被齊溪身邊出現的顧衍震驚到了：『顧、顧、顧衍？？？』

齊溪不客氣地戳了顧衍一下：「來，跟你的小妹妹粉絲打個招呼。」

顧衍雖然無奈，但還是非常配合地朝手機裡的對方招了招手：「妳好，我是顧衍，謝謝妳之前對我的支持。」

他把齊溪攬了過來：「介紹一下，這位確實是我的女朋友齊溪。」

顧衍的表情挺冷靜，他看了視訊裡明顯年紀很小還戴著眼鏡滿臉激動到發紅的女生一眼：「妳們給我女朋友的《顧衍大全》我看了，寫得很好，下次不要再寫了。」

「我被迫吃了很久的榴槤，還被迫聽了重金屬搖滾。」他抿唇輕笑了下，「謝謝妳們的喜歡，但希望妳好好念書，以後成為我和我女朋友的大學校友。」

齊溪拿過了手機：「妹妹，看到了嗎？真的沒P圖，謝謝妳們對顧衍的喜歡，不過也別花這麼多精力再搞什麼顧衍關愛協會傳假的《顧衍大全》給人了，太誤導人了，如果真的喜歡顧衍，就聽他的，好好念書，少上網，知道了嗎？」

視訊那端的小女孩哪裡還敢拿出此前揮斥方遒的樣子，連連點頭：『知道了，知道了，謝謝姐姐願意和我連線，姐姐好美，和顧衍哥哥真的很配！祝哥哥姐姐百年好合早生貴子……』

齊溪心有餘悸地掛斷了視訊電話，「現在的小孩也太離譜了，怎麼都說上百年好合早生貴子了。」

對於齊溪的吐槽，顧衍倒是有些不滿意似的輕聲道：「怎麼不能百年好合早生貴子了？」

齊溪愣了愣，「難道你想這麼早就結婚生孩子嗎？」

顧衍清了清嗓子：「也不是不可以。」

這男人像是害羞了一樣，一說完，就立刻轉移了話題，「對了，剛才那個離婚財產分割案裡，還有家族信託一塊的權益妳注意到了嗎？」

顧衍一提工作的事，齊溪便也沒再想別的，很快一起進入到了討論案情的狀態。

其實齊溪最近不需要這麼拚的，因為馬上就要過年了，競合所裡其餘同事很多已經選擇了休假，但齊溪本身是容市在地人，自己男朋友又在身邊，覺得去上班反而很充實，也就沒想過休假的事。

「對了，過年的時候你打算怎麼過呀？明天過年我們要不要去哪裡玩玩？」

可惜面對齊溪的邀約，顧衍卻毫不猶豫地拒絕，「不行，明天我都有事。」

齊溪說不失望是假的，她的媽媽自從上班以後也非常拚，春節還打算留在事務所裡加班，本來齊溪想找顧衍陪她一起過年，結果現在顧衍也有事。

「那等你辦完事呢？一分鐘也抽不出空來嗎？」

可惜齊溪話都說到這個分上了，顧衍還是堅定地搖了搖頭，「不行，明天沒有空。」話都說到這分上了，看來顧衍是真的有重要的事。

齊溪其實心裡有點失落和惆悵，但她掩飾得很好，只是第二天上班，看著顧衍空了的座位，齊溪還是有點難受，她才發現，哪怕和顧衍分開一分鐘，好像也很想念。

只是顧衍今天大概真的很忙，因為齊溪傳給他的訊息，他一則也沒有回。

因為已經是年前最後一個工作日，事務所裡幾乎已經沒有什麼同事，就連一向堅守到最後的顧雪涵也因為臨時有事提前回家了。

齊溪又百無聊賴地看了一下郵件，發現真的無事可幹，正糾結要不要回家，突然接到了趙依然的電話。

『齊溪，妳現在有空嗎？能幫我到我同事家附近取個資料嗎？是我上次報名我們庭裡一個技能比賽的資料，本來想讓同事寄給我，但現在快遞已經停運了，妳能先幫我取一下放回我們租的地方嗎？』趙依然的聲音聽起來有點急迫，『不好意思啊，我回家得匆忙，那份資料忘記帶了。』

趙依然不是容市人，為了規避春運的壅塞，已經提前幾天向法院請假回老家了，齊溪聽她電話裡的聲音急切，恐怕是很重要的資料，當即答應道：「妳把地址傳給我，我正好閒著也沒事，去幫妳取。」

掛了電話，趙依然就傳了地址，齊溪看了眼，離競合所倒是不遠，是在不遠處的一片高級商區裡，對方約在那片商區廣場中心的噴泉雕塑前見。

事不宜遲，齊溪幾乎立刻拎起包就跑出了門。

她很快趕到了約定的地點，只是每到過年就會人煙稀少的商區廣場，此刻竟然人頭攢動，約定的噴泉雕塑前也有好多人。

齊溪分不清到底哪個才是趙依然的同事，只能拿出了手機，按照趙依然給她的號碼撥了過去。

很快，齊溪聽到了對方鈴聲響起來的聲音，她剛想要循著聲音找人，眼前的噴泉卻突然在這個剎那噴發了。

那原本是節假日才會開放的小型音樂噴泉，每次開放時都圍得人山人海，正常來說會在大年初一才開放，怎麼今天就……

齊溪還沒來得及訝異，她就發現，不僅音樂噴泉開放了，連周圍的燈也突然都亮起來了，現場也響起了音樂。

而她還沒來得及繼續詫異，剛才還正常走在路上的行人突然隨著音樂四散開來，排列成有序的佇列，跟著音樂的節拍，在齊溪的面前跳起了舞。

齊溪這下明白過來了。

這是一次快閃行動。

只是她剛想置身事外當個歡樂的圍觀群眾，快閃裡那位領舞的女孩就突然輕盈地跳到了她的面前，然後拉起了齊溪的手，把她一步步引導著走向了噴泉雕塑的正前方，在那裡，齊溪發現了一個有些鼓起的信封。

她完全摸不著頭腦，有些好奇地盯著信封，不知道自己應該做什麼。

最後還是那位領舞的女生拿起信封，塞到了齊溪手裡。

「給我的？」

對方微笑著點了點頭，這才輕盈地跳開，重新融入到了跳舞的隊伍裡。

接連發生的一切，猶如在夢中一般，齊溪甚至還沒跟上任何節奏，應接不暇的事就繼續發生了，她還沒來得及打開信封，原本在她面前跳著舞步的快閃隊伍，突然像退潮的海水般朝兩邊分開。

也是這時，音樂變換了——

「When I think of all the years I wanna be with you.
Wake up every morning with you in my bed.
That's precisely what I plan to do.
And you know one of these days when I get my money right.
Buy you everything and show you all the finer things in life.
Will forever be enough, so there ain't no need to rush.
But one day, I won't be able to ask you loud enough.
I'll say will you marry me……」

齊溪甚至來不及反應，Jason Derulo 的〈Marry me〉那熟悉的旋律就充斥了整個廣場。她身後的音樂噴泉也隨著音樂變換著水柱和光影，而快閃隊伍讓出的路的盡頭，齊溪看到了穿著西裝的顧衍。

作為律師，明明早已經習慣西裝這樣的正裝，然而此刻的顧衍，卻像是有些緊張，他越過人群，看向齊溪，兩個人眼神在空中交匯，顧衍沒有躲閃，他直直地看向齊溪的眼眸，像是要看向她的內心，眼神坦然而充滿了執著和勇氣，像是這一刻已經不打算對齊溪有任何保留，願意捧著自己的心訴說所有對齊溪的情愫，他臉上的表情帶了難以言喻的期待，像是等這一刻已然很久。

然後在音樂裡，顧衍朝著齊溪走了過來，在齊溪的心跳和不可置信的悸動裡，顧衍單膝跪地。

這一刻，此前對顧衍沒辦法過年陪伴自己的抱怨還有一個人過年的失落都沒有了，取而代之的是齊溪無法形容的瘋狂緊張、忐忑、甜蜜酸澀和不真實感。

然後顧衍說出了彷彿童話裡的那句咒語——

「齊溪，可以嫁給我嗎？」

顧衍看著齊溪的眼睛，他跪著的姿勢讓他看起來像是臣服的騎士，願意為了齊溪去任何地方衝鋒陷陣，願意為了守護齊溪而做任何戰鬥。

雖然發起求婚事先準備了這一切的是顧衍，可這一刻，這男人看起來不比齊溪好到哪裡去，他有些無措和緊張，連聲音也帶了些努力掩飾的顫音，但這一刻，在愛的人面前，顧衍拋卻了所有的掩飾，他只是坦誠地面對了自己，面對了齊溪。

「齊溪，可以嗎？」他的眼睛望向齊溪的，語氣溫柔卻堅定，「妳不知道我等這一刻等了多久。」

齊溪從沒有想過，這樣猶如偶像劇一樣的場景會發生在自己身上，她幾乎喜極而泣，但很快又覺得不對勁，只能努力掩著嘴唇，試圖抑制眼淚掉落，「那你的鑽戒呢？求婚總該有鑽戒吧？」

顧衍的表情卻很從容，「妳的信封還沒打開吧？」他溫柔地勸誘道：「打開看看。」

齊溪顫抖著手打開了信封，她這才發現，這封信裡大有乾坤，除了一張明信片外，整個信封外殼展開後就會變成一朵紙形的玫瑰，而那枚鑽戒正鑲嵌在玫瑰花的花蕊正中間。

「可以嗎？我希望能永遠陪著妳，以妳合法配偶的名義。」

齊溪望著鑽戒，快要哭出來。

「再不回答我就當妳答應了？」顧衍雖然還有些緊張，但還是比齊溪好多了，他很快控制住了現場的主動權，「妳不願意拉我起來讓我幫妳套上鑽戒嗎？」

齊溪已經完全無法拒絕了，她本來也沒有辦法拒絕顧衍。

在激動到恍惚以至於懷疑是在做夢的情緒裡，她看著顧衍親吻了她的手指，然後為她戴上了鑽戒，現場爆發出了經久不息的歡呼聲和掌聲，然而齊溪卻覺得這些都離自己很遠，此時此刻，她的眼裡好像只能看到顧衍，也只能聽到他的聲音和話語。

顧衍求婚成功，像是才終於鬆了一口氣完成了人生重大任務的感覺，但很快，這男人又親了下齊溪的側臉，循循善誘道：「妳看一看妳手裡的明信片。」

齊溪這才意識到從信封裡抽出來的明信片，她低頭，然後很快瞪大眼睛看向了顧衍。

這分明是那次在貓的天空之城裡，顧衍寫給未來的明信片。

「不是寄出去了嗎？怎麼在你那裡？」

顧衍像是有些尷尬，「當時就是寫今年過年的這一天裡寄給妳的，但後來事態有變化，所以我今天早早地跑到妳和趙依然住的地方截獲了這張明信片。」他說到這裡，才看向了齊溪，語氣堅定，「因為我想親自給妳。」

齊溪在淚眼婆娑裡，終於看清了明信片上的字跡——

「齊溪，我一直愛的人是妳，暗戀的人是妳，已經厭倦了做克己守禮的道德楷模，不想只是永遠沉默地守護在妳身邊，妳說過保持暗戀合法，但告白就是犯罪，那麼如果告白有罪，我也願意承擔一切罰責，只要這些懲罰，可以讓我靠近妳哪怕一步。」

「我愛妳。到永遠。」

齊溪覺得自己已經快不知道怎麼呼吸了，她的眼淚終於忍不住流下來，她望向顧衍，「所以這就是你那時候想和我說的話？」

「嗯。」顧衍笑了下，「是不是有點傻？」

齊溪的情緒還有些起伏和波動，「為什麼要選在過年前的這天求婚和寄送未來的明信片給我？」

「因為想未來過年的每一天都能想到妳，想到這段回憶，好像這樣，每新的一年都會變得更讓人有期待感和幸福感。」

齊溪的好學精神在這一刻忍不住蹦了出來，她看了手上的鑽戒一眼，「可你沒想過萬一我拒絕呢？那每一年過年不都會變得很痛苦嗎？」

難道顧衍就這麼自信，確信他自己絕對不會表白失敗或者求婚失敗？

「我也設想過萬一失敗會怎麼樣。但我想，即便被妳拒絕，對我來說至少是為妳努力過的證明，讓我每一次的新年，還有新的努力目標，繼續去完成舊的一年裡沒有成功的人生大事。」

顧衍的語氣非常平靜，但齊溪知道內裡蘊含了多少的決心，顧衍從來不是說大話的人，他在寫那封寫給未來的明信片時，到底是多麼堅定地決定一直努力下去啊。

齊溪突然覺得，其實自己之前說的沒錯，顧衍保持暗戀合法，但這樣告白就真的是犯罪了，因為這一刻，她好像快要幸福得心跳停止了。

她想要謝謝命運冥冥之中的安排，謝謝顧衍勇於犯罪的告白，謝謝所有的愛與相遇。

她願意。

——《你有權保持暗戀》正文完——

番外一　晚春

奚雯從沒有想過失婚這種事會發生在自己身上，過去的幾個月裡她彷彿都在經歷一場冗長的惡夢，頃刻間，原本屬於她的一切都坍塌了，她看著眼前的廢墟，甚至都不知道從前的自己是否曾經生活在真實裡。

事情發生在冬季，而她的人生似乎也一夕之間調轉進了冬季，滿目蒼涼和物是人非。

好在身邊還有齊溪，還有齊溪的同事和老闆，得以讓奚雯在簡短平靜快速的離婚和財產保全後，能夠開始新的生活。

她在顧雪涵的推薦下到了一家初創型事務所實習。

奚雯曾經成績確實很好，然而離開職場已經太久了，她的年齡比其餘剛畢業的實習律師都大，卻沒有積攢下配得上自己年齡的閱歷。

只是後悔沒有用，人只有不回頭，才能繼續朝前走。

好在這間新事務所的創始人是奚雯曾經的直屬學長趙霖，他此前在法院工作，前妻也曾是他法院的同事。趙霖在容大的時候，就曾經是個風雲人物，因為生得高大英俊，為人又溫和正義，因此人氣很高，當時就有很多人追，只是趙霖一直沒談戀愛，後來聽說進入法院工作後，也是同為同事的前妻對他窮追不捨，最終才透過日久生情這條路感動了趙霖成了一對，只是……

「只是基層法院任務繁重，趙霖學長又很有責任心，太醉心工作了，沒什麼時間風花雪月，也從不沾染灰色收入，生活並不富裕，總是兩袖清風，他那個前妻原本追他也是因為他長得帥，算個文藝女青年，挺會幻想那種電視劇裡甜甜蜜蜜的戀愛和婚姻生活的，又挺有物質欲，結果真的和趙霖學長結婚後發現根本不是那麼一回事，兩個人也一直沒孩子，決定頂客，結果前幾年，那個前妻大概就心猿意馬了，很快就和法院那一批新進來的有錢年輕男應屆畢業生劈腿在一起了，趙霖學長知道後也沒說什麼，只是平靜地離了婚。」

「大概因為比較受傷，再待在法院裡也容易觸景生情，所以明明在法院裡前途很好，學長還是辭職了，堅持這個年紀出來創業做律師，他原來在少年法庭的嘛，所以現在也想把以前的工作經驗用上，想專門幫助一些未成年人代理案件。」

顧雪涵一邊解釋一邊也有些唏噓，「其實法院裡當時挽留他了，都基本允諾他不離職，下一屆副院長就是他了，可他很堅持。」顧雪涵說到這裡，看了奚雯一眼，「所以奚雯學姐，到時候妳也注意下哦，不要問起他太太什麼的，他其實也剛經歷了離婚。」

顧雪涵非常貼心地為奚雯講了很多，但奚雯其實有一點沒好意思說——她和趙霖是認識的，或者更準確地來講，她是單方面認識趙霖的。

在大學裡，和齊瑞明在一起之前，奚雯其實也和法學院其餘女生一樣不能免俗的喜歡過趙霖，說來有些微妙，最開始的時候，趙霖也是在辯論隊的，奚雯一開始加入辯論隊的動機甚至和趙霖有一點關係，並不完全單純，只是等她加入的時候，趙霖已經在忙著實習，因此只是時不時來辯論隊指導，和奚雯的交集並沒那麼多，每次指導也從來不是單獨的一對一，畢竟趙霖那麼受歡迎，他的身邊總是圍了很多人。

有件事奚雯從來沒和別人說過，甚至連自己的女兒齊溪也不知情——奚雯並不是一開始就和齊瑞明在一起的，甚至恰恰相反，一開始，奚雯對齊瑞明一點感覺也沒有，她甚至讓他幫忙遞情書給趙霖……

奚雯如今還記得很清楚，齊瑞明比她晚加入辯論隊，但因為他和趙霖在同一棟宿舍，平時又常常一起打球，因此比辯論隊裡其他人都和趙霖更熟悉，趙霖待他完全像是對自己親弟弟一樣親切，也正是因為這一點，奚雯才找上了齊瑞明。

少女情懷總是詩，現在的奚雯絕對不會這樣了，然而回望過去的歲月，她也曾年輕過，也曾怯懦和忐忑過，奚雯想起自己當初連當面遞情書表白的勇氣都沒有，不覺有些失笑。

只是表白的結果如奚雯所料——一天後齊瑞明把情書退回給了奚雯，一臉抱歉地告訴她，趙霖學長說沒有談戀愛的計畫，想好好完成實習後發展事業，謝謝奚雯的抬愛，希望她找到更合適的男朋友。

雖然對這樣的結果有所預計，然而事到臨頭，奚雯說不難過也是假的，她記得當時的自己還紅了眼眶，幸好齊瑞明一路安慰，在這之後，一切就變得順理成章了——齊瑞明開始寫情書給奚雯，開始主動追求發起進攻，因為他幾個月如一日的熱情以及此前奚雯告白失敗時陪伴在身邊的溫柔，奚雯在最初對齊瑞明不來電之後，漸漸在齊瑞明的攻勢下答應和他試一試，這一試，就是幾十年，結果到頭來……

想到這裡，奚雯也不免有些喪氣和失落。

不過她從來不會把情緒帶進工作，畢竟能在這個年紀擁有一個願意接納自己的事務所和老闆，已經是難能可貴，更應該表現出百分之兩百的工作熱情，才得以彌補自己的缺陷，報答趙霖以及顧雪涵的幫助。

其實一開始顧雪涵把奚雯推薦給趙霖，奚雯是遲疑過的，她有些尷尬，但是第一次見面時趙霖對她的態度非常正常，他甚至沒有認出奚雯。

奚雯有些慶幸，看來學生時代找趙霖表白的人實在太多，以至於趙霖根本不會記得她這一個學妹，如此未來一起工作，也省卻了很多不必要的煩惱；但同時，奚雯也有些失落，因為坦率來講，趙霖才是奚雯正經第一次心動的初戀，沒有哪個女性會希望自己在初戀的回憶裡一文不值甚至查無此人。

但這些小插曲也只是暫時的，並沒有影響奚雯進入工作狀態，甚至正相反，奚雯非常感激趙霖能夠提供這個機會給她——人在感情上失意的時候，更需要在別的地方找點目標，比如工作比如事業，因為人生是不能沒有任何支點的，如果沒有個目標，就會像無根浮萍一樣變得盲目而隨波逐流了。

「簡而言之，我其實一直有想離開法院的想法，因為在少年法庭裡，見到了太多未成年違法犯罪的案例，作為法官，我可以按照法律，綜合各方面的考量給出公正的判決，但在大部分的個案裡，這些違法犯罪的未成年當事人，其實根本沒有法律的概念，他們沒有被自己的父母或者監護人好好的教育過，沒有法律觀念，也沒有悲憫的情緒，有很多孩子對自己犯下的過錯一點概念也沒有，他們甚至不知道自己的錯誤可能毀掉了別人普通幸福的人生。」

「而我深入跟進研究了好幾年這些案子裡未成年人後續的成長情況，我才發現，有時候孩子的問題，歸根結柢是成年人的問題，這些會去犯罪違法藐視法律的孩子，他們在成為加害人之前，很可能是受害人，比如受到家庭暴力和虐待，比如被校園霸凌，比如遇到性侵，比如父母不負責任成日酗酒賭博，孩子根本沒有錢吃飯，最終才會流落成扒手去偷去搶，因為成長在沒有任何關愛和輔助引導的世界裡，導致最後也變成了加害人的模樣，去傷害下一輪受害者。」

奚雯第一天入職的時候，趙霖就把她叫到辦公室，言辭懇切地說出了以上一番話，他看向了奚雯，鄭重道：「所以我創立這個事務所，是希望利用我原本在少年庭多年的工作經驗，更有針對性的對未成年的當事人提供法律服務和援助，這些孩子犯了錯，理應受到法律制裁，但這些孩子背後遭受的苦難，也應該有社會的力量幫助他們去維權，去擺脫糟糕的原生環境，至少把他們原本環境裡加害他們的人也進行制裁，這樣法院對他們的判決才有意義，他們才能知道，不論是誰，犯錯了都要受到懲罰，而不是說被抓到的人才會受到懲罰。」

因為趙霖這樣認真的態度，奚雯也忍不住直起了身體，表情也變得更加嚴肅了起來，她此前只聽顧雪涵說趙霖在創業，但對趙霖事務所到底承接什麼業務，確實也沒有這麼細緻的概念，如今聽完趙霖所說，才陡然覺察到自己肩膀上的重量。

趙霖看起來倒是挺放鬆的，他溫和地朝奚雯笑了下，「我和妳說這些妳也用不著太緊張，我只是希望妳有一個心理準備，因為我們面對的客戶大部分是本身原生家庭就有各種問題的問題未成年，很可能每個案子的代理費都不多，甚至有可能大部分都是法律援助案件，只有辦案補貼，所以在我的所裡想要賺大錢，恐怕是不太現實的，這家事務所本身就是一個不賺錢的所，如果妳不介意這點，那妳可以放心在這裡好好幹。」

奚雯自然不在乎，她並不缺錢，她只是在婚姻失敗後，需要重新找尋生活的支點，重新找到自己可以付出時間精力但不會失望的事業。

她朝趙霖鄭重地保證道：「雖然我重新進入職場是希望能找到一個可以讓自己在社會上立足賺錢養活自己的工作，但賺錢不是我的第一目標，我這個年紀，也早過了想買這買那物欲爆棚的時候，只是希望自己的生活更有意義感一點，也更充實一點。」

趙霖聽奚雯這麼說，也笑了，「那妳可以放心，我這錢是不多，但案子真的不缺，妳不知道有多少未成年人需要我們的法律援助，恐怕不僅能讓妳工作的八個小時充實，連妳的私人時間都會讓妳充實。」

「那最好不過。」奚雯終於也放鬆下來，微笑道：「我女兒也大了，有自己的事業，不需要我去管，我也沒什麼工作經驗，但最不嫌多的就是大把的時間，要加班也好，要出差也好，我都沒有任何問題。」

不過雖然時間上不成問題，但奚雯多少也有些忐忑，「但我沒有相關的工作經驗，所以希望您也不要對我產生不切實際的期待，把我當成一個新人實習律師就好，說來慚愧，我也只是空長了些年紀……」

這些年來，奚雯不是沒參加過同學聚會或者校友會，但大部分昔日同窗都變了，曾經的青春少年，大部分都已夢想不在，時光留給他們的是啤酒肚和成熟的社會做派，少了些理想少了些熱血。

然而趙霖給奚雯的感覺是不一樣的，雖然時光改變了他的容顏，他不再是當初青澀的校草，但除了正常的容貌衰老外，趙霖身上的氣質竟然沒有多大變化。

奚雯聽著他講著自己創設這家事務所的初衷和他未來的目標，只覺得內心湧動著一些難以名狀的感慨。

真好，時間讓齊瑞明變成了另一個人，讓很多老同學也變了，有些人迷失了，有些人犯錯了，然而還是有人沒有變。

趙霖還在堅持著自己的法律夢想，還堅守著底線，還像過去一樣，想用法律幫助弱勢族群。

而隔了這麼久，趙霖仍舊是耐心而溫和的，一如在大學裡時一樣，面對奚雯的不自信，他卻還願意認真地鼓勵她——

「雖然妳確實缺乏工作經驗，但妳也有年輕人沒有的優勢，妳有個孩子，和妳的孩子也很親密，那妳比我們都了解現在年輕人的心態，更容易和這些未成年的問題孩子溝通，尤其很多未成年違法犯罪的孩子，其實內心都是缺愛的，很多根本沒享受過正常的母愛，妳的形象又很有親和力，年齡上也正好更容易讓他們信任和親近，讓這些孩子放下心防，能好好和我們溝通情況，這才能讓我們找到合適的方法幫助他們。」

趙霖笑了下，「所以妳不覺得這是妳的優勢？要知道我們所裡現在大部分都是小新人，別說孩子了，就連另一半也沒有，至於我，因為堅持頂客，現在離婚後也是孤家寡人，從沒有真正養育過一個小孩，何況我這個人有時候也比較粗枝大葉，沒有妳們女生做事那麼細膩，所以未來的工作裡，還要麻煩妳多多幫忙和擔待了。」

這一席話不僅讓奚雯緩解了自己這麼多年沒有工作經驗的尷尬，也讓她心裡一下子重拾了自信心，覺得自己確實是尚且有用的人。

奚雯感激地笑了下，「謝謝您趙律師！」

趙霖愣了下，但沒說什麼，笑著點了下頭，才離開去忙自己的事了。

趙霖這間新事務所裡的工作氣氛比奚雯想的還好，趙霖就不消說了，其餘幾個新來的實習律師也非常活潑熱情，年紀和齊溪差不多，奚雯和他們也挺有話聊，還從他們那邊知道了不少現在年輕人喜歡的事。

而在工作上，奚雯也從來沒因為自己年紀大，就不好意思去問更年輕的實習律師，相反，她很好學，態度也很端正，從來不會以自己的年紀去壓人，有時候幾個實習律師臨時有事來不及完成的緊急任務，奚雯也都自告奮勇頂上一起幫忙，久而久之，倒是和這些年輕同事變得像朋友一樣。

趙霖的事務所本身並不是商業方向的，他在招聘時也和每一個實習律師都講過，因此最終還選擇他的事務所入職的，都不是以賺錢為目的來的，多少都是有些理想的年輕人，想著用一己之力匯聚在一起，能稍稍改變當下未成年人的法治環境。

「其實我會想做這塊領域，單純是因為我原本曾經受到過趙老師的幫助，當時他還是趙法官，我家裡很窮，我爸天天打人，我媽跑了，沒人管我，我沒錢吃飯，餓得慌，每次就去超市偷東西吃，偷的次數多了，就被抓了，當時是趙老師正好路過，替我賠償了店主，還請我吃了頓飯，陪我聊了很久，並且願意為我負擔我之後的生活費和學雜費，這才供我讀完了大學，順利通過了司法考試。」

「這麼巧？我也是趙老師資助的！」

幾個人聚在一起吃午餐時聊起來，奚雯才得知，這所裡一大半的實習生，都曾經受過趙霖的恩惠，所以受他的影響，最後靠自己的努力考上了法學院通過了司法考試，而幾乎是一聽說趙霖離開法院成立了事務所，這些小孩二話不說就來應聘入職了。

交流中，奚雯才發現，自己這些年輕的同事，畢業的學校有好有壞，趙霖並沒有像別的頂尖事務所一樣用基礎學歷來篩選人，他更看重這些年輕人對這份工作的認知和責任感，也願意給一些學歷一般的孩子一些機會，因此這些年輕人被錄取後幾乎都非常努力。

這種朝氣和激情幾乎是瞬間感染了奚雯，她很快加入了這個溫暖的大家庭，和大家共進退，一起加班一起看案卷一起研究探討案子，竟然也其樂融融。

雖然起初在合作辦案或討論時，奚雯常常跟不上這些年輕同事的思緒，但很快，她的閱歷和縝密的思考方式也能在團隊裡起到打補丁的作用，而隨著時間推移，奚雯也發現，自己越來越進入狀態了。

但就算再能一起加班，這些年輕的孩子畢竟還有很多豐富的夜生活，比如約會比如找同學聚會，一到七八點，事務所裡就沒剩下什麼人了，只有奚雯孤零零的一個——齊溪往往也在加班，她又為了通勤方便和同學合租了，而且還在談戀愛，奚雯就算回家，也只有自己一個人。

所以雖然在所裡也是一個人，有些寂寞和孤單，但與其回家看沒營養的電視劇，不如留在所裡加班進步。

只是幾天後，奚雯就發現，不知道趙霖最近接的案子是不是有些多，他也開始留下來加班了，並且有越加越晚的趨勢。

奚雯因為重入職場，有好多知識和專業技能要補，因此常常大半夜看案例看到如痴如醉，一下子忘記時間，等意識到時，都晚上十點多了。

然而每次她到了十點多匆忙收拾資料回家時，趙霖獨立辦公室裡的燈總還是沒有熄，他好像比奚雯還需要加更多的班……

因為總是一起加班，年齡又相近，也不知道是哪一次開始，趙霖就開始找奚雯一起吃晚飯了，兩個人吃的並不是什麼高級餐廳，常常就在事務所樓下的簡餐店點個定食對付一下，甚至吃飯時奚雯還抓住機會發問，拉著趙霖一起探討案例，但奚雯不覺得無聊。

趙霖是個很好的傾聽者，為人又足夠包容，不像一般老闆一樣凶，會訓斥手下，大概他在法院裡接觸未成年孩子多了，總帶了一種長者的溫柔，奚雯一旦對未成年當事人的案子有什麼新的想法，也從不吝嗇自己的表達。

以往在齊瑞明面前，奚雯並不是這樣的，她常常需要預測某個話題談論起來是不是安全，是不是會刺激到齊瑞明，從而選擇更穩妥的話題來聊天，然而面對趙霖，她第一次完全可以放開自己，即便一些不成熟的辦案想法，她也願意和趙霖探討，而趙霖也很好地回報了她的這份信任，他從沒有因為她過分天真的辦案想法而指責或者嘲笑過她，相反，總是誇讚奚雯願意另闢蹊徑，也總是鼓勵和保護奚雯的這種主動性。

「妳呀，還是和以前在辯論隊時一樣，每次辯論的想法都古靈精怪的，讓對方根本措手不及，完全不按牌理出牌，導致每次都能出奇制勝，所以妳不用總是不自信覺得這是什麼缺點，有時候這就是妳性格裡的優點和優勢。」

這晚的例行約飯裡，趙霖因為剛幫助一位遭受校園霸凌的未成年當事人解決了困境，一時高興喝了點酒，因此話也變多起來，他的酒量顯然不太好，此刻看向奚雯的眼神已經露出了醉態。

他朝著奚雯笑了笑，然後移開了眼神，輕聲嘆了口氣，「妳以前大學時候明明是很自信的，對自己這點小聰明還常常沾沾自喜，怎麼現在變得這麼不自信了？」

趙霖的這番話，大概是他喝多以後隨口說的，然而奚雯卻是愣了愣。

「你還記得我？」

當初辯論隊裡其實有不少女生，一來法學院的辯論隊很知名，法學院學生參與也是學院傳統，二來，趙霖真的很受歡迎，當初很多進入辯論隊的女生，也是為了追他而去的，因此法學院辯論隊的人員流動性一向很大，奚雯以為趙霖不會記得她……

然而出乎她的意料，他竟然記得……

那是不是還記得自己曾經寫過表白信給他……

奚雯的心臟有些不受控制地緊張起來，她變得有些侷促，只能尷尬地乾笑了兩聲，好在趙霖確實有些醉了，他又是十分有分寸的人，見了奚雯這種反應，便只搖頭笑了下，一口又悶掉了杯裡的酒，沒再提及這個話題。

自這之後，奚雯其實有些尷尬，然而第二天，趙霖的態度還是一如既往，才讓奚雯鬆了口氣，確信趙霖大概並沒有想起自己寫情書這件事，畢竟寫過情書給他的人那麼多，他恐怕未必記得每一個人，何況自己的情書，對方可是看都沒看就退回來的。

不過幸而一切都沒有變，趙霖還是每晚約奚雯一起吃飯，飯後兩個人便一起回事務所加班，不過從年輕同事那裡，奚雯最近得知了趙霖其實有些被失眠困擾，所以並不適宜加班到很晚，相反，他應該早點回到家裡，洗個熱水澡，吃下褪黑激素，然後早早關燈躺在床上培養睡意。

只是……

也不知道是不是因為剛創立這個事務所，趙霖顯然幹勁滿滿，加班是越加越晚了。

奚雯原本想早點走，但她又擔心趙霖的身體，尤其從顧雪涵那又聽說趙霖有心肌炎，有次在法院加班加狠了，急性心肌炎發作，大半夜辦公室沒別的人，差一點就鬧出人命。

知道這些後，奚雯就覺得自己無論如何不能比趙霖先走，畢竟萬一趙霖有點不舒服什麼的，自己還能幫個忙。

然而奚雯也沒想到趙霖這麼能熬夜，他一點也沒走的趨勢，直到奚雯先熬不住開始收拾東西，然後去辦公室號稱自己也要回家催促趙霖，趙霖才會一起離開。

要是自己再年輕個十幾歲，奚雯覺得自己還能陪著趙霖熬，可……

身體畢竟不騙人，連續這樣「加班」一個月後，奚雯覺得自己有點撐不住了，照鏡子的時候，兩個黑眼圈很明顯快遮不住了。

不過趙霖顯然也沒好到哪裡去。

明明自己剛入職的時候，不論是自己還是趙霖都算是挺有精神的……

奚雯因為加班太猛，連續被齊溪抱怨了好幾次太拚命，但奚雯自己心裡知道，雖然她確實熱愛這份工作，幫助很多未成年人也讓她找到了生活的意義和自己的價值，但每晚留在所裡加班，更多的是因為她擔心趙霖。

他溫柔、高大、體貼，對那些犯了錯迷失了的未成年人來說，像是領航人一樣的存在，對奚雯又何嘗不是？

不論多大年紀，奚雯發現，自己對趙霖的濾鏡好像永遠不會消失，他一直還是她心目中那個穩重可靠又充滿熱忱的學長。

雖然知道不應該，但奚雯曾經深埋心底被忘卻的情愫，又像是漸漸復甦一樣緩慢卻堅定地成長了起來。

只是……

自己當初既年輕又前途可觀時向趙霖表白尚且是失敗，更別說如今一把年紀還離過婚有一個孩子了。

奚雯一邊加班，一邊苦笑著搖了搖頭。

她原本以為這是一段需要自己克制埋葬的小插曲，但事情的轉機出現在半個月後的一個夜晚。

趙霖照例來約奚雯吃晚飯。

然而這一次地點卻不是在樓下的咖啡廳。

他約了很好很高端的餐廳，態度又嚴肅又端正，搞得奚雯反而忐忑緊張到不知所措，她甚至開始回想，自己最近是不是什麼案子辦得不夠好，因此趙霖要找自己談話勸退。

然而就在奚雯打算先開口詢問之前，趙霖開了口。

他的樣子有些無奈，「奚雯，我們能不能不要再這樣加班了？」

奚雯愣了愣。

趙霖有些不好意思，但很快，還是坦率道：「妳再這樣加班下去，我身體真的頂不住了。」

趙霖笑了下，「我知道妳很熱愛這份工作，但真的別這樣加班了，因為妳加班，我就得陪著妳加班，妳不走，我也走不了，再這樣下去，我感覺我們兩個都熬不下去了，妳看看妳最近那黑眼圈……」

趙霖還在勸說奚雯別這樣加班，可奚雯卻有些茫然了，「我並不是要自發加班啊，明明是我陪著你加班，因為害怕你身體不舒服出現意外……」

這下輪到趙霖愣住了，他反應了片刻，才有些哭笑不得地問起來，「所以妳其實是在陪我加班？」

他有些懊喪地拍了拍腦袋，「可我以為是妳要自發加班，所以我留下，完全是為了陪妳加班啊！」

「可學長為什麼要陪我加班啊……」

趙霖像是索性豁出去了，「奚雯，我不管妳怎麼看我，我就直接說了，從前在辯論隊時我就寫過表白信給妳被妳拒絕了，當初我有一陣子很難過，畢竟妳是我第一個喜歡的人，後來經歷了那麼多年，那麼多事，我原本以為看到妳已經很平靜了，但發現不是，如今和妳朝夕相處，我發現我還是和當年一樣非常欣賞妳，覺得很喜歡妳，別的年輕孩子加班，我不會這麼擔心，但妳加班，我會擔心，我想陪著妳一起加班，等妳走了，我好像才能安心下班。」

趙霖竟然喜歡自己？！

要不是趙霖此刻真誠又熱誠的眼神，奚雯根本不敢相信這是真的。

而加班的真相也從來不是自己陪著趙霖加班，而是趙霖在陪著自己加班？

而且因為兩個人彼此的誤會，無意間變成了互相競爭的加班比拚？

奚雯也有些哭笑不得起來，但最讓她在意的是——

「學長，你說你在辯論隊的時候寫過情書給我被拒絕了？」奚雯十分懷疑趙霖是記錯了，「你是不是寫給別人的啊？當初明明是我寫了情書給你被你拒收了啊……」

兩人這時一說，才發現了問題所在。

趙霖顯然愣住了，「我根本沒收到過妳的情書啊！而且妳的意思是，妳也從來沒收到過我的情書？可我當初就是讓齊瑞明幫忙遞給妳的啊！結果妳拒絕了我，沒多久後，接受了齊瑞明。」

「我也是讓齊瑞明代替我遞給你的，他說你直接把情書讓他退回給我……」

「……」

兩個人都不傻，事到如今，才終於解開了當年的誤解。

在其中搞事的恐怕就是齊瑞明。

他收了奚雯的情書沒有遞給趙霖，卻直接欺騙奚雯趙霖拒收了，對趙霖也是同樣的手段，以至於兩個人這麼多年來，根本沒意識到錯過了彼此的情書，錯過了一段原本情投意合的初戀。

趙霖想明白其中的事，簡直氣得不行，「當初妳嫁給他，我氣得幾天都沒睡好覺，後來也是隔了好幾年才釋然，結果不久前雪涵來找我，我才知道齊瑞明竟然這樣對妳，只是我不希望妳因為舊事重提難受，才一直沒提這事，又擔心提我過去告白信的事讓妳尷尬不自在，也沒說過，結果妳根本就沒收到我的告白信！」

別說趙霖生氣，奚雯內心也有些鈍痛，原來兜兜轉轉，自己竟然錯過了趙霖，而這一切都源自於齊瑞明的自私和卑劣。

「他如果和妳在一起能好好珍惜妳，也就算了，但他那是人做的事嗎？這麼對妳。」生氣還是生氣的，但比起趙霖的氣憤，奚雯更多的是釋然，以及一種失而復得的慶幸。

「學長，我想現在再重逢也很好，你和我又都是單身了，雖然不再是大學生，但各自也都經歷過了風雨，也都清楚地知道自己要什麼，應該珍惜什麼，或許這才是最好的時間再次相遇。」

奚雯握住了趙霖的手。

她突然覺得自己人生的冬季就要過去了。

有些人的春天來得很早，有些人則很晚，就像地球上不同經緯度的地區春天到來的月份都不一樣，甚至光是一個日本，櫻花盛開的時間都不相同，奚雯的春天來得很晚，但終究還是來了。

晚春也還是春天。

番外二　顧衍的皺眉小松鼠

一般而言法學院的女生居多，顧衍作為新生入學後，毫不意外延續國高中的體驗，不出一個禮拜，就被不少女生明裡暗裡示好或者搭訕了，有些活潑主動些的，甚至很直白地問顧衍是不是單身，要不要考慮一下自己，顧衍每次都是禮貌而委婉地一一拒絕。

他其實沒有在大學期間談戀愛的打算，倒不是因為已經有了明確的未來規劃，恰恰是因為對未來仍舊不確定，是去留學還是直接入職姊姊所在的事務所，顧衍至今還沒有決定好。

因此他不想戀愛，因為一旦戀愛，就要對另外一個人的人生一起負責了，顧衍不希望因為畢業時兩人不同的發展路徑，導致需要其中一方犧牲自己委曲求全，也不希望因為這樣的現實不得不分道揚鑣，他覺得不能走到最後的戀情是沒有任何意義的，是單純的浪費時間。

顧衍第一次注意到齊溪是在學校的圖書館。

宿舍裡的室友喜歡一起呼朋引伴打遊戲，顧衍覺得有些吵，他喜歡睡覺，覺得一天需要睡滿十二個小時才有精神，因此索性直接來了安靜的圖書館，找了個舒服的靠窗座位趴著睡覺。

然而他沒想到即便躲來了圖書館也不能安靜——因為坐在他不遠處的一個女生。

這個女生確實是來圖書館看書的，並沒有找人交頭接耳或是發出什麼大的動靜，可樹欲靜而風不止，她的周圍像是有什麼磁場一樣，彷彿一個知名觀光景點，總是不間斷地有男生來「打卡」——

「同學，不好意思，我手機沒電了，能借一下妳的充電線嗎？」

「同學，妳是不是法學院的啊？我看妳在做法學的習題集，我有點想轉系學法律，能不能加個好友，以後你們有課的時候我去旁聽？」

「我剛才出去買飲料多買了一杯，同學妳要不要？」

「我看妳還帶著一本容大學生手冊，所以是今年的新生吧？我已經大三了，對學校很熟悉，要不要帶妳轉轉介紹下我們學校？」

顧衍原本趴著閉目養神，但被耳邊不間斷的聲音愣是吵得有些受不了，他不得不抬起頭循著聲音望去，才看到了那個「觀光景點」。

坦白來說，這樣一眼過後，顧衍能理解為什麼對方成了眾多男生樂此不疲來打卡的「知名景點」了。

那女生長得非常漂亮，長髮如瀑，未施粉黛，但皮膚透亮白皙，眼睛的生相也很美，眼角微微上翹，是個非常含蓄的桃花眼，望向人的時候，即便是迷茫，也像是含了情，是非常典型的美人相，但要說最特別的，顧衍覺得還是對方眼神裡隱隱的強勢，她低頭的時候，看起來像是油畫裡的靜態美人，讓人生出欣賞的心，但一旦靈動的眼睛轉起來，偏向媚態的眉眼之間多了一分英氣，美得不再空洞，不再脆弱，倒有些攻擊性。

不過，她是法學院的嗎？還是今年和自己同屆的新生？

顧衍想了想，對此並沒有印象，但如果是這種長相的同學，他覺得自己看過一眼以後是忘不掉的。

於是他在宿舍的群組裡傳了則訊息——

『我們法學院之前有誰沒來報到的嗎？』

張家亮幾乎是秒回了顧衍的訊息：『有的有的，是個超級美女，齊溪，好像因為生病了，所以開學第一週請假了，剛剛才回了學校，我已經打聽過了，容市在地人，單身！』

顧衍沒再看群組裡別的討論，他關上了手機螢幕，對此沒有太多興趣。

這個齊溪漂亮是挺漂亮的，不過這種漂亮的女生很快就不會是單身了，因為如今來齊溪這個「景點」觀光打卡的人裡，確實不乏一些長得不錯的男生。

顧衍覺得自己可能得換個位子睡覺。

只是他還沒站起來就見不遠處的齊溪先站了起來，她臉色挺不好看，跑離了座位片刻，再回來時，手裡拿了一塊硬紙板和一支筆，顧衍見她低頭在紙板上寫了什麼，然後很快抿唇把這塊紙板在自己座位旁邊的桌面豎了起來。

「請勿打擾本人女朋友念書，此位有人，亂搭訕我回來揍人。」

果不其然，這塊牌子豎起來後，雖然也還有搭訕的人，但大幅下降了，大部分來到齊溪桌前的男生，也在看到她身邊那塊牌子後訕訕地摸摸鼻子走了。

但還有部分勇士不死心，雖然沒搭訕，但開始塞紙條或信封給齊溪，不過齊溪大概真的很煩被打擾，她的做法更冷酷無情了——她從不遠處搬了個紙簍來，一旦收到紙條或者信件，直接不留情面地往紙簍裡扔掉，擺出了「誰也別想打擾我念書」的姿態。

如此重複了幾次，這個「熱門風景區」終於憑藉著自己的努力，把所有「遊客」都趕跑了。

顧衍看得有些好笑。

經歷了這一個小插曲，顧衍也不睏了，索性不睡了，他就趴在桌上，盯著對面齊溪的臉放空。

不少人來圖書館的動機並不純粹，齊溪卻真的是來念書的，她像在做什麼案例分析題，做得很投入，大概是遇到了一道做不出的題，她漂亮的眉毛皺成了一團，非常苦惱的樣子，嘗試了幾次後，像還是沒辦法確定怎麼分析是對的，她連腮幫子都氣得鼓起來了，像是一隻被人陡然搶走了儲藏好過冬的堅果的小松鼠。

陽光透過圖書館的玻璃窗灑下來，在桌上打出一整塊長條形的光斑，隨著太陽移動位置，有一小條便灑向了齊溪的側臉，把她原本就白到發亮的臉，襯托得更加透亮。

她好像還是沒找到那道題的答案，眉頭仍舊不甘心地皺著，頭頂上細小茂密的絨毛在陽光下變得更加明顯，像是一個個不屈服的小靈魂，根根炸裂，在陽光下讓她整個頭頂變得毛茸茸的，原本透白的臉上因為陽光的照射而漸漸變得有些紅，然後很快的，她的額頭微微沁出了一些汗珠——陽光直射下，她坐的位子變得有些熱了。

然而齊溪卻毫無知覺一般，她還是皺著眉盯著手裡的案例集，完全沉浸在解題思緒的分析裡，像是完全無暇顧及其他，好像鑽進了只屬於自己的世界，像一隻發現自己洞裡儲存的堅果被偷以後，努力思考犯罪嫌疑人是偶爾來拜訪的啄木鳥還是隔壁猴子的小松鼠，明明也破不了案，但還堅持不懈試圖找回自己的堅果。

就很可愛。

顧衍的心跳是在那一刻變得快起來的，這種快來得莫名，像是一段旋律裡突然逐漸加快的節奏，甚至有些突兀，也讓顧衍變得措手不及。

明明陽光沒有照射到顧衍身上，但顧衍覺得自己好像也變得有些熱起來，原本他可以毫無心理負擔地盯著齊溪漂亮的臉發呆，然而這一刻之後，他發現不行了，他好像沒有辦法突破心理防線再那麼正大光明地看她。

而他開始好奇齊溪在做的那道案例題，到底是什麼問題讓她皺眉成這樣。

顧衍知道自己不應該多管閒事，但他好像忍不住。

等齊溪起身去廁所時，他站起來，生平第一次，像是做賊一樣，在忐忑的心跳裡狀若自然地走到了齊溪的座位邊，然後看向了她攤開放在桌上的案例題集。

不用找，就能知道齊溪在為哪道題苦惱，因為她在那道題周圍畫滿了憤怒的小人臉，還有一些賭氣的話，一堆的驚嘆號。

顧衍有些失笑，他低頭看了這道題一眼，想了下，然後在齊溪的計算本上，簡單地寫下了解題思緒和可能存在的盲點。

因為不想被人發現，顧衍做這一切時非常緊張，字跡也寫得非常潦草，完全不像他平日的字體，他囫圇寫完後，在齊溪畫的憤怒小人旁邊畫了個笑著的叉腰小人，才飛速離開了齊溪的座位。

片刻後，齊溪又一臉不高興地皺著眉回來了，她像是準備繼續死磕這道題，然後坐下片刻後，她望了計算本一眼，再看了題目一眼，突然愣了愣。

顧衍以為這個時候，齊溪會去找到底是哪個人趁她離開為她解決了這道題，只是齊溪這個人腦迴路好像永遠讓顧衍琢磨不透，她竟然皺著眉盯著計算紙上顧衍寫下的思緒想了想，片刻後，像是豁然開朗一樣，眉頭不皺了。

她笑了起來。

這一刻，顧衍覺得好像整個圖書館裡的陽光，都不如她的笑容來得燦爛。

顧衍的心跳變得更加劇烈，在安靜的圖書館裡，他甚至懷疑這麼大的聲響都能直接引起齊溪的注意。

可惜齊溪沒有。

她甚至連好奇是誰幫她解題的模樣都沒有，只是立刻翻開下一頁，開始做下一題了，像個冷酷的做題機器。

第一次，顧衍變得有一些失落，他甚至開始有點生那本案例題集的氣。

有這麼引人入勝嗎？

顧衍覺得有點不可思議。

那一天，他假裝去買東西、裝水、上廁所，一共經過了齊溪的桌子十幾次，然而只有一次，齊溪抬頭看了他一眼，但她的目光甚至沒有停留，很快又皺著眉垂下視線去攻克案例題了。

齊溪根本就沒多看他哪怕一眼。

這並沒多糟糕，因為齊溪甚至可能還不認識顧衍，但糟糕的是，顧衍發現，他每次經過齊溪身邊的時候，都希望她能抬頭看他。

如果對方是這個女生，那顧衍覺得他也不是不能破壞掉大學不談戀愛的原則，畢竟整個容大法學院裡，能比他更會解法律案例分析題的男生不多，他必須責無旁貸地站出來，以免齊溪每次都皺眉得像丟了松果的可憐松鼠。

畢竟顧衍是很喜歡小松鼠的。他不忍心讓小松鼠這樣皺眉。

番外三　顧衍的勇敢小松鼠

顧衍對齊溪的關注就是這樣不知不覺間開始的，等他意識到的時候，他已經開始習慣性地追尋齊溪的身影了，不管是在必修課上，還是在其餘選修課上，顧衍甚至不自覺地選了和齊溪一模一樣的選修課，而齊溪選了哪些選修課的資訊，則得益於顧衍八卦的室友張家亮——

「我們班那個大美女齊溪，選修課選了通俗言情小說研究，為了跟緊美女的步伐，我決定也選那堂課！等開放選修課搶課系統的時候，我可要第一時間蹲守，因為這堂課很熱門！聽說好多女生搶著選，因為上課就是老師介紹當代的通俗言情小說，每節課安排的作業就是去看小說，你們也知道，女生就喜歡看看那種風花雪月的……」

張家亮說者無心，但顧衍聽者有意，等選修課搶課系統開放的時候，他特地回了家，利用家裡網速碾壓學校的優勢條件，順利搶到了這門通俗言情小說研究課，反倒是嚷嚷著要利用選修課和齊溪製造偶遇的張家亮鎩羽而歸。

顧衍選課的時候沒什麼感覺，但等正式上課了，才發現情況有些不妙——這門課，來選修的基本都是女生……

作為少數幾個男性學生，顧衍又是那樣的長相，自然受到了瀕危動物般的關注。

但顧衍後知後覺的尷尬在見到齊溪時都蕩然無存了，張家亮至少有一點沒騙人，齊溪確實選修了這門課。

其實她選擇這門課，顧衍是有些意外的，因為他總覺得，齊溪是那種對念書以外的事完全不在乎的類型，她的腦子裡也應當不是什麼言情小說裡的風花雪月，畢竟如果真的憧憬小說般的愛情，她早有無數個可以隨便點個人實踐的機會了。

不過很快，顧衍就知道齊溪選這門課的理由了——這門課的老師點名非常寬鬆，而歷年來給期末成績分數又非常高。

顧衍最終只在第一節課時見到了齊溪，後面每一次，齊溪都沒有來，她都讓一起選這門課的朋友趙依然代為喊到了，而她自己則跑去圖書館裡繼續皺眉看案例了。

其實這門課對顧衍來說也完全是浪費時間，他對言情小說一點興趣也沒有，來上這門課還會附帶收到一些小紙條和情書，不得不花時間拒絕並安撫抬愛他的女生，但顧衍每一次還是會來，因為他總是期待，萬一哪一節課，齊溪也來了呢？

但齊溪沒有。

顧衍知道自己對待齊溪的方式非常被動，他一個人默默地等著，甚至沒有讓當事人知情。他此前沒有戀愛過，因此也不知道自己對待感情是不是就是這種沉默的類型，但他確信對待齊溪最好的方式是這樣的等待，因為光是他，就見識過了太多齊溪對待那些向她表白的男生的冷酷態度。

她對待念書的熱情也比對待男性強。

除了認真上課聽講必修課外，其餘時間她非常質樸地熱愛著去圖書館念書，幾乎不太參加學院裡的文娛活動，唯一最積極的便是每次考試放榜後去公告欄裡看名次。

顧衍也是這時決定要成為那個放榜時會被齊溪關注的人，因為他發現不論自己參加多少活動獲得多少獎項，在齊溪身邊狀若不經意地來來回回多少次，齊溪都不會關注自己，讓她目光裡只有自己的唯一方式，只有壓過她，成為比她成績更好的那個第一名。

很久以後，面對齊溪的質問，顧衍故作輕鬆地表示當第一名其實很容易，但實際上他騙了齊溪，根本不容易，要比過齊溪成為第一名，要讓齊溪記住自己的名字，要讓她的眼裡只有自己，並不是那麼簡單的事，因為齊溪的成績遠比顧衍想的要好，也比顧衍想的更努力，這隻小松鼠確實不是普通的松鼠，顧衍每一次考試，也都耗費了很大精力。

但為了讓齊溪記住自己，他總是表現得很輕而易舉，常常在圖書館裡睡覺，參加更多的文娛活動，但實際上每次週末一旦回家，顧衍都會拚命地學，原本每天都需要睡滿十二小時，如今為了齊溪，也只能壓縮睡眠時長了。

他能成為法學院的第一名，能被同學和老師交口稱讚，其實真的離不開齊溪，因為她總是卯足了勁在後面追趕鞭策，顧衍才變得比原本更加優秀。

而也因為齊溪，顧衍知道自己未來的方向了——他決定拒絕自己姊姊的邀請，選擇出國留學。

因為齊溪會去。

要是以往，顧衍很難想像，自己會因為一個暗戀對象就改變自己人生的重大決定，然而當事情真的發生，他甚至一點也沒為自己的行為驚訝，只覺得一切再理所當然不過。

這份單方面的情愫遠比顧衍想得持久——他原本也以為或許只是一時的，但齊溪總有辦法讓顧衍越來越在意。

大一學年結束時，原本帶顧衍和齊溪這一屆的輔導員因為遠在外地的母親重病，因此決定辭職回老家陪伴母親治療，因為這位輔導員非常平易近人，平時和學生們關係很好，臨別也非常捨不得這份工作，因此全體大一學生為他舉辦了一場歡送宴，這場宴會法學院全體大一學生都參加了，包括齊溪。

這幾乎是整個大一期間，齊溪唯一參加的集體活動了。

顧衍很喜歡那位要離職的輔導員，對他的離職也很不捨，然而因為齊溪，他變得有些沒良心的默默期待著這場離職宴會。

離別宴時，齊溪確實來了，她像是剛從圖書館裡趕過來，整個人有些疲勞，自以為趁人不注意地打了好幾個連天的哈欠。

顧衍知道，為了明天最後一場法理學的期末考，齊溪前幾天都去夜間自習室熬夜了。

現場因為輔導員的離職，多少有些傷感的氣氛，有男生帶了好幾箱啤酒來，因為離別，這些剛成年沒多久的大一生們，好像總要喝點酒才能消解和人告別的情緒，也不知道是誰開的頭，但最終每個人面前都被放了一罐啤酒。

「今天我們就不醉不歸！每個人都得來一罐！」

也不知道是誰帶頭起鬨的，總之最後一場離別宴，變得像是拚酒會了，也許是情緒上頭，也許是酒精上頭，一輪啤酒後，很多人都變得有些失控了——

有抱著輔導員嚎啕大哭的，也有興奮到拿著啤酒瓶當麥克風唱歌的，還有傻笑的，還有……

還有像齊溪這樣假裝喝了的。

顧衍酒量不差，喝得也不多，因此非常清醒，他親眼目睹齊溪是怎麼「作弊」喝酒的。

雖然現場有人帶動起了勸酒拚酒文化，但無一例外沒有強迫女生喝，甚至因為輔導員在場，大家都是勸說女生別喝酒的。

但齊溪還是拿起了啤酒，她像是自己有些好奇，湊近聞了聞，然後很快有些嫌棄地皺了皺眉，然而像是抵擋不住自己的好奇心，尤其是當她看到周圍幾個喝酒的男生一臉上頭以後。

然後顧衍看著齊溪拿了一根之前喝果汁的吸管，插進啤酒裡後，小心翼翼抿了一口，幾乎是很小很小的一口，因為齊溪很快被啤酒那微苦的味道逼得整個眉頭皺緊在一起了，這口感對齊溪來說大概真的太難喝了，她連小巧秀麗的鼻尖彷彿都快要和眉毛眼睛皺成一團了。

又像是一隻倒楣松鼠了。

顧衍剛想輕笑，就見齊溪又小心翼翼不信邪一樣地喝了一口，然後這一次，這一口大概喝得有些多，酒味辣得她直接吐了下舌頭。

明明齊溪吐舌頭的動作只有一瞬間，她很快就收斂了臉上的表情，左右看了眼，以為沒人看見，立刻恢復了平靜自若。

只是齊溪臉色很快恢復如常了，顧衍的心情卻沒辦法恢復平常。

他又聽到自己心跳的聲音了。

而也是這時——

「吳英，我真的喜歡妳很久了，妳就答應我吧！讓我親一下，以後妳就是我的女朋友，妳就是我的女王，想讓我幹什麼就幹什麼，我就給妳做牛做馬！但今晚我就要和妳把話說清楚！和妳一吻定情！」

雖然大部分人都圍在輔導員身邊說著依依不捨的惜別話，可也有例外的。

比如在不遠處的角落裡，在嘈雜的背景聲裡有人告白的聲音傳來了。

顧衍循著聲音看去，才發現表白的是他們隔壁宿舍的黎勇，黎勇是校籃球隊的，人高馬大，此刻正把一個嬌小的女生吳英堵在牆角。

他顯然有些喝醉了，臉色緋紅，明顯的酒精上頭，人也變得不大理智，嗓門奇大，恰好此時現場因為送別輔導員氣氛熱烈才沒有引起大部分人的注意。

這要是放在平時，顧衍自然不會多管閒事，畢竟別人告白的對象又不是齊溪。

只是今天似乎有些不同。

吳英被堵在牆角，臉上已經是窘迫和難堪，還有明顯的不安和慌亂，然而喝多了的黎勇根本分辨不出女生的這些情緒，他大概因為酒精甚至分不清現實還是夢境，正大剌剌地要把自己的嘴往人家女生的臉上湊。

這就不是告白，是騷擾了。

顧衍皺了皺眉，他決定上前拉開黎勇。

只是讓他沒想到的是，有人比他先一步上去替吳英解了圍——

是齊溪。

她丟下了啤酒，皺著眉衝上前，明明身材在黎勇的對比下簡直嬌小到可以忽略不計，但也不知道這隻小松鼠哪裡來的勇氣，她逕自從背後拉開了黎勇。

黎勇被打斷了告白，自然覺得齊溪壞了事，憤怒在酒精下也更加發酵，他瞪著齊溪，顯然準備對齊溪發火遷怒。

齊溪或許不知道，但顧衍大致知道黎勇這人的脾氣，他平時挺正常的，只要一喝酒，就容易發酒瘋，性格變得十分衝動，非常容易和人起衝突摩擦，光是和他自己的室友，就因為他這酒後很衝的性子差點打起來三次了……

喝醉酒的人可沒有什麼不打女生的理智。

顧衍的心裡變得非常緊張，他幾乎是立刻快步準備上前，生怕自己晚去半步就讓齊溪受到傷害。

只是……

只是面對憤怒狂暴邊緣的黎勇，齊溪臉上連害怕也沒有，她笑嘻嘻的，拉了拉黎勇的手，然後朝著輔導員那邊大喊道：「哎呀，大家快來看啊！黎勇竟然背著我們大家偷偷表白啊！哈哈哈哈，大家快來見證下，黎勇怎麼可能這樣呢，表白怎麼能喝醉了表白呢？」

被她這麼一打岔，吳英很快就逃出了黎勇的桎梏了，她感激地看了齊溪一眼，很快跑進了輔導員身邊的同學群裡。

黎勇也有些茫然，他可能還沒反應過來。

而等輔導員和圍著輔導員的同學們都轉過身來，齊溪便表演起了一齣「仗醉行凶」：

「哎呀黎勇，你剛才是不是要和我表白啊？」

「不好意思啊，我的最愛是念書，男人只會影響我拔刀的速度，所以對不起啊你沒戲！」

明明沒怎麼喝酒，但反正仗著沒人知道，齊溪非常敬業地在眾人面前扮演了也同樣喝多了的形象。

黎勇顯然想解釋：「欸，不是？我不是要妳表白啊，我是要和……」

只可惜齊溪沒給他說完的機會，她大力拍了拍黎勇，「別愛我，沒結果！」

這種告白的插曲，自然很引爆氣氛，其餘同學都起鬨起來，誰也沒當真，反而都哈哈大笑起來，黎勇被這麼多人圍著，看齊溪的樣子也像是喝多了，自然也沒辦法發作，最後這一場原本讓當事人不適的表白，就這樣吵吵鬧鬧嘻嘻哈哈變成了一個轉瞬即過的小插曲。

除了吳英外，別人都沒有看到。

但顧衍看到了。

他的小松鼠比他想像得更加勇敢和機敏。

敢。

她偷嘗啤酒吐舌頭時的俏皮，她見到同伴有難時的挺身而出，她遇到困難急中生智的果敢。

齊溪沒有聲張也不求讚美，可顧衍卻都看見了，他又慶幸只有他看見了。

因為大部分人只看到了齊溪好看的外在，根本不知道齊溪除此以外還有別的東西。

而顧衍知道。

番外四 法律直播間的宣誓主權

齊溪被顧雪涵叫進辦公室時以為是要分配什麼大案子，畢竟工作一段時間以後，不論是齊溪還是顧衍，都慢慢進入了律師的狀態，逐漸從學校過渡進了職場的角色，工作各方面能力都得到了很大的提升，原本很多案子齊溪和顧衍在想處理方案時都沒辦法想得很全面，因此多數案子是由顧雪涵帶隊，齊溪和顧衍一起合作完成。

但經過一段時間的鍛鍊後，團隊裡的工作模式已經漸漸變化成一些案情簡單的案子，顧雪涵都直接交給齊溪或者顧衍單獨跟進，她最後負責全局。

而這一次，顧雪涵是把齊溪和顧衍一起叫進辦公室的。

所以是複雜又有挑戰性的大案子？

齊溪內心有些激動，她開始摩拳擦掌起來了。

雖然辦理簡單的案子讓她心理壓力不會那麼大也不那麼辛苦，但相應的，簡單案子帶來的鍛鍊和進步也沒有複雜難案那麼大。

只是就在齊溪非常期待辦大案時，顧雪涵的話卻讓她失望了——

「找你們來不是為了案子的事，你們兩個近期辦的案子都可圈可點，辦完案件後寫的辦案心得我也看了，非常用心。」

顧雪涵笑了下，「這次叫你們來，單純是因為律協又下任務給我們所了。」

律協的任務？

「是之前的普及法律宣傳影片。」顧雪涵雙手交叉，抿了下唇，「你們此前的兩期影片反響非常好，近期律協那邊為了跟上最新的宣傳方式，最近在做一個法律直播間活動，主旨是希望把諮詢臺搬進直播間，利用網路加法律的方式，用更讓年輕人喜歡的方式把法律知識普及出去。」

顧雪涵喝了口茶，「這個活動容市幾乎中型規模以上的所都會參加，競合作為精品所也被選中了，一般來說這類網路直播法律諮詢，是會要求資深一點的律師參加的，但由於你們兩個此前在普及法律影片裡非常出圈，律協那邊覺得讓你們兩個搭配一起主持一期普及法律直播間效果會更好，所以希望我來徵求下你們的意見。」

這都是律協點名的任務了，沒特別的難處自然不能拒絕，而更重要的是，齊溪對這種形式的普及法律諮詢直播活動也有些躍躍欲試。

以往她在學校時也不是沒參加過學校籌組的送法進社區活動，去社區擺過攤，在學校發過普及法律傳單，可這樣的行為能輻射到的人群畢竟有限，如果能利用直播的形式，效果是不是可以更好？

齊溪有些心動，她轉身剛打算徵求下顧衍的意見，顧衍就先一步開了口：「妳不用看我，妳想做我就配合妳做。」他笑了下，「反正我最近的工作也沒那麼飽和。」

見兩人都沒有異議，顧雪涵就一錘定音敲定了這件事，「那我就答覆律協那邊了，因為你們此前普及法律影片做的都是婚戀方向的，所以你們這期直播間的諮詢主題也仍舊是婚戀方向，鑒於你們兩個人目前只是訂婚還沒結婚，婚姻內的很多事可能也沒那麼多經驗，所以我會和律協那邊溝通，把你們的諮詢主題就定在戀愛這上面，比如戀愛裡發生的一些法律糾紛，諸如情侶間的借款糾紛、同居糾紛之類，都可以諮詢。」

顧雪涵笑了下，「我想這沒問題吧？」

這當然沒問題，畢竟戀愛期間能涉及到的法律糾紛還是相對簡單，不會有撫養、贍養以及財產分割之類的撕扯，相對是更清晰明瞭好回答的，齊溪和顧衍兩個人一起配合直播的話，難度應該不大。

接受好了新任務，齊溪本來要和顧衍一起離開顧雪涵的辦公室，只是臨走前，又被顧雪涵叫住了——

「你們兩個剛才進我辦公室是不是以為有疑難大案來承辦了所以很期待，結果只是律協的這個直播任務有些失望？」

齊溪下意識想否認，只是顧雪涵沒給她機會。

她逕自道：「其實你們有沒有想過？不是案子變得越來越簡單了？」

顧雪涵看向了齊溪和顧衍，「我給你們的案子難度其實一直在根據你們的能力加大，工作量也是在加壓的，就像做數學題，一開始是一位數的加減法，漸漸到兩位數，然後是三位數，學會加減法後開始學乘除，你們自然而然地一步步學習了，可能意識不到自己的進步，但回過頭來，就會發現，不知不覺間已經會解很多數學題了。」

「等到有一天，你們可能會發現，對你們而言已經沒什麼案子稱得上大案了。」

等出了顧雪涵的辦公室，齊溪內心還在回想著她剛才的話。

她有些激動地拉了拉顧衍的袖子，「所以我們是不是快出師啦？」

顧衍有些不明所以，「妳這麼激動？出師了想幹什麼？」

礙於在辦公室，齊溪也不能太放肆，她只能湊近顧衍，撒嬌地輕聲說：「等我們出師了，我們就再在競合積累幾年經驗，然後欺師滅祖，出去自己開個夫妻店呀。」

顧衍愣了愣，臉上是不可置信的表情，就在齊溪以為他要笑罵齊溪對顧雪涵這個恩師沒良心之際，卻聽到顧衍道——

「妳怎麼和我想到一塊去了？」顧衍驚喜道：「坦白說，我也一直想從我姊這裡學完本事以後就出去自立門戶，做下屬還是不如做老闆來得舒坦。」

他說到這裡，有些不好意思道：「因為我姊在妳媽媽的事情上幫了很大的忙，我怕妳對我姊有很強的濾鏡，一開始還不好意思和妳提，不過妳既然也這麼想，那我就放心了，現在我們努力跟著我姊學，以後師夷長技以制夷，出去單幹以後還可以搶我姊生意……」

齊溪乾笑著打斷了顧衍，「這樣對顧律師來說我們會不會太沒良心了？」

天地良心，她剛才那麼說只是開玩笑的！

可顧衍卻毫不在意地笑了下，「我姊雖然升par了，但還不能算是競合所的資深合夥人，一個律師為了成為資深合夥人，為了變得更強，有時候還是需要一些挫折的。」

「……」

對這個計畫，顧衍顯然已經憧憬了很久，因此越說越激動，片刻後，他甚至都開始和齊溪分享一些未來事務所的人事架構的設想了……

齊溪看了看顧衍，再看了看辦公室裡的顧雪涵，深切地懷疑這兩個人是不是親姊弟，但聯想一下自己從前在畢業典禮上對顧衍做出那樣的事後，顧雪涵竟然想找一份影片收藏以此嘲笑顧衍，又覺得這兩個人確實是親姊弟。

不過很快，齊溪和顧衍就沒有心思想別的亂七八糟的未來欺師滅祖計畫了，律協的工作人員很快跟他們兩個對接，開始安排直播活動——

「你們不用緊張，我們前期已經做過主題宣傳，你們這期來直播間互動的應該是學生居多，多數會提一些分手後產生的法律糾紛疑問，只要正常作答就好。」

這位律協的工作人員正是此前對接齊溪和顧衍拍攝普及法律影片的，相對來說和兩人已經算熟稔，關照了齊溪和顧衍兩句，又講解了下直播間的一些運行規則，才開始安排直播。

雖然工作人員也事先告知了齊溪和顧衍他們的人氣不錯，但等直播間一開，看著瞬間湧入的十幾萬人，齊溪還是感覺到了緊張，幸而不是她一個人直播，齊溪看了坐在她身邊的顧衍一眼，對方顯然對這樣的陣仗也有些意外，但兩人彼此對視了一眼，都在對方眼裡看出了寬慰和對對方的關心，齊溪也不知道怎麼回事，她和顧衍好像一到工作上就特別默契，兩人相視一笑，好像就都放鬆下來了。

坦白說，一開始接受直播法律諮詢間的任務時，齊溪以為雖然會有問題，但不會那麼多，然而現實是，來參加直播諮詢的人非常多——

『我和我前男友談了十年戀愛現在分手了，他現在跟我要回這十年裡每年生日和紀念日送我的東西，可這不算贈與嗎？』

『我之前相親的時候和女方談得挺好，我們家也按照女方要求給了八萬八的彩禮，可現在女方反悔不肯結婚了，這個彩禮我能要回來嗎？』

『我是屬於不知情的情況下當小三了，結果我得知他已婚時已經懷孕了，現在需要去流產，可以找渣男主張損害賠償嗎？』

齊溪因為早有準備，回答起來得心應手——

「交往期間送的小額禮物確實一般認定為贈與，不能要回，但如果額度較大的，比如房和車這些，尤其是可以推斷贈送房和車是有未來結婚目的的，那麼會被認定為附條件的贈與，如果你們分手，諸如房和車之類的大額禮物是需要返還的；對於彩禮也是同樣，彩禮的目的是締結婚姻，一旦因為對方的原因退婚，是可以要求返還的。」

「如果能證明被小三的情況，並且男方還導致不知情的女生懷孕導致不得不流產的，可以要求賠償並且還可以要求男方登報致歉……」

這場直播持續兩個小時，除去前期一個半小時和顧衍的輪流答疑時間外，最後半小時則是為了拉近和直播間觀眾距離的自由問答時間，問答的類型不限於法律，可以就戀愛裡的疑惑等進行討論。

果不其然，一到這個環節，氣氛就熱烈多了，齊溪解答了幾個小女生戀愛裡的疑惑問題，結果也不知道怎麼回事，問題突然扯到了她身上。

『姐姐，妳這麼漂亮，一定有男朋友吧？那我好奇想問問，像妳學法律的，口才又好，邏輯也強，萬一遇到糾紛矛盾，也完全可以乾脆俐落地用法律武器保護自己，那妳的男朋友戀愛時會不會有壓力，覺得妳太強勢，或者和妳在一起氣勢被壓過一頭呢？』

問問題的女孩子看起來很苦惱：『我雖然不是學法律的，但因為成績比男朋友好，男朋友現在說覺得和我在一起太累了要分手……』

齊溪剛想安慰女孩回答這個問題，結果顧衍先一步開了口。

他看了齊溪一眼，「據我所知，她的男朋友是沒有任何心理壓力的，也不會覺得她強勢，只覺得她很優秀，並且為了能配得上她，也只想著不斷努力讓自己變得更好，可以和她並肩站在一起。」

顧衍的臉上並沒有特殊的表情，聲音也很平靜，但說的話很中肯，「所以如果妳的男朋友表示妳太優秀了要分手，那只有兩種可能：第一種，他只是以此為藉口，很大機率是對妳沒有感情了或者在外面有了別人，想要分手但找不到妳的差錯，於是拿妳太優秀了自己有壓力來說事；第二種就是他說的是實話，但這種情況，只能證明他很垃圾，因為真的愛一個女生，是願意為她努力變好一起進步的，而不是要求女生變差勁和自己一起隨波逐流。」

顧衍又看了齊溪一眼，笑了笑，「所以這邊建議妳換一個和妳一樣優秀的男朋友就好了。」

明明顧衍沒有點破，也只是輕飄飄地看了齊溪兩眼，但齊溪還是覺得有些臉熱，其實顧衍和她都訂婚了，可直播間裡這麼委婉表白，齊溪還是覺得有些不好意思和害羞。

他的回答贏得了直播間裡不少女生的贊同，但也有更多人開始好奇起來——

『那能問問律師小姐姐的男朋友是幹什麼的？從事什麼行業的呀？好奇！』

『好奇＋1。』

『有點想八卦。』

『好可惜，我其實一直覺得直播間裡的律師小姐姐和律師小哥哥好般配，覺得好有CP感，結果律師小姐姐另有男友啊……』

『那請問律師小姐姐的男朋友認識直播間的小哥哥嗎？聽意思都是熟人？能八卦下是什麼樣的男生嗎？』

『既然直播間的兩位不是一對，那我能問問律師小哥哥單身嗎？你們兩位的顏值真的是律政界天花板了耶！』

這一次，又是顧衍搶先回答了這一波問題——

「其實嚴格來說，她有的不是男朋友，是未婚夫。」他笑了下，「職業也同樣是律師，至於我？我不是單身，我也訂婚了。」

因為顧衍的自爆，彈幕果然又飛起了——

『不是吧？怎麼一個兩個都訂婚了？你們學法律的都這麼早訂婚嗎？』

『果然長得好看的早就被別人下手了，哭。』

『？？？你們沒發現一些問題嗎？？？這個小姐姐訂婚了，這個小哥哥也訂婚了，小姐姐的未婚夫也是學法律的，誰告訴我不是我想多了？』

『這麼一說，確實很可疑啊……』

對這些彈幕，顧衍的回答直接乾脆俐落：「是的，謝謝大家祝福，我們確實訂婚了。」

？？？

這下別說彈幕，齊溪也滿頭問號起來了。

她看了看身邊一本正經的顧衍，都不知道從何吐槽了。

誰在給你祝福啊？怎麼自說自話呢！彷彿還是別人給你祝福了你才公布似的！還不是你自己想對外公布嗎？心機男！

只是雖然心裡腹誹得厲害，但齊溪也沒有真的生氣，而現在的彈幕也確實都是一串祝福的話語了。

顧衍看起來早就想公布，他這次真心實意對祝福的人道了謝，然後一本正經地再三強調道——

「鑒於我們都不是單身，是已經訂婚的人了，也希望大家不要再誤會，不要再在之前的普及法律影片下留言想要她的或者我的聯絡方式。」

「畢竟我們學法律的，吵架起來一般人都吵不過，所以還是找個勢均力敵的比較好。」顧衍的樣子挺認真的，「不過我們也不吵架。下面繼續回答大家的感情問題。」

齊溪算是看出來了，顧衍這是故意插播公布自己訂婚身分的，因為這男人在今早看了下此前普及法律影片下的留言，發現有很多想要齊溪聯絡方式的人，雖然當時他沒說什麼，這不，念念不忘必有迴響，還是上趕著來清理自己的潛在情敵了。

雖然後續很快又恢復到了正經的答疑時間，但等齊溪和顧衍一下播，齊溪在網路上隨便翻了翻，才發現她和顧衍此前拍攝的普及法律影片又被翻了出來——

『完了，知道這一對主角已經訂婚以後我再看這個影片感覺更搞笑了。』

『難怪當初覺得這兩人這麼有ＣＰ感，原來確實在一起了……』

而除了引起廣泛討論的普及法律影片外，在趙依然的提醒下，齊溪才知道自己和顧衍在容大的校內論壇上又紅了一次——

『驚！你們還記得法學院的顧衍嗎？他和當初在畢業典禮上怒斥絕對不會和他在一起的齊溪在一起了！』

『齊溪學姐：我就是全世界男人死了，也不會和顧衍在一起！結果……真香！』

『感覺他們真的是相愛相殺了！』

『不是吧不是吧，我早就覺得他們肯定會搞在一起的，以前齊溪看顧衍的眼神就一直怪怪的，感覺特別有氣勢，彷彿她不搞定這男人就誓不為人了一樣，她都不會這樣看別的男人，當時就覺得他們不對勁，果然搞一起了！』

最羞恥的是，顧衍也知道了這篇文章的存在，這傢伙不僅自己看，還要一邊看一邊讀留言。

一邊讀還要一邊揶揄地打趣齊溪：「妳看看，群眾的眼神是雪亮的，大家早就覺得妳看我的眼神怪怪的了。」

齊溪都快氣死了，她鼓著腮幫子，努力澄清道：「我那不是為了搞你，我那樣看你是為了壓過你一頭！成為第一名好不好！當時我的眼裡只有念書！你是我第一名道路上必須剷除的對手！」

「那現在妳的眼裡呢？」

「現在……」齊溪看著眼前顧衍溫柔的臉，湊過去親了他一口，氣勢恢宏道：「現在我決定，把你也納入我的眼裡了！誰叫你這人這麼礙眼次次拿第一名引起了我的注意呢？但從現在起，第一名就是我的了！」

顧衍愣了愣，「什麼？」

「你啊，你這個過去的第一名連人都歸我了，我不也是第一名了嗎？」

是了，顧衍點了點頭，他所有的一切，他人生裡所有最美好的情緒，他的時間他的心，確實都是歸屬齊溪的。

番外五　姐姐的套路與反套路

顧雪涵親自去心然生物和眾多被解僱的員工溝通，完全是出於意外。一般來說，這類集體訴訟中的初步調研和取證她都是交給齊溪或者顧衍去做的，只是很可惜，她的這兩位團隊得力助手因為剛新婚申請了婚假，導致未來將近半個月的時間裡，顧雪涵不得不面臨手下無人的窘境，很多事情都只能親力親為。

心然生物是一家生物醫藥企業，是隸屬於譚氏家族企業下的分支產業，在多年燒錢的投資下，從今年開始有三項標靶藥物獲得審批，可以生產進入市場，雖然未實現全面盈利，但已經獲得一億美元的E輪融資，此輪融資完成後，市場預估估值將達到十億美金。

照理說，心然生物發展勢頭這麼好，背後靠著的譚家又錢多到燒都燒不完，在企業法律合規方面應當會有全面的法務和律師顧問，別說商業領域合約上的糾紛會盡量規避，是不太應該出現這種低級的勞動合約糾紛的，尤其做了訪談後，顧雪涵才發現這些解僱確實都很有隱情。

心然生物於這個月初解僱了一批老員工，公司方面表明有證據證明這部分老員工存在互相代打卡冒領加班費的現象，持續時間長達多年，因此援引員工手冊裡的說法，白紙黑字規定了該類行為屬於重大違紀，可以進行單方面合法開除。

為此，心然生物也是這麼做的，一口氣開除了十幾個核心老員工，並且聲稱因為對方屬於重大違紀，不屬於心然生物單方面開除，不存在經濟補償金。

這些核心老員工的年薪都相當高，因此涉及到的經濟補償金也相當高額，為此產生了勞動糾紛。

而在開除這些核心老員工的同時，心然生物還把這幾個核心老員工正在研發的新藥產線全部砍了，產線上涉及到的操作工人和相關工作人員也一併遭殃失業了。

為此，這些被單方面解僱的勞動者便集合起來組成了一個維權組織，並且接洽到了顧雪涵這裡。

只是顧雪涵此次來溝通，才發現勞動者們嘴裡的事實完全是另一個模樣——

「律師，我們正常上班打卡工作，從沒有操作過什麼代打卡冒領加班費的事，代為打卡的事完全就是構陷。因為生物醫藥研發涉及到的機密資訊多，因此從幾年前，公司就打著為了防止機密資訊外洩的說辭，要求我們下班時必須把員工證留在座位上，第二天一早到了以後去前臺那裡自己領取，然後打卡進研發室。」

「沒錯，一開始我們也覺得挺合理的，還很方便，畢竟有些同事丟三落四的，常常早起忘記帶員工證，只是沒想到原來他收集員工證只是為了陷害我們，號稱我們打卡後冒領了加班費！薪水單裡的加班費明明是交通補助，之前我們問財務，財務都說為了公司做帳方便做成了加班費，因為金額沒差，到手的也是對的，所以我們也沒多想……」

幾個核心老員工都是生物醫藥領域的資深員工，顧雪涵其實有些理解不了為什麼會被心然開除，畢竟生物醫藥人才現在培養起來並不容易。

對於她的這個問題，幾個老員工義憤填膺地給出了解釋：「是因為我們不肯給譚衛翔回扣！他要求我們採購的生物製劑和材料是指定的關聯公司，不僅貨品品質差，價格還奇高，這還不算，他還要求我們從採購的價格裡讓他抽一點。」

「好些同事最後都沒辦法，最後只能屈從了，畢竟都是拖家帶口的，何況他也姓譚，我們能怎麼辦？往上檢舉有什麼用呢？他作為皇親國戚還不是一手遮天？」

譚衛翔雖然不是譚氏當前掌權家族的本家，但是是近親，早年和譚家掌權人關係不錯，當譚家掌權人身體抱恙時，就委派了他代為管理心然生物。

顧雪涵對於這點是知曉的，因此聽到這裡，多少理解了為什麼大部分員工只能屈從的行為。

「現在就剩下我們幾個頭鐵的，因為我們死活不肯同意做指定採購並且返回扣，譚衛翔就偽造我們重大違紀的證據把我們開除了。」

「沒錯，和我們一樣一起被砍掉的新藥試驗和生產線，也根本不是他口中說的錯誤方向，只要有時間和資金，我們一定可以攻克目前研發的新藥！」

顧雪涵剛想說話，就聽到人群裡有一個帶了點隨性的年輕男聲響了起來——

「那不是聽說公司新來了高管，職級比譚衛翔高，馬上會取代他嗎？為什麼沒有試試向他檢舉譚衛翔呢？」

顧雪涵循著聲音看去，才發現是個年輕的男生，乾乾淨淨的長相，很英俊，雖然穿的像個學生，年紀看起來也不大，但因為身高非常高，整個人站在人群裡，還是有些鶴立雞群的味道。

正在和顧雪涵抱怨譚衛翔的那位核心員工回頭看了對方一眼，一臉無奈地搖了搖頭：「年輕人，你是產線上被牽扯開除掉的吧？你沒接觸到管理層，所以你不知道，沒轍。首先，這譚衛翔也是譚家人，新來的空降老闆你知道是誰嗎？是譚家掌權人的小兒子，可這小譚總畢業才沒幾年，此前也沒聽說有什麼企業管理經驗，說不定根本不懂生物醫藥，就是個紈褲公子，畢竟到現在我們都不知道到底叫什麼。」

「就是，何況譚衛翔怎麼說也算他的遠親叔叔，你覺得他能為了我們這十幾個員工還有你們這群年輕人，去得罪自己有實權管得了事的叔叔？」

「更何況這小譚總到底是真的來管理的，還是空降來鍍金找點事幹躺著領分紅的，誰知道呢？」

這年輕男聲有一雙微微上挑的眼睛，看起來有些漫不經心，但某些角度又很認真，他像是不太信：「那萬一他人不錯，也很正義，看不慣譚衛翔那種要回扣的做派呢？」

核心老員工搖了搖頭：「你們年輕人就是天真，就算小譚總內心確實正義，那他那點資歷，還能鬥得過譚衛翔這種比他大了好幾輪的老狐狸？」

他說到這，看向了顧雪涵：「所以與其找小譚總，我們還不如找顧律師來得快，畢竟顧律師的案子幾乎就沒有敗訴的！」

大概因為他的誇讚，那個年輕的男生也看向了顧雪涵，他的目光不太避諱，大剌剌地盯著顧雪涵的臉看，實際上不太禮貌，但顧雪涵看對方的年紀也沒比顧衍大幾歲，外加在生產線上做操作工，恐怕學歷家境方面也不會太好，社會經驗算不上豐富也屬於正常，她不會和這種小男孩計較。

只是顧雪涵沒想到這男生還能語出驚人：「可她看起來也很年輕，你們為什麼信她不信小譚總啊？」

被人誇年輕對於一般女性來說都會高興，但對顧雪涵來說則完全相反，她非常討厭別人用她的年齡做文章，然後因為她年輕就質疑她的專業能力。

她幾乎有些動怒了，但最終還是克制了脾氣，看了那男生一眼：「請不要把我和小譚總相提並論，如果他真的有能力也有魄力想要改變必然被譚衛翔把持的局面，至少在這個微妙的裁員案件裡應該親自出現調查。」

「還有，你叫什麼名字？」

那男生愣了下，然後笑了，眼神的末梢帶了點桀驁：「我叫文西。」

顧雪涵在趕來這裡之前已經掃過了所有當事人的基本資料，她看向了對方：「這次涉及到的員工裡，沒有叫文西的。」

她這話一出，眾人便有些警惕了，該不是譚衛翔找了人安插進來想探聽他們的維權方案吧？

只是面對眾人的戒備，文西本人卻很放鬆，他聳了聳肩：「我確實不是當事人，我是代替我媽媽來的，妳可以查到我媽媽的資料，她叫朱香玲，是這次被開除的生產線裡負責清潔的。」

他這樣一說，眾人便鬆懈了下來：「你是朱姐的兒子啊？朱姐的病怎麼樣了？」

顧雪涵聽了個大概，才知道這位負責清潔的大姐人很和善，為人熱心，因此必然不少員工都和她很熟，只是朱香玲的丈夫早早就去世了，她自己在半年前確診了胃癌，一直在斷斷續續治療，如今還慘遭裁員，家裡情況也不好，此時不能親自來維權溝通，讓兒子代為來，恐怕是病情不允許。

只是……

顧雪涵打量了下這個文西，明明他確實穿著比較普通平價洗得發白的襯衫，牛仔褲甚至短了一截，一看就是沒長高之前的褲子，鞋子一看也很舊了，可顧雪涵還是怎麼看怎麼覺得有些違和。

或許是因為文西長得太好了，因此總覺得他天生並不像穿這些衣服的模樣，明明家境不好父親早亡母親還病重，但顧雪涵總覺得文西看起來像是非常優渥的家境裡才培養得出的男生。

但事實正相反，文西家裡確實很困難。

因為在顧雪涵花了三個小時對每個員工做了單獨訪談以及收集資料後，早就做完相關訪談的文西還等在門口。

他安安靜靜地站著，表情乖巧，以至於顧雪涵覺得他此前眼尾的桀驁一定是自己看錯了。

顧雪涵經過他的身邊，他拉住了顧雪涵的手。

顧雪涵幾乎是下意識就皺著眉想要抽離，她不喜歡和人這麼近距離接觸，尤其是陌生人，然而在她開口怒斥文西逾越的行為之前，文西的聲音先一步響起了——

「姐姐。」

他乖巧地看向了顧雪涵，又有些可憐兮兮的：「妳、妳能不能借我點錢？」

文西說完，很快就表現出了窘迫，看起來有些侷促和不安，聲音也變得小了起來，像是非常羞愧：「對不起，但我和我媽媽都好幾天沒像樣地吃過一頓飯了。」

顧雪涵並不是同情心氾濫的類型，但文西的樣子太可憐了，他雖然比顧衍大，但在此前的訪談裡，顧雪涵得知他比自己還小了三歲，因為家境不好，大學肄業，因此一直沒找到像樣的工作，如今又要照顧患病的母親，只能找零工打，如今又拉著自己的袖子，一臉泫然欲泣地喊自己姐姐。

顧雪涵畢竟也是有弟弟的人，多少對文西有了些愛屋及烏的同情。

她嘆了口氣，認命地拿出手機：「加了好友以後轉帳給你，回家好好照顧你媽媽，就當我借你的。」

「你可以放心，我會幫你媽媽討回公道。」顧雪涵朝文西笑了笑，「你對空降的小譚總可以不用報什麼期待，但你可以相信我。」

不知道是不是講到會為他的媽媽討回公道，文西的笑容深了些，他靦腆又乖巧道：「姐姐，謝謝妳，妳真好，妳是第一個肯這樣主動借錢給我的人，謝謝妳對我的信任，謝謝姐姐，讓我覺得人世間還是溫暖善良的人居多……」

顧雪涵這輩子最受不了的就是煽情，她見文西像是要抒發長篇大論的感謝致辭，立刻制止了對方，冷靜道：「我不是信任你覺得你一定會還錢，只是你媽媽的案子，我有信心贏，所以等拿到經濟補償金，你借我的錢也好，律師費也好，我都會在裡面扣，你不要亂感動了，做人現實點，人間沒有真情在。」

不等文西回答，顧雪涵面無表情地看了他兩眼繼續道：「你也是成年人了，媽媽病了爸爸不在了，也該扛起生活的責任了，不要天天在這裡搞得像上臺發表感動國家的演講似的，雖然你是個弟弟，但我也要提醒你一句，男人不要太矯情，會吃虧的，還容易沒人愛。」

顧雪涵說完，加了文西的好友，待對方通過後，直接轉了五千塊錢給對方，然後逕自越過文西，走向停車場，發動車子走了。

她走得乾脆俐落，因此不知道文西在她走後，笑著看了看收到的五千塊錢，表情有些微妙的複雜。

他打了通電話，沒過多久，一輛勞斯萊斯幻影駛到了不遠處，文西自若地走上前，鑽進了車裡。

司機的態度畢恭畢敬：「小譚總，我們去哪？」

譚文西笑了下，語氣卻是森然，臉上的表情早沒了此前偽裝的單純乖巧和可憐兮兮，而是充滿了桀驁不馴和狠厲：「去心然，找譚衛翔。」

雖然手底下沒了幹活的人，最近的工作量不得不變得有些多，多到快讓人焦頭爛額，但也不是沒有好事發生。

令顧雪涵非常意外的，心然生物的勞動糾紛案，她剛整理好相關陳述，針對每個人剛列出的證據補充目錄打算一一通知對方根據清單補足證據，結果心然生物的法務和人事部就主動對接了過來，表示此前的解僱程序上確實存在問題。

『顧律師您好，經過我們內部審查，此前涉及幾名員工的嚴重違紀核查有誤，我們經過重新調查，發現對方並無代為打卡騙取加班費的行為，因此將於近日在公司官網上對面臨不公正待遇的員工道歉，並且會嚴格懲處在本次事件裡造假構陷員工的涉事人員。』

打電話通知顧雪涵的法務部專員態度非常客氣：『您是這些被波及員工的代理律師，所以小譚總讓我直接和您溝通，關於後續的處理方案，我們這邊有兩套備案：除了賠禮道歉外，所有被無辜波及到的員工，我們都會給予一定額度的賠償金，而他們的去留則完全遵從他們的意志，如果還願意接受我們的道歉，願意留在心然工作的，每個人的待遇月薪會有百分之十的增幅，此前涉及被違規砍掉的研發生產線也會一併恢復，保障各位員工的合法權益；如果覺得這一次心然的做法傷害了他們對心然的信任，沒有辦法繼續待在心然的，我們也會按照法律規定給予經濟補償金。』

顧雪涵皺著眉聽完了對面的兩個方案，不論從哪個角度來說，都可以說非常完美，但……顧雪涵對天上突然掉餡餅之類的事都非常警覺。明明此前被開除的幾個員工都說了，公司法務和人事部非常固執，油鹽不進，怎麼樣都不肯聽聽員工這方面的說辭，現在態度怎麼突然一百八十度大轉彎了？

「請問後續這件事負責的人還是譚衛翔譚總嗎？」

如果還是譚衛翔當權，那麼如今這個操作還不知道是不是譚衛翔又設置了什麼圈套打算背地裡搞事？

法務部的對接人笑了下：『不是的哦，目前這件事由我們小譚總直接負責，為了這件事，小譚總親自調查，發現問題後已經把涉事的譚衛翔停職送內審繼續進一步調查了，如有違法行為我們後續也會以公司名義起訴，這件事裡涉及到不合規操作的，級別低的會直接開除處理，有一定級別的員工因為考慮到會有一定影響力，或許也還存在別的違法行為，會一併送去內審調查，涉嫌到職務犯罪有可能觸犯刑法的，我們也會報警後邀請檢察機關介入。』

「……」

顧雪涵是在意外和驚訝裡掛斷電話的，出乎她的意料，心然生物這個新上任的小譚總看起來並不是養廢了的紈褲子弟，做事風格竟然很雷厲風行，對和自己有親戚關係並且把持心然生物多年的譚衛翔完全沒有手軟。

顧雪涵把這個消息告知自己的各位當事人時，大家都表現出了意外，但除此之外，就是慶幸和激動。

「太好了！我從心然生物創辦就入職了，說起來對公司是有感情的，自己還有研發項目在公司，現在這樣的做法，也算幫我們澄清了名聲，我願意回去！」

「小譚總說了，除了回去以後可以繼續任職原來的崗位，對我們研發的新藥也會重新評估，一旦通過評估，小譚總還會出面追加投資。」

「沒想到小譚總雖然年輕，但做事這麼乾脆俐落，我聽說譚衛翔直接被架空接受調查了，他下面的裙帶關係也全部被查處了，開除的開除，移送法辦的移送法辦，真是大快人心！」

顧雪涵最終一一對接每個客戶，單獨溝通了解了客戶的需求，確保每個客戶都得到了滿意的方案。

不得不說，這個神祕的小譚總確實讓顧雪涵有些意外，她此前多少有失偏頗了，這個小譚總為人確實還行，尤其是針對清潔員朱姐一家，小譚總給出了醫療補助。

「總之，之後你媽媽的住院治療費用，將由心然生物全部支付，你媽媽可以請長期病假，雖然病假滿一年三個月後，公司可以給予一個月經濟補償後解除勞動合約，但是心然生物將不會對你媽媽進行解僱操作，請你帶著你媽媽安心養病，心然生物將支付好包括醫療保險等的員工福利，也會全程支付相關費用，你要是去上班的話，看護的費用心然生物也會支付。」

這是顧雪涵第二次見到文西，他還是穿著一套跟上次一樣的衣服，雖然洗得乾淨，但不免有些寒酸。顧雪涵這次約他在一家餐廳見面，比起餐廳裡著裝光鮮的男女來說，文西的打扮算得上刺眼了，而文西的長相也和他的著裝一樣顯眼，因此一進到餐廳，他就受到了各種意義的目光——有對他的臉明顯產生興趣的，也有因為他的衣著而皺眉側目的。

但文西本人倒是不在乎，雖然家境貧寒，他的背脊一直挺得很直，也沒有因為周遭各種不同意義的目光而變得不自在，沒有自卑，也沒有過分敏感，倒是落落大方。

對於得到小譚總的幫助，他乖巧地對顧雪涵表達了感謝：「謝謝姐姐，要不是姐姐，事情恐怕不會這麼順利解決。」

無功不受祿是顧雪涵的原則，對於這個還沒開始訴訟就達成和解的集體勞動糾紛案，她覺得自己沒資格邀功：「我確實沒有做什麼，是心然主動對接提出和解的，和解方案你也看到了，是比較公道和有人情味的。」

因為約談到文西的時候，恰好快到吃飯時間，顧雪涵便順便請他一起來了餐廳，點了些菜，文西看起來有些靦腆，點菜的時候非常忐忑，最後都是顧雪涵替他點的，如今他正小心翼翼地切著牛排，然後眼睛像小狗一樣求知若渴亮晶晶地看向顧雪涵。

「姐姐，那心然那邊是誰主動提出這個和解方案的呀？我應該感謝誰呢？」

雖然不太願意承認，但顧雪涵還是誠實道：「你嘴裡的小譚總。」

文西亮出了漂亮的笑，牙齒雪白，眼神清亮：「看來小譚總還是值得期待一下的。」

顧雪涵「嗯」了一聲，不置可否。

但文西看起來來勁了，他喝了口飲料，抬頭看向顧雪涵：「姐姐怎麼沒誇一下小譚總？我覺得他人真的不錯，雖然年紀輕，但是是非分明雷霆手段……」

顧雪涵皺了皺眉，不能理解文西的腦迴路：「這有什麼好誇的？他只是做了他分內的事，沒到能得到誇讚的地步，只是讓人不至於罵他罷了。你們年輕人不要那麼容易被資本主義PUA，彷彿他給了你們正常合法的權利，你們還應該感謝他一樣，要有點鬥爭精神。」

文西像是噎住了，他愣了愣，才清了清嗓子繼續道：「主要我聽說小譚總的年紀也就和我差不多，我代入一下覺得他也挺難的，接手心然也算是內憂外患，父親身體不好沒辦法管理企業，又有像豺狼一樣的叔叔把持著管理權，還能扛住壓力做出這麼公正俐落的解決方案，還是很不容易的。」

這下顧雪涵更匪夷所思了，她盯著文西看了好幾眼，真心實意道：「這還是我第一次見到羊心疼狼不容易的。」

「……」

她無情地喝了口飲料：「所以你這麼閒都能心疼家財萬貫的小譚總了，之前借給你的五千塊錢什麼時候可以還我？」

「……」

因為最終心然採用了和解的方案，保留了朱香玲的工作崗位，因此不再涉及相應解除勞動關係的經濟補償金，未來支付的醫藥費也是直接由公司根據朱香玲家提供的醫療收據進行報銷，因此這一次的案子裡，朱香玲一家並不能立刻得到現金補償，也就不存在顧雪涵能從中抵扣的可能。

「因為這次案子的和解我確實沒有做什麼，所以律師費可以幫你免除，但是五千塊錢是民間借貸性質，利息我不收了，錢你需要還。」她看了文西一眼，「你一個年輕人有手有腳的，你媽媽的看護費現在也會由心然支付，什麼時候去找個工作？」

文西顯然沒料到顧雪涵會談這些，他有些目瞪口呆道：「姐姐，所以妳留我下來一起吃飯是因為要跟我催債嗎……」

顧雪涵懶得理他，在他的不可置信裡，掏出了包裡列印好的資料：「這是我最近留意到的招募資訊，幫你篩選過了，我認為比較正規以及符合你情況的，都幫你用紅筆圈出來了，你去投履歷，一家一家面試，有不懂的可以問我。」

她說到這裡，又從腳邊拎起了一袋資料塞給文西：「這些是自學考試的複習資料，你拿去，到時候可以一邊工作一邊自學考試，等把學歷刷上去了，也可以跳槽到一些更好的工作。」

顧雪涵說完，又掏出了一張發票：「這些資料所有的價格一共兩百八十六，你如果想要的話，記得之後一共要還我五千兩百八十六，如果不想自學考試，那你現在就可以拒絕，我會發起七天無理由退貨，不產生費用，你後續只需要還我五千塊。」

文西大概徹底驚呆了，他看了看眼前的資料，有些不可置信道：「姐姐，我以為妳對我是有點特別的……畢竟這次那麼多客戶裡，妳只請了我中午一起吃飯，我還以為妳對我……」

文西看樣子大受打擊：「其實姐姐妳找我一起吃飯，我心裡很開心，因為我以為姐姐對我是不一樣的，其實我對姐姐一見……」

可惜他的話沒說完就被顧雪涵叫停了。

她皺著眉：「停止。不要以為和我表白，就可以逃脫欠債還錢的責任。」顧雪涵無情道：「我不吃這一套的，弟弟。」

「找你一起吃飯只是因為這家店最近週年慶，兩人同行一人免費，而你是這次所有客戶裡唯一的無業閒散人員，不像別人都很忙。」顧雪涵抿了下唇，「當然，所有客戶裡，也只有你還欠我錢，我希望你快點找到謀生的工作把錢還給我。」

文西非常受傷：「我以為妳是個善良的美女姐姐……」

「我都和你說過了，人間沒有真情在，你誇我也沒用。」

文西顯然想解釋，可惜顧雪涵沒興趣，她確認了文西並不打算返還自學考試資料，於是叫來了服務生買了單，看了眼時間，簡單告辭了文西，就逕自離開了餐廳，只留下譚文西坐在餐廳裡目瞪口呆久久不能回神。

譚文西從高中起就在國外就學，但從很小的時候起，譚文西就發現，那些為了他的家世圍在他身邊的人總是非常多，即便他本人長相不差學歷不差，但每次因為周邊的人都知道他的背景，總讓他覺得所有的交友都不純粹，他還有點理想主義，希望找到一個不為了自己家世，只是單純因為自己這個人而喜歡自己的女友或未來伴侶。

對顧雪涵一見鍾情確實是真的，她雖然比自己大三歲，但譚文西根本不介意年齡，他覺得顧雪涵漂亮極了，尤其是工作狀態裡的英姿颯爽，是很多和他同齡的小女孩所沒有的，成熟幹練，又充滿了神祕和氣場，簡直讓他移不開眼睛。

此次空降來調查心然生物的勞動糾紛案，他一開始主動接洽了朱香玲一家，已經從朱香玲那裡得到了不少內部資訊，裝成朱香玲的兒子進入維權組織，也是希望能從內部的角度看下這些核心技術老員工有什麼訴求，他才好精準地給出解決方案，留住核心人才，只是沒想到邂逅了顧雪涵。

他並不是沒有隱瞞過身分，但每次，光是靠著自己的臉和身材，他就能無往不利地交到朋友或者得到別人的喜歡，只是沒想到這一招在顧雪涵身上完全失靈了，她簡直像是銅牆鐵壁的絕緣體。

他想以借錢為破冰的契機和她產生聯絡然後和她談戀愛，而她竟然只想著讓他還錢！

心然生物的案子並沒有給顧雪涵留下太深的印象，唯一附帶的後續效應就是文西，因為加了好友，他總是斷斷續續傳訊息給顧雪涵，比如分享下窗外的好風景，有時候是喝到好喝的飲料，有時候是街邊的小貓，以及對於雨雪天氣的提示。

一開始的時候，顧雪涵並沒有在意，她不是第一次遇到這種事，但所有追求她或者對她有意思的男性，都會在她長時間的漠視後折戟沉沙，短的半個月，長的三個月，總之最後，這些男人在長久得不到回應後，就會陸續消失。

顧雪涵並不認為文西能堅持多久。

但令人意外的是，三個月後，他還是堅持不懈地傳訊息給顧雪涵，幾乎每隔幾天，在分享日常生活的碎片之餘，他都會邀請顧雪涵一起出來吃飯。

這大概就是年輕的弟弟會幹的事，旺盛的精力、大把的時間。

顧雪涵當然不會理睬他，她甚至從來沒有回覆過文西。

不過好消息是，在半個月前，文西就表示自己找到了工作，並且還了錢給顧雪涵，同時表示為了表達自己的謝意，希望能請顧雪涵吃個飯，顧雪涵收了轉帳，但直接無視了文西吃飯的邀約，因為那陣子工作繁忙，她甚至沒有回覆。

只是不得不承認，文西拍的照片確實不錯，顧雪涵雖然從不回覆，但在文西長久的堅持下，她也幾乎被動養成了每天看他傳來照片的習慣。

最近這段時間以來，文西表示自己在一個倉庫的庫房找到了一份管理員的工作，同時表示在複習自學考試內容。

看到他能重振旗鼓找到工作，並且狀態還很積極向上的樣子，顧雪涵還是鬆了口氣，總覺得自己順手讓一個迷途青年走上了正途。

不過顧雪涵的鬆口氣沒有持續很久，因為這天晚上，她接了一個開酒吧的客戶的離婚訴訟案，應客戶之邀前去這家昂貴的酒吧溝通並取證，結束工作後，卻在酒吧外的小巷裡看到了文西。

對於這場偶遇，譚文西也始料未及，今晚正巧遇上朋友回國，幾個同圈子的朋友便約了聚聚，順便幫回國的朋友接風洗塵，於是在這家酒吧裡約了場聚會，幾個人喝了酒聊了些有的沒的，嫌酒吧裡有些悶，便一起到了酒吧門外安靜些的小巷裡抽菸聊天。

譚文西不是這群朋友裡最年長的，但是是最核心的，他的家世背景最為優渥，眼界和閱歷也是最成熟寬闊的，作為家族企業的繼承人，手段也是最狠辣乾脆的，幾個朋友便都唯他馬首是瞻。

「文西，你真的把你叔叔處理了？」

譚文西一邊慵懶地抽著菸，一邊漫不經心地挑了下眉：「難道還做人留一線日後好相見？」

他露出了嘲諷的笑：「我早就看譚衛翔不順眼了，仗著自己年紀大，在集團裡倚老賣老，拿自己的資歷來壓我。」

「他能躺平了任由你宰割？」

譚文西吐出一個煙圈，冷冷地笑了下：「那當然不能，而且要是他不掙扎，我豈不是也少了很多樂趣？」

「你都把心然的事處理完了，怎麼這幾天還是那麼難約你，在忙什麼呢？」

譚文西把玩著打火機：「在追人。還沒追到。」

譚文西平時看起來很好相處，但一旦踩了他的底線，這人睚眥必報而且手段狠辣，幾個朋友都習慣了，知道他脾氣其實並沒多好，和善良寬容四個字完全不搭邊。

譚文西還有追不到的人？幾個朋友來勁了。

只是還沒等這幾個朋友繼續發問，在小巷的一頭突然響起了高跟鞋走來的聲音，接著便是一道好聽的女聲——

「文西？你怎麼在這裡？」

在小巷昏黃的路燈下，幾個朋友才看清了來人——是個非常明豔的美人，但臉上完全沒有那種小女生的情態，氣質高雅清冷，連好聽的聲音都是冷冰冰的，明明連姓都沒喊，只喊了非常親密的「文西」，但她微微皺著眉，臉上對他們這群在小巷裡抽菸的人露出了非常嫌棄的表情，看向譚文西的表情像是要興師問罪。

不得不承認，這是個非常漂亮的女人，不僅貌美，還非常有氣場，帶了職場上的幹練和不好糊弄，離譚文西身邊最近的那位朋友第一反應就是——這可不是個好惹的人。

但眾人還是抱了看戲的心態，因為譚文西身邊從來不缺繞著他轉試圖傍上他嫁入豪門的追隨者們，只是從沒有人如願，譚文西對這種女人非常冷酷，不管長得多美，都不假辭色，甚至對這種喊「文西」的自來熟女人，更是不會留什麼情面。

雖然是個美女，但幾個朋友已經等著譚文西露出不耐無情對待對方了。

只是就在眾人等著看戲時，卻見平時冷酷的譚文西當場一秒變臉——

他幾乎是在瞬間把手裡的菸掐滅扔了，順手把他那個心儀的昂貴打火機也扔進了不遠處的草叢，然後臉上露出了無助和脆弱。

在眾人大跌眼鏡的無語裡，譚文西用求助的眼神看向了巷口的美女，然後眾人聽到他一點也沒心理障礙地自然喊道——

「姐姐！救我！」

？？？

就在幾位朋友臉露驚疑不定之際，那位美女已經走近了一行人，她的眉還是微微皺著，只瞥了其餘幾人一眼，就逕自看向了譚文西，「怎麼回事？」她眼神嫌棄道：「你怎麼和這些人混在一起？」

譚文西幾乎是立刻就像受驚的小狗見到主人一樣跑到了這美女的身後，他看起來真的非常無辜和純潔，像是有些害怕道：「我想到酒吧應徵兼職的服務生，結果因為不小心撞到了人，害得他把一些酒潑到了衣角，他們就把我堵在小巷裡，要我賠償，不然就要打我。要不是姐姐妳來，我真的不知道他們會幹什麼！」

「……」

譚文西說得非常流暢，演技簡直是影帝級別的，那小心翼翼害怕又怯怯的模樣，還真的很像個沒見過世面的年輕男生，在他那群無語的朋友們面前仍舊表現自如——

「姐姐，能不能幫幫我，我只是想在這裡打份工而已……」

「……」

顧雪涵今天巧遇文西完全是偶然，但既然見到了，他又遇到麻煩了，顧雪涵覺得自己斷然沒有視而不見的道理，畢竟文西能鼓起勇氣好好生活去打工賺錢自力更生，這還是非常值得鼓勵的。

她看了圍在文西身邊的幾個男人一眼，這幾個看起來都像是紈褲子弟，像是閒極無聊在酒吧外抽菸惹事的，當即印象就非常不好，反觀文西，白白淨淨乖乖巧巧，一雙小鹿一樣害怕的眼睛，讓人忍不住就想要維護。

顧雪涵拿出了名片：「文西的行為如果哪裡對你們造成了財物損失，我們可以負責賠償，但需要你們證明因果關係，同時，請以合法的手段溝通，把人堵在小巷裡，要不是我出現，你們就要打人了吧？」

「從現在起，文西是我的當事人，任何關於他的事項溝通，請你們聯絡我。」

顧雪涵說完，也懶得再去看這幾個令人嫌棄的紈褲子弟，只是喊了文西一聲：「好了，我們走。」

「……」

就這樣，在一眾朋友的目瞪口呆裡，文西心滿意足地跟著顧雪涵亦步亦趨地走了。

一眾朋友等人走了，再低頭看向名片——

「競合律師事務所合夥人顧雪涵」。

大家面面相覷，但也都知道，恐怕這就是譚文西最近在追沒追到的人了。

不過……

「競合所是很難請的精品所，我爸的公司之前想接洽過，結果對方的法律服務報價太高了，我爸都嫌高的那種，最後也沒合作成，這個美女這麼年輕就已經是競合所的合夥人了，如果沒兩把刷子是不可能的……」

「譚文西去追這種事務所合夥人，不是想未來被扒層皮吧……」

「演技不錯，裝那麼可憐，還姐姐姐姐，也就文西能那麼不要臉了。」

「不過這個美女真的好帶勁，氣質真的好好啊，冰美人的感覺，也難怪譚文西要這麼沒臉沒皮了。」

「但他明顯沒告訴人家自己的真實身分啊，怕不是被知道以後要被打斷腿……」

朋友們最終得出一致的觀點——不愧是譚文西，勇氣可嘉，能屈能伸，膽子很大。

譚文西很意外，他原本隔三差五就熱情問候顧雪涵，可惜一點用也沒有，傳出去的訊息總是石沉大海，要不是顧雪涵秒收了他轉帳回去的五千塊，譚文西都要以為自己加了個假好友。

他想盡了辦法想把顧雪涵約出來，只是一點用也沒有，正在打算想新辦法，結果沒想到機會就踏破鐵鞋無覓處一般自動送上門了。

沒想到來酒吧喝酒，竟然意外撞見了顧雪涵，如今還被顧雪涵維護著帶走了。

這位漂亮的女律師，看起來吃軟不吃硬，雖然嘴上很冷漠，但顯然對弱者有天然的憐憫。

此刻譚文西坐在顧雪涵的車上，心裡還有些沒有實感。

不過顧雪涵看起來就平靜多了，但對他多少比平時更關注。

「你沒事吧？」顧雪涵雖然語氣冷靜，但言辭間隱隱的關心還是流露了出來，「之前倉庫管理員的工作有什麼不順利的地方嗎？為什麼來酒吧找兼職了？這種地方環境比較雜，來往的人員也雜，而且上班時間一般都需要日夜顛倒，其實並不是很適合你，何況你不是還在複習自學考試嗎？這種作息很容易讓你平時沒精力複習的。」

顧雪涵確實並不喜歡多管閒事，但她也不能對發生在自己眼前的事視而不見。

文西看起來還有些驚魂未定，他有些不好意思道：「倉庫那邊工作還是順利的，只是我希望多賺一些，酒吧這邊給的兼職費用又多，所以才想來試試，沒想到……」

因為小巷裡燈光昏黃，顧雪涵也沒有細看，但她確實也發現了，大概是來高級酒吧兼職，文西今晚穿的衣服顯然比平時好，並不再是此前兩次見面時看到的那穿著。

雖然知道他穿的大概也不是多奢侈的衣服，但只是比此前清貧的穿著有所改善，文西整個人的氣質就顯得有些不一樣了，但顧雪涵再看，他正乖巧安靜地坐在副駕駛座上，還是那個文西。

可能剛才轉瞬即逝的感覺只是錯覺。

大概實在是太乖巧安靜了，顧雪涵沒忍住安慰：「那幾個人如果後續還找你的麻煩，你就打電話給我，這件事我來幫你處理。」

果不其然，這話下去，文西露出了受寵若驚的表情，不過沒等他開口，顧雪涵就無情地打斷了他——

「你不要有多餘的想法，我只是正好路過。」

文西這次像是學乖了，他沒有再說不著邊際示好的話，只是正正經經感謝了顧雪涵。

不過很快，他就露出了苦惱和有些尷尬的神色：「可……姐姐，我如果沒辦法去酒吧那邊兼職，收入就會減少很多……」

「你媽媽的醫療費用不是已經由心然生物全額支付了嗎？」顧雪涵有些不解，「還存在缺口嗎？難道是心然生物一開始滿口答應，真正執行的時候又開始推託了？」

「那倒沒有。」文西笑了下，「小譚總為人是很好的，一言九鼎，醫藥費這塊都沒什麼可擔心的，但我希望我媽能住得好一些，想搬一個離醫院近些的房子，以後化療往返醫院也比較方便，這些錢總不能讓心然生物來出，我現在缺口也沒那麼大，只要再有一份兼職工作就能行了，只是沒想到……」

文西說到這裡，整個人焦灼了起來：「也不知道還能找什麼兼職……而且下個月我媽媽就要生日了，本來還想賺點錢送她禮物，這下手頭都有些吃緊了……」

文西的聲音都快帶了哭腔，看起來是真的很焦慮，他用求救的眼神看向了顧雪涵：「姐姐……」

顧雪涵想起自己的弟弟顧衍，她這個當姊姊的，也不是沒期待過顧衍用求救的目光看向自己，只可惜自己的弟弟實在不太可憐，從青春期開始就變得酷酷的，什麼事情都悶在自己心裡，恨不得都自己解決，更別說求助顧雪涵了。

因此如今被文西用這種目光一看，又被喊了「姐姐」，多少有些代入角色。

等她意識到的時候，話已經說出口了——

「我團隊裡的兩個實習律師最近新婚，畢竟也不好總打擾人家的新婚生活要求他們留下來加班，所以有些雜七雜八的事也不方便麻煩他們，你沒學過法律，也不是相關科系的，做不了多專業的工作，但整理裝訂案卷，以及我去法院開庭或去客戶那裡開會，幫忙提提資料，這總可以。先試用你一個月吧，這一個月裡，你可以做個臨時的行政助理，你願意的話，這一個月可以在我這裡兼職。」

其實話說出來，顧雪涵已經開始後悔了，文西這樣非專業出身的大學肄業生，能幫自己做的事情實在太有限了，但還沒等她說別的，文西已經像得到獎勵的小狗一樣亮著眼睛答應了下來，如果他有尾巴，恐怕也會和小狗一樣拚命討好的搖晃起來。

「謝謝姐姐！我可以的！讓我做什麼都可以！」

譚文西很快就後悔了，因為他沒想到，顧雪涵讓他當助理並不是說說而已，他原本還以為她那麼說，只是用個理由照顧他的面子，變著法給他接濟，不會有太多實質性的活，結果，一個月給四千的兼職工作，她給自己的工作量恨不得是月薪四萬做的——

「這些案卷，是我從畢業進入競合所以後所有經手過的，雖然斷斷續續也在做案卷整理分類，但老的還沒做完，新的就來了，既然你來了，那趁這一個月，幫我把這些都分門別類裝訂好整理好，放進競合的檔案室就行了。」

「另外，我桌上的綠植，隔三差五記得幫我澆水和維護，行政已經警告我了，如果我的綠植更換率再那麼高，所裡要單獨跟我收費了。」

「你還要負責去行政前臺把收件人是我的快遞全部取來，按照時間順序放好……」

上崗第一天，顧雪涵就毫不留情劈里啪啦安排了一堆活給文西。

「還有，帶上你的身分證和身分證影本，去行政那邊走個流程，雖然只是兼職一個月，但還是走個合約流程，包括還需要簽署一個保密協議，針對兼職期間萬一涉及到知曉一些客戶或者過往案例裡的資訊，需要履行保密義務。」

「……」

顧雪涵說完，就離開了安排給文西的臨時座位，逕自回自己的辦公室甩上門工作了。

譚文西看著緊閉的門，突然開始懷疑自己這麼做的意圖——本意是想和顧雪涵有合理的機會多接觸，然而事實是不僅完全沒有，甚至還因為沒辦法提供真正的身分證不得不在行政部的姐姐那裡巧舌如簧地拖延簽合約的時間，最慘的是……

譚文西望著自己眼前堆積如山的案卷，切切實實感覺到了某種絕望。

顧雪涵比他想的忙多了，她平時不是在和客戶開視訊會議，就是直接出外勤去外面開庭或是約見客戶，譚文西就算天天蹲守在事務所裡，能見到她或是和她聊到天的機會就不多。

但不管怎樣，只要想表現，總能找到表現的機會。

即便見不到顧雪涵，譚文西都能變著法宣告自己的存在感——

比如每天早晨幫顧雪涵熱的牛奶，午飯後幫顧雪涵端的咖啡，還有晚上如果顧雪涵留下來加班，他幫她預先準備好小燉鍋裡的湯湯水水，畢竟譚文西家裡的家政阿姨十分擅長煲湯，他便借花獻佛。

果不其然，這煲湯的手藝很快得到了顧雪涵的認可。

她在喝過譚文西準備的湯後，難得特地傳了則訊息給譚文西表示感謝。

譚文西自然更積極了。

但不論他怎麼煲湯、關照顧雪涵的生活，幫助顧雪涵完成案卷整理，他總覺得，還是不足以讓顧雪涵對他刮目相看。

譚文西想了想，覺得自己還是要幫自己加把火。

顧雪涵覺得自己最近最正確的決定就是招了文西當臨時助理，不得不說，這男生的工作能力很強，領悟力也非常不錯，光是整理案卷這項工作，他就完成得非常好，甚至一些全英文的跨國卷宗，顧雪涵看了看，他也都分門別類歸類在正確的書架裡。

他可能比自己想的聰明很多，而且勤勞肯幹，又很細心。

顧雪涵不是傻子，早上的牛奶，中午的咖啡，下午的水果甜點以及晚上的湯或者粥，她知道文西是什麼意思。

他比原先那些追求她的男性們都堅持得久。

顧雪涵最近並沒有戀愛的計畫，更沒有和比自己年紀小的弟弟戀愛的打算，她討厭浪費時間，覺得要找比自己更小的男生談戀愛，多少需要調教對方，引領對方，她又不是做慈善的，可沒有興趣把青澀的小男生負責教到成熟得體。

但文西又非常聰明，他這次和顧雪涵再見以來，完全沒有再提及任何曖昧的訊號，更沒有出格的表現，所做的一切讓顧雪涵無可挑剔——妳完全可以把這一切當成是一個想要討好妳的兼職助理所會做的。

正因為這樣，顧雪涵也沒有機會對此再發表什麼觀點，畢竟要是文西主動表白，她還能明確地拒絕，但如今這樣，她主動出擊做點什麼，反而顯得有些自作多情了。

好在顧雪涵非常忙，即便文西當了兼職助理，他也不會有更多的機會接觸到自己。

變數發生在一個月的兼職日期屆臨之時，那一晚，顧雪涵經手的幾個跨國婚姻案件裡，她剛從海外調取了幾個行李箱的案卷，顧衍這傢伙又跑去未來丈母娘家裡吃飯了，不得己，她喊了文西幫忙一起搬運。

也不知道是不是因為她那一箱一箱的案卷裝在看起來很貴的行李箱裡，以至於讓人誤會這一些行李箱裡裝著什麼值錢的寶貝。

在顧雪涵拖著其中一個小行李箱從車裡走出來時，突然從她車斜後方的視線盲區裡，竄出來了一個戴著鴨舌帽和口罩的年輕男人，不管三七二十一就要搶顧雪涵手裡的行李箱。

這可是剛調取到的重要證據！

對方的目的顯然是想劫財，本想提了行李箱就走，但顧雪涵不僅沒放手，還下意識一把拽住了對方。

這搶劫犯要是搶錢也就算了，對客戶案子至關重要的證據絕對不能弄丟！

只是顧雪涵也沒想到，對方大概真以為她是個有錢人，早就有備而來，竟然從身側掏出了一把折疊刀，眼看著就要往顧雪涵的手上劃去。

顧雪涵只停頓了半秒，還是決定不撤回手，律師的本能讓她仍舊想保護證據，她向對方怒斥道——

「裡面不是值錢的東西，只是文件！」

只是搶劫犯哪裡有理智還能聽進去這些，他劃向顧雪涵的動作根本沒有停滯。

然而當顧雪涵準備好了迎接即將到來的疼痛，並打算用腿踢踹攻擊對方之時，有人先一步衝過來，拉開了顧雪涵，替顧雪涵擋了這一刀。

一切發生得太快，顧雪涵只知道自己沒有受到任何傷害。

文西從身後拉開了她，然後不顧被搶劫犯劃傷的手，揮手狠狠打了那犯罪嫌疑人一拳，不僅把差點被對方搶走的那箱證據資料保住了，等顧雪涵恢復冷靜，再朝著文西看去，才發現，平時看起來乖巧的文西，正用一個非常標準老道的跪殺姿勢完全制住了那個激情犯罪的搶劫犯。

血正從文西一隻手上流下來，但他彷彿感覺不到疼痛，只用非常狠厲的表情看著自己身下被制住的這個人。

這一瞬間，顧雪涵覺得文西有些陌生，此前文西給她的違和感再次升起，她總覺得文西是文西，但又不是文西。

律師的天性讓她覺得文西有一點可疑。

要不是先入為主，顧雪涵甚至不會那麼快認同他的身分。

但……

但現在不是想這些的時候，在顧雪涵打了報警電話沒多久後，警察來扭送走了犯罪嫌疑人，她和警察約好第二天去做筆錄後，便打算帶文西去處理傷口。

只是文西對醫院很抗拒，他看起來有些孩子氣，沒了那種特別乖巧的感覺，反倒像是個撒嬌的熊孩子：「我不去醫院，我討厭醫院，又沒有什麼大傷，只是表皮劃傷而已，隨便找個藥店買個雙氧水或者碘酒消毒清洗下，再貼個ＯＫ繃就好了。」

最終，顧雪涵拗不過他，但文西是因為保護她和證據資料受傷的，顧雪涵實在做不出隨便讓他去個藥店自己處理這種事，這裡離她家不遠，她家裡倒是有齊備的家庭醫藥箱。

「你不願去醫院，那就跟我回家，我簡單幫你處理下。」

果不其然，一說跟她回家，文西就來勁了，剛才還喊著只是皮外傷不礙事的傢伙，突然開始裝起柔弱來了：「欸，姐姐，我覺得確實還是得去處理下，我有點害怕醫院，但是去妳家就沒事了，這種氣氛比較不讓人緊張，我小時候去醫院有點心理陰影，不過傷口其實也不是特別淺，妳還是幫我仔細消毒包紮下，也不要弄太簡單了……」

他眨了眨眼：「畢竟我還年輕，如果留疤，我也怕未來有影響。」

顧雪涵已經懶得理他了，她把人帶進了屋裡，乾脆俐落地拿出了家庭醫藥箱，然後就開始幫文西清理傷口。

其實明明不疼，但文西還是叫得非常淒慘，像是為了保護顧雪涵付出了半條命的代價。

這叫聲讓顧雪涵不得不停下了動作，她面無表情地看向了文西：「你叫得像是要截肢了。」她頗有些嫌棄地掃了文西的傷口一眼，「你努力叫，再叫叫，我看傷口已經不流血要開始結痂了。」

「……」

文西看起來有些不好意思，但他的行為上神奇的一點羞愧的模樣也沒有。

等顧雪涵幫他處理完傷口，在被顧雪涵趕出屋子之前，他開始提出了新的要求——

「姐姐，我今晚陪妳一起加班還有搬運這些資料，我連晚飯都還沒吃……」

顧雪涵想了想，確實，連她也因為光顧著加班還沒吃晚飯：「那我叫個外送一起吃，你想吃什麼？」

「叫外送也太不健康了。」文西又恢復了乖巧的模樣，「而且外送太貴太浪費錢了，姐姐家裡有什麼菜，妳隨便幫我做點就行了。」

文西一邊說，一邊逕自走向了顧雪涵家的冰箱：「隨便什麼，煮個水煮蛋都行……妳要是嫌麻煩，實在不行我來做也行。」

說實話，雖然文西也不怎麼擅長做菜，但好歹在國外生活了很多年，多少有照顧自己的經歷，隨手做點飯還是行的，只是他想著拚命展示自己宜室宜家的優點，

他說完，順勢拉開了顧雪涵家的冰箱，然後就再也說不出話來了。

因為顧雪涵的冰箱裡，除了巴黎水、飲料之外，別的空空如也，別說蔬菜肉類牛奶之類的各種食材了，就連一顆雞蛋都沒有。

文西望著空冰箱不可置信道：「難道妳是仙女嗎？就靠喝水活著？」

顧雪涵對文西開自己的冰箱原本還有些生氣，但聽了他的話，也忍不住笑了下，不過很快憋住了，她恢復了一貫的冷靜理智。

「我很忙的，沒有空親自做飯燒菜的，與其買了食材壞掉了浪費資源，還不如別買。」

文西挑了挑眉，大概是聊到了日常的話題，從剛才開始，他就不再那麼乖巧地喊顧雪涵姐姐了，而是用了和平輩說話的語氣：「那妳也可以找個家政阿姨呀。」

大概年輕小孩都這樣沒大沒小，顧雪涵也沒在意，她逕自打開冰箱拿出了一瓶巴黎水，開了瓶蓋後喝了一口：「我不常回家，在事務所的時間比較多，就算請了家政阿姨，恐怕在家吃飯的機會也不多。」

「剛才上來之前，我看到樓下社區門口就有一家超市，那我們現在去買。」

對於文西的提議，顧雪涵表露出了嫌棄：「雖然你的手是因為我受傷的，但你不要指望我做飯給你吃，不是所有女性都會洗手作羹湯的，我不親自做，一來是我沒時間做飯，二來是我真的也不太會做飯，我沒辦法在做飯或者做菜裡體會到任何成就感和快樂。」

但文西一點也沒有被打擊道，他看起來很理所當然道：「不用妳做，我會做呀！」

雖然顧雪涵根本不情願，但還是被文西拉著去了樓下超市。

她也不知道事情是怎麼發展到這一步的，她和一個有些可疑的年輕男孩子一起在超市裡買大白菜、胡蘿蔔和青椒。

顧雪涵覺得從高中以後，她就沒有在超市裡買過這麼煙火氣的東西了。

但文西倒是挑得挺認真，他還跟顧雪涵解釋了每個蔬菜不同的營養價值，看起來很懂很講究的樣子。

顧雪涵已經開始覺得他可疑，但還是按捺不表，只安靜地觀察著他的一舉一動。

人或許可以偽裝一時，但在長時間的相處裡，自己真實的性格總是會忍不住流露出來的——比如文西可能沒他此前表現得那麼乖巧聽話，很多給顧雪涵的資訊也並不那麼真實。

從他挑選蔬菜和食材的方式和俐落程度來看——

首先，他絕對不是在貧寒的家境裡成長的，因為如果是家境一般的孩子，買菜的時候下意識會去看折扣區或者促銷區，但文西根本不是，他對折扣兩個字視而不見，逕自奔向了昂貴的進口和有機專區，甚至連價格標籤都不會多看一眼，對那些進口海鮮的做法也頭頭是道。

第二，他也根本不是性格怯懦需要別人保護的弟弟，因為他買東西選東西明顯非常有目的性，完全知道自己要什麼，幾乎連一秒鐘的遲疑也沒有——這樣的細節推導，在生活中，他恐怕也是目標明確的人，並不是那種優柔寡斷的性格。

第三，他肯定不會多聽話。因為從今晚他和顧雪涵在一起開始，他眉眼間那種自若鎮定和穩重冷靜已經隱隱開始流露出來——如果是正常沒見過世面的年輕男生，遇到被搶劫犯誤傷以後，恐怕沒那麼快乾脆俐落地處理後續一切，但文西看起來思緒清晰，甚至連任何緊張都沒有，看起來就有豐富的臨場經驗，對於緊急事件有足夠強大的內心去處理。

但要真說他完全不聽話，似乎也不能如此否認。

因為最終，等文西買好相應食材後，他就逕自跟著顧雪涵回了她家，然後這年輕男孩就一頭鑽進了廚房，絲毫沒在意自己的手還受傷，執意要做一頓飯給顧雪涵。

「妳不要有心理負擔，我自己也要吃的，也不全是做給妳。」

他朝顧雪涵笑了笑，就指了指沙發：「妳先看一下電視休息一下，我做東西很快。」

文西說完，就轉身進了廚房。

顧雪涵聽著廚房響起的切菜聲，突然有些恍惚，自從她工作獨居以來，家裡好像很少會有這麼有煙火氣的時刻，但聽著廚房內有節奏的切菜聲，繼而是菜葉下鍋炒的聲音，還有一些油加熱後劈里啪啦燃燒的聲音，顧雪涵突然覺得，自己其實是懷念也熱愛這種溫馨的。

她沒有那麼討厭做飯做菜，只要做飯做菜的人不是她就好了。

以前的古老童話裡，做飯的都是田螺姑娘，現在都新時代了，做飯的完全可以是田螺小夥子。

如果文西願意做她的小奴隸，好像也不是不可以。

至於文西有意的隱瞞，顧雪涵完全不以為意，她有一百種方法做盡職調查，她可是個合夥人。

畢竟顧雪涵的哲學一直非常簡單——要是看上了騙子，先給對方一個機會，坦白從寬抗拒從嚴，然後輔以教育，要是對方不配合坦白，而且還教育不好，那就乾脆點，直接打斷了腿帶回來，確保騙子沒有辦法再行騙，安分守己過日子。

很簡單，很睿智。

譚文西很快就簡單做了三道家常菜，等他端出來的時候，顧雪涵像是正在打什麼電話，見他來了，講話的聲音略微降低，走離了客廳，到了她的書房，像是在打什麼不方便譚文西知情的電話。

可她的樣子也不像在打工作電話，所以是私人的事情？

譚文西一時之間有些失落，他恨不得自己長個順風耳，能夠偷聽到和顧雪涵打電話的對象是誰。是不是男的？是不是她別的追求者？

但不論是誰，他都還沒資格過問。

不過很快，顧雪涵就結束了電話，然後從書房裡走了出來。

譚文西立刻笑了起來，恢復了乖巧弟弟的模樣：「飯菜已經做好了，妳試試口味，要是有什麼意見，都可以和我說。」

首先要立住賢慧人設，抓住一個女人的胃，才能抓住她的心。

雖然譚文西做飯做菜比自己家的家政阿姨差得遠了，但作為家常菜來說，還是出色的。

顧雪涵嘗了幾口，果不其然對他表示了感謝和讚美，不過譚文西沒想到，她會提出這樣的要求——

「文西，你做得真的很棒，不過既然今天難得有機會讓你下廚，我還想提個不恰當的請求。」

顧雪涵笑咪咪的：「之前你晚上留給我的湯，做得真不錯，我剛看過了，今晚我們去超市正好都採購到了那些食材，那能不能麻煩你晚上再大顯身手一次，燉一鍋給我呢？除了今晚我們可以喝，我明天還可以留下喝，也省得你明天還要特地再燉一次了。」

「……」說來慚愧，每次送給顧雪涵的湯，都是譚家的那位家政阿姨煲的！

倒不是說譚文西沒那份親手作羹湯的心，只是一來，他花了不少時間在顧雪涵的事務所裡「兼職」，心然生物那邊雖然懲處了譚衛翔，但多少還有殘餘黨羽需要肅清，外加譚文西還需要看心然生物這幾年的財報，研究幾條新藥生產線的生產情況，實在是沒有時間再細緻地做湯了；二來，他的煲湯技術確實遠遠遜色於家政阿姨，雖然做別的家常菜水準還行，但也不知道怎麼回事，做湯是譚文西的死穴，做的飯菜還能算美味的範疇，那他的湯就是死亡料理的級別了。

「煲湯太花時間了，就算我現在做，等做完我們大概都吃完了。」只是面對譚文西的推託，顧雪涵卻很堅持：「但是我確實很想喝湯，正好趁著今晚你來，我想向你系統地學習一下。」她挑眉看了譚文西一眼，「還是說那些湯其實不是你做的？所以你也不知道食譜具體是什麼樣？」

譚文西原本還想推託，但一聽這話，他有些不淡定了：「我剛才做飯菜不應該已經自證清白了嗎？湯怎麼可能難倒我！」

他咳了咳，「不過我們還是先吃晚餐吧，不然等做完湯，這桌飯菜都涼了。」他拚命幫自己爭取時間緩衝道：「反正湯也是最後才喝的，我們先吃。」

顧雪涵這次倒沒再反駁，她安靜地坐了下來，臉上帶了些複雜又讓譚文西覺得莫名的笑意，看了他兩眼後，她開始吃起東西。

好在飯菜看起來很合顧雪涵的口味，她看起來胃口很好，這讓譚文西有了巨大的滿足感。

做飯做菜算是譚文西舒緩壓力的一個途徑，人是鐵飯是鋼，他在國外求學也好回國繼承家業也好，每次遇到壓力的時候，只要沉浸地做一頓飯，然後吃上自己親手做的熱騰騰的東西，不管多低落沮喪的情緒，都能逐漸平緩，在溫熱的飯菜裡覺察到日常生活的幸福。

能為自己喜歡的人做一桌菜，看著她細嚼慢嚥地吃下去，這已經是能甩大部分人幾條街的快樂了。

只是譚文西的陶醉沒能持續很久，因為還有更大的危機在等著他。

趁著顧雪涵吃飯，他藉口去洗手間，愣是躲在洗手間裡拚命傳訊息給自家的家政阿姨，請阿姨線上指導他煲湯祕訣，同時在心裡祈禱，最好顧雪涵吃完飯後，徹底忘了喝湯這件事。

不過很可惜，顧雪涵的記憶力非常好，吃完飯後沒多久，她就把向譚文西學習煲湯技術提上了日程。

顧雪涵看起來興致盎然，但譚文西卻完全屬於硬著頭皮了。

「今天就做玉米排骨湯吧，先把食材都洗淨，玉米也切好，接著……」

不得不說，譚文西雖然對自己做湯技術沒什麼信心，但裝裝樣子還是擅長的，他覺得他的動作看起來唬住不怎麼進廚房的顧雪涵是沒問題的。

何況剛才家政阿姨也說了，只要按照她給的步驟做，不會差太多，總能做出像樣的，要是味道稍微差一點，譚文西也想好了藉口，那就是今天他的手受傷了！所以發揮不穩定！

不過，不管怎麼說，他看著鍋裡正翻滾著熱氣的湯，覺得從色澤等視覺效果上來看，應該還是可以的。

顧雪涵就全程站在他的身邊，看著譚文西忙前忙後，讓譚文西都有一種被監考著的緊張感覺。

但此刻，看著眼前的一鍋湯，他起了些炫耀的心思：「妳要嘗嘗嗎？」

顧雪涵點了點頭，然後從善如流地盛了一碗，喝了一口。

在譚文西的忐忑和緊張裡，顧雪涵露出了笑：「很好喝，真是一模一樣的味道，你的煲湯技術確實很好。」

這話下去，剛才還頗為緊張的譚文西就有些忍不住想飄了，這時候不自吹自擂，更待何時？

他笑著道：「雖然今天我的手受傷了，但只是做個湯而已，根本難不倒我，不過是我的平均中下的水準而已，要放在平時，我做的湯口味絕對可以直接進米其林餐廳。」

「湯很好喝，謝謝你哦。」顧雪涵撩了下頭髮，溫柔道：「不要光顧著聊天了，你也快盛一碗喝吧，總不能自己做的湯，自己都不親手嘗嘗吧。」

說的也是。

譚文西想，愛情的力量確實偉大，自己竟然都能有家裡阿姨的水準了！

自己這道湯，恐怕已經把顧雪涵俘獲了八成，畢竟顧雪涵這樣冷感的人，如今正溫和地笑著，親手盛了滿滿一大碗的湯。

譚文西輕飄飄地想著，心情舒爽地接過了顧雪涵遞來的湯。

顧雪涵還在笑：「這一碗，一滴也不可以剩哦。」

那自然！

譚文西當即喝起來。

只是……

想像中和阿姨一樣美味的味覺體驗並沒有出現。

第一口下去，那味道就差點把譚文西送走。

他幾乎是再也忍不下去了，直接把那一口吐進了碗裡，一點也裝不下去了，只拚命地朝顧雪涵求救——

「水，水，給我水……」

這鍋湯，顯然他在顧雪涵的注視下過分緊張了，別說阿姨的水準了，就是平時自己的正常水準都沒有發揮出來。

顧雪涵剛才還裝作這湯有多好喝一樣！

這完全是誆騙他了啊！

只是事到臨頭才發現問題，已經太晚了。

顧雪涵不僅沒把水杯遞給譚文西，還故意把水杯放遠了一些。

她臉上此前溫柔的笑意一掃而光，只留下了職業又程序化的面無表情——

「說吧，之前的湯到底是誰做的？」

譚文西嘴裡鹹心裡苦，到這一步，他總算知道顧雪涵是對他每天送的湯起疑心了。

他只能苦哈哈地說了一半的實話：「是我找……找我媽做的，她之前在心然的案子裡，也得到了妳的幫助，一聽說我是要送給妳喝，就很積極地要幫我做。」

顧雪涵卻沒表態，她只是把玩著水杯，看向了譚文西：「真的嗎？那你還有什麼騙我的嗎？如果有，建議你現在一起交代了。」

譚文西被顧雪涵看得心裡發虛，但他還是覺得顧雪涵絕無可能發現他的真實身分，畢竟他裝得完美極了。

因此，譚文西露出了乖巧意外又有些羞愧的表情，然後搖了搖頭，解釋道：「是這樣的，湯我確實不擅長，我媽又想幫我做，我就讓她代勞了，但別的都是我發自內心自己動手的……除了這個之外，真的沒有任何事騙妳了。」

他眨了眨眼睛，語氣委屈道：「我怎麼會騙妳呢，騙妳對我也沒有什麼好處……」

顧雪涵笑了下，她的聲音聽起來也帶了笑意，但譚文西總覺得有些捉摸不透。

她看向了譚文西：「你交代好了對嗎？沒別的補充了？」

譚文西乖巧地搖了搖頭：「沒有了呢。」

不過很快，譚文西就鬆了一口氣，因為顧雪涵沒有再糾纏這個話題，她吃完飯，然後又拿出了家用醫藥箱裡的一些碘酒、棉花棒等，拿給譚文西後，幫他叫了輛車，確定他上車後才離開。

譚文西看著在車窗外和自己揮手道別的顧雪涵，突然覺得此刻坐在這輛全是二手菸味的老舊計程車裡，也都是值得的。

只是他的快樂沒有持續很久，因為第二天起，顧雪涵突然安排更誇張的工作量給他，並且他的工作範疇已經不再僅限於整理案卷等簡單的工作類型，顧雪涵開始安排英文翻譯工作、行程安排工作以及客戶聯絡工作給他。

除此之外，顧雪涵還開始讓他承擔私人助理的工作，包括偶爾接送她上下班，準備晚餐，甚至還有陪顧雪涵購物。

譚文西對能多親近顧雪涵求之不得，但白天繁重的工作量，外加晚上還要回心然處理公務，同時又要分出時間為顧雪涵打理生活上的瑣事，譚文西只覺得自己快要一個人分成幾個來用。

但不管怎樣，他都沒喊過累，也沒推託拒絕過哪怕一次。

顧雪涵在客戶面前總是驕傲自信又冷豔的，然而只有譚文西知道，她也會疲憊，也會脆弱，也會流露出讓人想要保護的氣質，也會在加班一整天後哈欠連天眼淚汪汪地望向窗外的夜燈，也會發小孩子脾氣般的不想接討厭客戶的電話，也會在加班面對疑難案子時把頭髮抓得像雞窩……

原本譚文西只是被顧雪涵的外貌和氣質所吸引，然而真正接觸下來，他才發現她是個多麼可愛的女人。

而越是如此，譚文西在忙碌裡就越是後知後覺的後悔起來。

如果當初不欺騙她就好了……

因為按照顧雪涵的性格，如果知道自己這麼騙她，別說當男朋友，就是連普通朋友都沒得做。

譚文西承認一開始對顧雪涵是見色起意的意思更多，當初只是衝動地想要認識她了解她，根本沒有想過長久的未來，因此選了最拙劣也最不適合的方式接近了顧雪涵。

然而現在想來，顧雪涵才不會對他的身家背景感興趣，擔心她也看上他的錢因而以貧窮的身分接近她，完全是對她的冒犯。

可……

可木已成舟，譚文西也不知道還有什麼恰當的機會能夠坦白這一切，好讓他堂堂正正以真正的自己去認真追求顧雪涵。

原本對他而言一個月是非常漫長的時間，然而如今臨到兼職工作結束的最後一天，譚文西才覺得時間是那麼短暫。

顧雪涵把他叫進了辦公室裡，大有歡送他的準備，但譚文西也不知道自己怎麼回事，明明來競合事務所，拿幾千塊錢的薪水，幹了幾萬塊的活，可他竟然還不太想走。

「我、我還差點錢，能不能再通融下讓我再兼職一段時間？錢少一點也沒事，我覺得自己最近剛剛摸到在這裡工作的竅門……」

譚文西拿出了裝可憐的腔調，但顧雪涵只是不置可否。

等譚文西找盡了所有願意繼續留下的藉口，顧雪涵才氣定神閒地喝了一口茶。

她看了譚文西一眼，抬了抬眼皮：「還摸到了事務所工作的竅門？那你是打算一直留在事務所替我打工了嗎？」

就在譚文西打算點頭之際，他再一次聽到了顧雪涵的聲音——

「譚文西，那你打算讓心然生物怎麼辦？」

「……」

譚文西只覺得腦內的弦崩壞了一根，他震驚地看向了顧雪涵，有些不知所措。

顧雪涵抿唇笑了下：「在你做壞那鍋湯的那天，我就電話聯絡了你的『媽媽』，只是稍微詐了她一下，她就把前因後果都告訴我了。我那天就給你機會交代了，很可惜，你沒抓住機會。」

譚文西開始語無倫次地解釋：「我不是有意騙妳的，但如果妳生氣，我完全可以理解，我只是希望妳知道，我對妳是認真的，只要妳肯消氣，妳讓我做什麼都行。」

「我只是不知道應該以什麼樣的方式去解釋我自己隱瞞身分的行為，好像不管怎樣都開不了口，因為我覺得妳都會生氣，而我根本不希望妳生氣，更不能承受妳生氣後不理我的結局。」

他一口氣說了很多話，生平第一次不再胸有成竹，而是忐忑得像個小學生：「我希望妳能再給我個機會，考察下我……」

可顧雪涵卻逕自打斷了他：「不用了。」

就在譚文西快要絕望之際，他聽到顧雪涵輕笑了下。

她的眼波流轉，看向他的眼神裡卻不是被欺騙後的氣憤，而是戲謔和好整以暇。

「我在這一個月裡已經考察過了。」顧雪涵朱唇輕啟，「你能受得了我一個月故意派幾倍活給你的壓榨，可見你的心理承受能力和身體素質都很不錯，做的飯菜也勉強可口，唯一還需要改進的是煲湯不行。」

「競合事務所已經沒有適合你的崗位了，但如果你有興趣，我個人還可以提供上崗的機會給你。」顧雪涵笑了下，「但你要努力了，我很挑剔，也有極大可能在試用期失業，而且因為是私人用工，不講究勞動法保護，失業就失業了，完全沒有任何經濟補償，還可能會遭到我的打擊報復。」

「最重要的一點，我不在乎你是誰，所以在我這裡，也沒有什麼譚總小譚總⋯⋯」

譚文西沒有給顧雪涵說完話的機會，他逕自走到她的身前，就著她坐在老闆椅上的姿勢，單膝跪地，逕自仰頭吻向了她，像是臣服，也像是守護——

「在妳這裡，沒有小譚總，只有文西。」

「我只是妳的譚文西。」

「我保證，明天就去學煲湯。」

番外六　愛你，我也是

在實習律師為期一年的實習生涯裡，想要順利獲得律協的執業證書，成為一名正式的執業律師，還需要完成律協籌組的實習律師培訓，製作實習日誌，最終根據律協的要求參加實習律師面試，最終走完所有流程，才能正式被律協接納成為一員。

齊溪和顧衍是同一批進入競合所實習的，因此根據容市律協的通知，也是同一批進入實習培訓班的。

作為容市律協的實習律師培訓班，這個培訓班是面向容市全部事務所實習律師們的，因此除了競合所和齊溪顧衍一同進入的同一批同事外，還有大量別的事務所的實習律師們。

除了個別年紀大了從警察局、檢察院、法院或者公司法務跳槽進事務所做律師的，大部分實習律師都是一畢業就進入事務所的年輕人，因此開始培訓的第一天，就有人起頭建了個實習律師吃喝玩樂群組，吆喝著一眾「同學們」加入。

容市律協的培訓為期四週，是全天候的集中培訓，每年會租借合作的大學教學場所供實習律師們上課用，今年好巧不巧，租借的竟然是容大的校區。

齊溪以這種方式回到容大校園，也覺得有些新奇，甚至還有幾個一起畢業的同學，原本在容市別的事務所，如今也因為這實習培訓重新在容大校園裡聚頭了。

「齊溪，好久不見了！」陳子林是當初班裡最喜歡社交的，如今工作了也不改天性，趁著培訓班一節課下課休息的時候，跑到了齊溪身邊，「既然難得能回容大，不如聚聚？和我們同屆培訓班的還有黃鋒、張澤之類的，我把人都叫上……」

陳子林是趁著顧衍今天有事請假來單獨找齊溪的，雖說為期四週的集中培訓是無酬的，但哪裡有實習律師可以真的趁著培訓就躺平不幹呢？事務所正常支付薪水，不少實習律師該幹的活一樣都少不了，培訓課上多的是偷偷拿出筆記型電腦寫郵件改合約或者做翻譯的實習律師，要是遇上經手的案子正巧有開庭等重大事項的，不少實習律師也只能請假。

顧衍今天沒來，大約也是同樣的情況。

當初畢業典禮上，齊溪怒斥顧衍的事他也印象深刻，雖然齊溪事後澄清了，但設身處地代入自己，陳子林覺得要是自己是顧衍，恐怕也會有些顧慮和尷尬，好巧不巧，顧衍和齊溪還進了同一家事務所，雖然礙於同事的面子，顧衍或許只能正常和齊溪來往，之前培訓陳子林也觀察了，這兩個人都靠著坐，但他內心覺得，顧衍肯定是在意的，不提還好，要是一群老同學聚在一起，多少會讓他想起畢業典禮的事，這種聚會恐怕會有些揭人傷疤的嫌疑。

明智的做法，那就是，這場同學聚會，如果請了齊溪，就別請顧衍；如果請了顧衍，就別請齊溪，省得幾個同學聊著聊著，有哪個沒眼力見的又聊到畢業典禮。

至於請齊溪還是請顧衍，對陳子林來說是沒什麼好遲疑的。

他在大學裡不是沒有暗戀過齊溪，雖然他社交手段遊刃有餘，但面對感情，也多有遲疑，總怕萬一表白失敗了，有些丟臉，畢竟齊溪拒絕過的男生，簡直如過江之鯽了。

而陳子林對自身條件也很自信，他的成績不如齊溪和顧衍，但一直有在學生會擔任要職，配上他長袖善舞的性格，別說在大學時，就是進入了事務所，也如魚得水，從來不缺倒追他的女生。

齊溪曾經對被拒絕的男生放過話，號稱大學期間只會專心念書，不會考慮戀愛，因此陳子林索性也就偃旗息鼓，除了對齊溪熱情些，也沒有邁出任何一步。

但坦白來說，陳子林的暗戀並沒多苦，因為他的大學四年也沒有完全交代給念書而荒廢了青春，追他的女生裡，也不是沒能讓他心動的，因此順其自然的，陳子林在大學期間也談了四五段戀愛。

只是每一段戀愛裡，前幾個月的熱戀期都讓陳子林很激情四射，可一旦時間長些，他便覺得疲乏了，心裡對齊溪的愛慕便又會開始蠢蠢欲動，他的這些前女友們，一旦和齊溪比，就總有些地方比不過了。

然而因為自身條件不差，家境也挺好，又從來被人捧著慣了，讓陳子林去做那種做小伏低追女生的事，他覺得自己也做不來，因此雖然對齊溪有些想法，但因為各種原因，畢業後，也漸漸和齊溪斷了聯絡。

不過如今在律協籌組的實習律師培訓班上相遇，或許是上天的旨意。

陳子林剛結束了一段戀情，處在空窗期，看齊溪的樣子，也不像有男友，畢竟這種年輕人占了七八成的實習律師培訓班，很多單身的年輕男女，就都開始把這個當成另類交友平臺了，有些則趁著在容大校園裡集中培訓一個月的契機，開始在校園裡搭訕年輕的女大學生們。

總之，但凡是單身的，就沒有不蠢蠢欲動的。

只是齊溪不這樣，陳子林見了好幾個男律師搭訕過她，但她都笑著拒絕了，甚至連這個培訓班的群組都沒加。

平時要是顧衍一起來培訓，兩個人就湊在一起研究競合所裡的案子，要是顧衍不在，她就安安靜靜地在下課時間寫郵件做筆記，還是和大學時只想著念書的樣子差不多。

除了長得漂亮成績好，不論是否工作了，齊溪身上好像總是有一種不染塵埃的感覺，讓陳子林一次又一次的心動。

所以雖然經歷了好幾段戀情，但陳子林覺得，自己這時候能和齊溪再遇，應該是最好的時機。

兩個人如果都是戀愛生手，肯定要互相摸索過河，還容易吵架，但自己已經經歷了好幾段感情，在對待感情上也更成熟更有擔當了，是時候可以引導齊溪好好相處了，而齊溪經過了職場社會的歷練，恐怕也能從自己身上看到更多優點——比如擅長社交，會活躍氣氛，人脈廣，家境好，工作體面。

因此這一次，趁著這個實習律師培訓班再聚的由頭，陳子林說什麼都會找齊溪一起吃頓飯，當然，不請顧衍，除了擔心顧衍會尷尬外，更多的也是出於陳子林自己的小心思，顧衍長得實在太好看了，當初又是校園裡的風雲人物，要是他在的聚餐，恐怕風頭都讓他占了，自己怎麼能在齊溪面前展現自己的優秀呢？

不過樣子還是要做做的，畢竟這才能顯現出自己的體貼。

陳子林找到齊溪提出今晚的聚會邀請後，看了齊溪身邊的空椅子一眼，面露難色道：「顧衍那邊……」

好在齊溪很快接過了話頭：「顧衍今天所裡還有個案子要辦，請了一整天的假了，要去城郊的客戶處開會，大概到晚上也來不了，你不用再特地約他了。」

齊溪的回答幾乎讓陳子林竊喜了起來，這樣最好，陳子林看過了，今晚會參加聚會的男同學裡，有幾個已經有女朋友了，而剩下兩個單身的，各方面條件也都比不上自己，一個太胖，一個則沒什麼存在感。

看來今晚注定是他大放異彩的時候了。

因為要結束律協的培訓後再聚會，正巧趕上下班和用餐尖峰時間，幾個人又都在容大，於是索性去了容大專門讓學生們改善伙食的平價餐館。

陳子林選這裡也是有講究的，這裡很能讓大家回味大學時期青澀的趣事，因此更容易拉近距離，畢竟誰想起青春，不會情緒波動回味呢？何況多數來這裡用餐的也是熱戀中的情侶居多，周遭氣氛曖昧，不正好推動他們這一桌的氣氛嗎？

最終，晚上聚餐時的氣氛也確實如陳子林預料的一致，幾個老同學相見，一講起學校裡發生的趣事，都停不下來，氣氛熱烈得很，陳子林也趁著話題的引導，和齊溪攀談起來——

「齊溪，妳大學開始就一門心思在念書上，現在都工作了，我看妳那架勢，又是卯足了勁工作了，不過女孩子也要看看有沒有適合的男生，畢竟趁著現在年輕，工作又相對沒到最忙的時候，談場戀愛把私事解決了，回頭家庭穩固，也好進一步發展事業。」

陳子林是驕傲的，即便這時候，他還是不想低頭做出主動追求的姿態，他總覺得，條件好的男人不應該主動追女生，應該是自然而然兩情相悅才好。

一提起談戀愛的事，齊溪果然愣了愣。

陳子林不等齊溪開口，就繼續一臉熱情體貼道：「我認識的人一向挺多，要不然妳跟我說說，妳喜歡什麼樣的，我好幫妳物色物色，妳如果有興趣，我就約來一起吃頓飯。」

陳子林這如意算盤打得很好，用幫齊溪介紹另一半來說事，可以神不知鬼不覺天天出現在齊溪面前，兩個人也可以有很多話聊，但又不會顯得他別有用心和突兀，到時候幫齊溪介紹點她絕無可能喜歡的類型，一來二去襯托之下，多關心齊溪，展露自己的優點，最終不就自然而然能抱得美人歸了嗎？

齊溪卻是笑了笑，然後婉拒了陳子林：「不用了，謝謝你費心。」

陳子林有些急了，他試探道：「妳已經有男朋友了？」

齊溪搖了搖頭。

陳子林剛要開口笑說齊溪不開竅沒男朋友還不趕緊找，結果就見齊溪從衣領裡拉出了一條項鍊，有一枚戒指從項鍊上自然地滑落，展現在了陳子林的眼前。

齊溪笑了下：「我沒有男朋友，正經來說，有一個未婚夫。」

「……」

陳子林這下是真的被噎住了，他愣了半天，才像是找回了聲音：「可妳大學裡都沒談戀愛，所以是工作裡認識的？進展這麼快？都已經訂婚了？」

這下陳子林此前的從容都不見了，他變得有些急切，也有些不甘心，畢竟他覺得自己喜歡齊溪好幾年了，哪能被後來居上的人隨隨便便得手。

雖然也知道這樣不好，但陳子林也沒忍住用相當綠茶的語氣暗示齊溪：「我覺得戀愛可以談，不過這麼早訂婚結婚會不會不太好？畢竟妳的事業也剛起步，見到的社會面也少，人也不那麼成熟，未必知道什麼是最適合妳的，尤其妳和妳男朋友如果相處時間那麼短就訂婚，很大機率還處於熱戀期，都看不到彼此身上的缺點，要是這時候匆忙進入婚姻，也不知道未來是不是會有矛盾……」

可惜他明示暗示說了這一通，齊溪臉上仍舊波瀾不驚，她歪著頭笑了下：「我們認識很多年了，我並不覺得匆忙，他暗戀我好多年了耶。你也認識的呀。」

自己也認識？

陳子林剛想繼續追問，卻聽見齊溪的手機響了，她看了螢幕上的名字一眼，整張臉都像是亮了起來。

她也沒有避嫌，當著陳子林的面接了電話——

「喂？好呀，你到了呀，我也差不多快結束了……不要嘛，你不要在樓下等，上樓來接我嘛。」

她一改此前在大學裡冰美人的模樣，語氣自然而然地撒著嬌，像是央求著對方直接到小餐廳來接人，沒說幾句，電話對面那人似乎就敗下陣來答應了。

齊溪臉上露出得逞的笑意，然後她狡黠道：「好的，順便向大家介紹你一下。」

陳子林只覺得羨慕得眼睛都紅了。

他從沒想過齊溪這樣對任何男性都不假辭色的美女，竟然會對一個男的這麼溫柔和充滿愛意。

齊溪一掛電話，他就忍不住打聽起來：「妳男朋友要來我們這接妳？」

齊溪盯著他看了一下下，認真地糾正道：「未婚夫。」

陳子林自動忽略這三個字了，他逕自道：「那就來吧，正好認識認識……」

齊溪卻只是笑：「不用認識的。」

陳子林還想再追問，卻聽耳後有個凌冽但略微熟悉的男聲喊了齊溪的名字。

齊溪幾乎是聽到聲音的剎那，就像個兔子一樣從椅子上蹦了起來，跳著離開了陳子林的身邊，跳回了聲音的主人身邊。

陳子林循著聲音看過去，原本帶著情敵的嫉妒想看看來人是個什麼樣的，結果讓他震驚不已的，他竟然看到了顧衍。

「顧衍？」

他一下子沒反應過來，第一感覺便是顧衍得知了這場聚會，處理完客戶的事情以後趕過來了。

只是他還沒來得及和顧衍寒暄，齊溪就先一步開了口：「陳子林，我的未婚夫不用認識的，因為你們已經認識了呀。」

她笑著拉起了顧衍的手，把他的左手拉了起來，陳子林這才發現，顧衍白皙修長的左手中指上，正套著一枚和齊溪項鍊上的戒指款式一模一樣的戒指。

那是他們的訂婚戒指。

這下原本在回味大學趣事的另外幾個同學也被動靜吸引了過來，看著齊溪和顧衍的姿勢以及顧衍手上的訂婚戒指，都發出了起鬨的聲音。

陳子林的訝異尤為明顯，他瞪著眼睛看了看齊溪，又看了看顧衍，有些愣愣道：「你們……」他的語氣充滿了不可置信，「可你們畢業典禮時不是水火不容了嗎……而且當時那封表白信不是張家亮寫的嗎？暗戀妳的不是張家亮嗎……」

不過陳子林的這個問題，根本輪不到齊溪和顧衍來回答，因為剛才忙著聊天沒注意到陳子林和齊溪談話內容的其餘同學，此刻已經熱情地向陳子林解釋了——

「老陳啊，你這個人怎麼回事？你2G網路嗎？上不上網啊？你不知道前陣子律協還找顧衍和齊溪拍了一組普及法律影片宣傳，他們還一起合體做了一期直播諮詢節目，在節目裡顧衍直接自爆和齊溪訂婚了好嗎？學校論壇裡討論這事都好久了，你竟然一點都不知道啊？」

「……」

最後齊溪和顧衍是在陳子林的不可置信和挫敗眼神裡離開的。

顧衍不傻，陳子林的反應他早就看在眼裡，等到兩人漫步在容大充滿夜色的校園裡，他才有些吃味起來。

「看來直播的效用也沒有多好，還是有那麼多沒眼力見的人不知情。」

顧衍的聲音酸溜溜的：「我是不是應該實名認證去校園論壇裡發文？」他說到這裡，自我否定了這個決定，「這也不保險，還是等結婚的時候一個一個發一輪請帖，務必讓別人知道妳已經要和我結婚了為止。」

齊溪有些失笑，她拽了拽顧衍的手臂：「所以我才拉著你要你上來接我呀，展示一下本人英俊的未婚夫！」

顧衍雖然語氣裡帶了點醋味，但不是真的多吃醋，他攬住了齊溪的腰：「我一開始想到陳子林那個樣子，是有些生氣的，不過想到今天我剛得到了一件禮物，就覺得為他這種人生氣也不值得。」

齊溪愣了愣：「什麼禮物呀？」

她確信今天不是顧衍的生日，也不是任何一個紀念日或者節日，是誰送了他禮物？

「『你摸貓的樣子也很帥』。」

顧衍冷靜地出了聲，然後看了臉色逐漸變紅的齊溪一眼，忍不住調侃道：「看來有人對我也是虛情假意，當初自己寫的寫給未來的明信片，竟然忘記是今天會寄到我手上。」

齊溪聽顧衍念完，就知道是什麼東西了，但當初她和顧衍一起在貓的天空之城寫明信片時，她也是忐忑緊張而又心懷鬼胎，根本是寫完後就隨手寫了個未來的日期，寫完以後就忘了，哪裡想到是今天呢！

顧衍卻只是把摟著齊溪的手緊了緊，「『希望你看到這張明信片的時候，已經和你的白月光在一起了』。」

他看向了齊溪：「這是妳在明信片裡寫的，謝謝妳的祝福。」他親了齊溪的側臉一下，「我已經如願了，已經和我的白月光非常幸福地在一起了。」

夜色溫柔，夜風溫暖，星空燦爛而廣袤，而齊溪覺得，再溫柔的夜色、夜風和夜空，好像都沒有比此刻她的內心更溫柔的了。

感謝所有冥冥之中的安排，她也和她的白月光非常幸福地在一起了。

——《你有權保持暗戀》全文完——

高寶書版集團
gobooKs.com.tw

YH 201
你有權保持暗戀（下）

作　　者　葉斐然
封面繪圖　單　宇
封面設計　單　宇
責任編輯　楊宜臻
內頁排版　賴姵均
企　　劃　何嘉雯

發 行 人　朱凱蕾
出　　版　英屬維京群島商高寶國際有限公司台灣分公司
　　　　　Global Group Holdings, Ltd.
地　　址　台北市內湖區洲子街88號3樓
網　　址　gobooKs.com.tw
電　　話　(02) 27992788
電　　郵　readers@gobooKs.com.tw（讀者服務部）
傳　　真　出版部(02) 27990909　行銷部 (02) 27993088
郵政劃撥　19394552
戶　　名　英屬維京群島商高寶國際有限公司台灣分公司
發　　行　英屬維京群島商高寶國際有限公司台灣分公司
法律顧問　永然聯合法律事務所
初版日期　2025年05月

原著書名：《你有權保持暗戀》由北京晉江原創網絡科技有限公司授權出版。

國家圖書館出版品預行編目(CIP)資料

你有權保持暗戀 / 葉斐然著. -- 初版. -- 臺北市：
英屬維京群島商高寶國際有限公司臺灣分公司,
2025.04
　冊；　公分. --

ISBN 978-626-402-232-3(上冊：平裝). --
ISBN 978-626-402-233-0(中冊：平裝). --
ISBN 978-626-402-234-7(下冊：平裝). --
ISBN 978-626-402-235-4(全套：平裝)

857.7　　114004019